박태원
三國志

박태원

三國志

완역

오관을 돌파하고 천리를 달려서

3

나관중 지음

박태원 삼국지 3
오관을 돌파하고 천리를 달려서

1판 1쇄 인쇄   2008년 4월 25일
1판 1쇄 발행   2008년 4월 29일

지은이   나관중
옮긴이   박태원
발행인   박현숙
펴낸곳   도서출판 **깊은샘**

출　력   으뜸애드래픽
인　쇄   (주)신화프린팅코아퍼레이션

등　록   1980년 2월 6일 제2-69
주　소   서울시 종로구 낙원동 58-1 종로오피스텔 606호 우편번호 110-320
전　화   764-3018, 764-3019
팩　스   764-3011

ⓒ 박태원 2008

ISBN 978-89-7416-193-4 04810
ISBN 978-89-7416-190-3 (전10권)

이 책 글의 저작권은 저작권자에게 있습니다.
저작권자와 출판사의 서면 허락 없이 어떠한 사용도 금합니다.
값은 뒤표지에 있습니다.

《 등장인물 》

관우(關羽)*
자는 운장(雲長). 촉한의 오호대장. 유비, 장비와 더불어 의형제를 맺고 팽생토록 그 의를 저버리지 않았다. 조조에게 패하고 사로잡혔을 때 조조가 함께 하기를 종용했으나 원소의 부하 안량과 문추를 베어 조조의 후대에 보답한 다음 오관을 돌파하여 유비에게로 돌아갔다. 유비의 익주 공략 때에는 형주에 머무르면서 보인 위풍은 조조와 손권을 두렵게 하였다. 여몽의 계략에 사로잡혀 죽었다.

장비(張飛)*
자는 익덕(翼德). 촉한의 오호대장. 유비, 관우와 함께 의형제를 맺고 평생 그 의를 저버리지 않았다. 수많은 전투에서 절세의 용맹을 떨쳤다. 특히 형주에 있던 유비가 조조의 대군에 쫓겨 형세가 아주 급박하게 되었을 때 장판교 위에서 일갈하여 위나라 군대를 물리침으로 해서 그 이름을 날렸다. 관우가 죽은 후 관우의 복수를 위하여 오를 치려는 와중에 부하에게 암살되었다.

유비(劉備)*
촉한의 초대 황제. 자는 현덕(玄德). 관우, 장비와 의형제를 맺었다. 황건적의 난이 일어나자 동생들과 토벌에 참전 하였다. 원소, 조조의 관도대전에서는 원소와 동맹하고, 이에 패하자 형주의 유표에게로 갔다. 세력이 미약하여 이곳저곳을 의탁하다 삼고초려해서 제갈량을 맞고 본격적인 기반을 다지기 시작했다. 이후 촉으로 세력을 확장하여 국호를 촉한이라하고 황제의 위에 올랐다. 관우의 죽음에 복수하기 위해 오를 공격했으나 실패하고 병으로 죽었다.

조운(趙雲)*
자는 자룡(子龍). 촉한의 오호대장. 처음에는 공손찬 휘하에 있다가 나중에 유비의 신하가 되었다. 용감무쌍 하고 싸움을 잘하였으며 행동도 단정하고 엄숙하여 유비의 신임을 크게 받았다. 유비가 장판에서 유비의 아들 선을 필마단기로 조조의 백만대군들 사이에서 구출하여 용명을 떨쳤다. 이후 많은 전투에서 승전고를 울렸다. 유비 사후에도 승상 공명을 보좌하며 촉한의 노장군으로서 선봉에 서서 뒤따르는 많은 장수의 큰 귀감이 되었고 많은 전공을 올렸다.

{ 등장인물 }

조조(曹操)*
위나라 건립. 자는 맹덕(孟德). 황건적 난 평정에 공을 세우고 두각을 나타내어 마침내 헌제를 옹립하고 종횡으로 무략을 휘두르게 되었다. 화북을 거의 평정하고 이어서 남하를 꾀했는데, 적벽에서 손권과 유비의 연합군에 대패한 이후로 세력이 강남에는 넘지 못하고 북방의 안정을 꾀했다. 그는 실권은 잡았으나 스스로는 제위에 오르지 않았다. 인재를 사랑하여 그의 휘하에는 용맹한 장수와 지혜로운 모사가 많이 모였다.

조비(曹丕)
자는 자환(子桓). 위(魏) 문제(文帝). 조조의 차남으로 태어났으며 시문에 뛰어났다. 조조의 대권을 이어받아 위를 건국하여 황제가 되었다. 재위 7년 동안 삼국을 통일하기 위해 애쓰다가 병이 들어 조예를 태자로 지명하고 조진, 조휴, 사마의, 진군 등에게 후사를 부탁하고 세상을 뜬다.

우길(于吉)*
강동 지방에서 숭배를 모으던 도사. 선인으로 많은 사람의 병을 고치고 호풍환우(呼風喚雨)하는 술법을 썼으나, 손책이 그를 혹세무민하는 무리라 하여 잡아 죽였다.

하후돈(夏候惇)*
자는 원양(元讓). 전한 하후영의 후예로 성격이 격렬한 인물이다. 조조가 행분무장군으로 동탁을 토벌하고자 의병을 모집할 때 하후연과 함께 조조를 따르기 시작했다. 여포 토벌 때 전투 도중 날아온 화살에 맞아 왼쪽 눈을 잃고 만다. 이때 부모에게 물려받은 눈이라며 태연히 눈알을 뽑아먹고 적장의 목을 베었다는 유명한 일화가 있다.

주창(周倉)
관우 휘하의 장군. 장보의 부하였으나 그가 죽은 뒤 와우산에 웅거하여 산적질을 하다가 관우를 만나 그림자처럼 따라다니며 충성을 다하였다. 관우와 최후까지 행동을 같이하고 죽었다.

《 등장인물 》

손권(孫權)*
삼국시대 오의 대제(大帝). 자는 중모(仲謀). 손견의 둘째 아들로 형 손책이 죽자 그 뒤를 이어 주유 등의 보좌를 받아 강남의 경영에 힘썼다. 유비와 연합하여 남하한 조조의 대군을 적벽에서 격파함으로써 강남에서의 그의 지위는 확립되었다. 그 후 형주의 귀속 문제를 둘러싸고 유비와 대립하다가 219년 관우를 죽이고 형주를 점령했다. 그 결과 위, 오, 촉 3국의 영토가 거의 확정되었다.

서서(徐庶)
자는 원직(元直). 의협심이 강해 친구의 원수를 갚아 주고 형리에게 체포되었으나, 친구의 구출로 도망쳤다. 그 후 이름을 서(庶)로 바꾸고 무예 대신 학문에 힘썼다. 형주에 있던 유비의 막료가 되어 공을 세우다가 조조의 계략에 의해 유비를 떠나 조조에게로 갔다. 떠날 때 제갈량을 강력히 추천했다. 이후 조조를 위해서는 계책을 내지 않고 조용히 살았다.

원소(袁紹)
자는 본초(本初). 동탁 토벌전에 17로의 제후들이 군대를 일으켰을 때 조조가 군웅들 가운데 맹주로 추대를 했다. 공손찬과 싸워 이긴 후에는 기주와 병주 일대를 통치했다. 관도 대전에서 조조와 싸워 크게 패했다.

곽가(郭嘉)*
조조의 모사. 자는 봉효(奉孝). 순욱의 추천으로 조조를 섬기게 되었다. 관도대전 때 조조에게 열 가지 승리할 수 있는 원인을 분석하여 조조에게 원소를 격파할 수 있는 자신감을 심어줬다. 젊은 나이로 요절하자 조조는 크게 애석해했다. 적벽에서 대패한 조조는 곽가의 부재를 크게 탄식했다.

순유(筍攸)*
자는 공달(公達). 순욱의 조카지만 나이는 여섯 살 위다. 처음에는 하진의 부름을 받아 황문시랑으로 임명되었지만, 그후 조조가 헌제를 맞이 도읍을 허창으로 옮겼을 때 부름을 받고 여남태수를 시작하면서 조조의 사람이 되었다.

차례

3권 오관을 돌파하고 천리를 달려서

23	예정평이 벌거벗고 국적을 꾸짖고 길 태의가 독약을 쓰고 형벌을 받다	15
24	국적이 행흉하여 귀비를 죽이고 황숙이 패주해서 원소에게로 가다	46
25	토산에서 관공은 세 가지 일을 다짐받고 조조를 위해 백마의 포위를 풀어주다	61
26	원본초는 싸움에 패해서 장수를 잃고 관운장은 인을 걸어 놓고 금을 봉해 두다	88
27	형님을 찾아가는 한수정후 관운장 천 리 먼 길을 필마로 달리면서 오관을 돌파하고 육장을 베었다	108
28	채양을 베어 형제가 의혹을 풀고 고성에 모여 군신이 의리를 세우다	135
29	소패왕이 노하여 우길을 베고 벽안아가 앉아서 강동을 거느리다	163
30	관도에서 싸워 본초는 싸움에 패하고 오소를 들이쳐서 맹덕은 군량을 불사르다	188
31	조조는 창정에서 본초를 깨뜨리고 현덕은 형주로 가서 유표에게 의지하다	216
32	원담과 원상이가 기주를 가지고 다툴 때 허유는 조조에게 장하를 틀 계책을 드리다	238
33	조비는 난리를 타서 견씨에게 장가들고 곽가는 계책을 남겨 두어 요동을 정하다	263
34	채 부인은 병풍 뒤에서 밀담을 엿듣고 유황숙은 말 타고 단계를 뛰어넘다	290

차례

1권 도원에서 맺은 의

• 나의 아버지 박태원과 삼국지/박일영

도화 만발한 동산에서 의형제를 모으고 세 영웅은 나가서 황건적을 쳤다 / 장익덕이 대로하여 독우를 매질하고 하국구는 환관들을 죽이려 들었다 / 은명원 모임에서 동탁은 정원을 꾸짖고 황금과 명주로 이숙은 여포를 꼬였다 / 동탁이 임금을 폐하고 진류왕을 세우니 조조가 역적을 죽이려다 보도를 바쳤다 / 교조를 내니 제후들이 조조에게 응하고 관을 칠 새 세 영웅이 여포와 싸우다 / 금궐에 불을 질러 동탁이는 행흉하고 옥새를 감추어 손견은 맹세를 저버렸다 / 원소는 반하에서 공손찬과 싸우고 손견은 강을 건너 유표를 치다 / 교묘할사 왕 사도의 연환계야 동탁을 봉의정에서 호통 치게 만드는구나 / 왕 사도를 도와서 여포는 역적을 죽이고 가후의 말을 듣고 이각은 장안을 범하다 / 왕실을 위하여 마등은 의기를 들고 아비 원수를 갚으러 조조는 군사를 일으키다 / 현덕은 북해로 가서 공융을 구하고 여포는 복양에서 조조를 치다

• 박태원 삼국지의 출간이 갖는 의미/조성면

2권 난세, 풍운의 영웅들

도 공조는 서주를 세 번 사양하고 조맹덕은 여포와 크게 싸웠다 / 이각과 곽사가 크게 싸우고 양봉과 동승이 함께 거가를 보호하다 / 조조는 거가를 허도로 옮기고 여포는 밤을 타서 서주를 엄습하다 / 소패왕 손책이 태사자와 싸우고 또다시 엄백호와 크게 싸우다 / 여봉선은 원문에서 화극을 쏘아 맞히고 조맹덕은 육수에서 적과 싸워 패하다 / 원공로는 칠로로 군사를 일으키고 조맹덕은 세 곳의 장수들을 모으다 / 가문화는 적을 요량해 승패를 결하고 하후돈은 화살을 뽑고 눈알을 먹다 / 하비성에서 조조는 군사를 무찌르고 백문루에서 여포는 목숨이 끊어지다 / 조조는 허전에서 사냥을 하고 동 국구는 내각에서 조서를 받다 / 조조는 술을 마시며 영웅을 논하고 관공은 성을 열게 해서 차주를 베다 / 원소와 조조가 각기 삼군을 일으키고 관우와 장비는 함께 두 장수를 사로잡다

4권 삼고초려

현덕이 남장에서 은사를 보고 단복이 신야에서 영주를 만나다 / 현덕이 계책을 써서 번성을 엄습하고 원직이 말을 달려와서 공명을 천거하다 / 사마휘가 다시 명사를 천거하여 유현덕은 세 번 초려를 찾다 / 공명은 융중에서 현덕을 위해 계책을 정하고 손권은 장강에서 돌아간 부친의 원수를 갚다 / 유기는 형주성에서 세 번 계책을 구하고 공명은 박망파에서 처음으로 군사를 쓰다 / 채 부인은 형주를 조조에게 바치고 제갈공명은 신야를 불로 사르다 / 백성들을 데리고 현덕은 강을 건너고 필마단기로 조자룡은 주인을 구하다 / 장비는 장판교에서 크게 호통치고 현덕은 패해서 한진구로 달아나다 / 강동의 모사들과 공명은 혀로 싸우고 뭇사람의 공론을 노숙은 극력 물리치다 / 공명은 슬기롭게 주유를 격동하고 손권은 용단을 내려 조조를 치기로 하다 / 삼강구에서 조조는 군사를 잃고 군영회에서 장간은 계교에 떨어지다 / 기이한 꾀를 써서 공명은 화살을 빌고 비밀한 계책을 드려 황개는 형벌을 받다 / 감택은 가만히 사항서를 드리고 방통은 교묘하게 연환계를 쓰다

차례

5권　아! 적벽대전

장강에서 잔치 하며 조조는 시를 읊고 전선을 연쇄하여 북군은 무력을 쓰다 / 칠성단에서 공명은 바람을 빌고 삼강구에서 주유는 불을 놓다 / 공명은 꾀도 많아서 화용도로 조조를 꾀어 들이고 관운장은 의기도 장해서 잡은 조조를 놓아 보내다 / 조인은 동오 군사와 크게 싸우고 공명은 주공근의 기를 한 번 돋우다 / 제갈량은 교묘하게 노숙을 물리치고 조자룡은 계교를 써서 계양을 취하다 / 관운장은 의로써 황한승을 놓아 주고 손중모는 대판으로 장문원과 싸우다 / 오국태는 절에서 신랑의 선을 보고 유황숙은 화촉동방에 아름다운 연분을 맺다 / 현덕은 꾀를 써서 손부인을 격동하고 공명은 두 번째 주공근의 화기를 돋우다 / 조조는 동작대에서 크게 잔치하고 공명은 세 번째 주공근의 화기를 돋우다 / 시상구에서 와룡은 조상을 하고 뇌양현에서 봉추는 공사를 보다 / 마초가 군사를 일으켜 원한을 푸니 조조는 수염을 베고 전포를 벗어 버리다 / 허저는 벌거벗고 마초와 싸우고 조조는 글씨를 흐려 한수를 이간 놀다 / 장영년은 도리어 양수를 힐난하고 방사원은 앞장서서 서촉을 취하려 하다

6권　서쪽의 땅 촉을 향하여

조운은 강을 끊어 아두를 빼앗고 손권은 말을 보내 아만을 물리치다 / 부관에서 양회와 고패는 머리를 드리고 낙성에서 황충과 위연은 공을 다투다 / 제갈량은 방통을 통곡하고 장익덕은 엄안을 의로 놓아 주다 / 공명은 계책을 정해서 장임을 사로잡고 양부는 군사를 빌려 마초를 격파하다 / 마초와 장비가 가맹관에서 크게 싸우고 유비는 스스로 익주목을 거느리다 / 관운장은 칼 한 자루 들고서 모꼬지에 나가고 복 황후는 나라를 위하다가 목숨을 버리다 / 조조는 한중 땅을 평정하고 장 료는 소요진에서 위엄을 떨치다 / 감녕은 백기를 가지고 위군 영채를 겁략하고 좌자는 술잔을 던져 조조를 희롱하다 / 주역을 점쳐서 관뇌는 천기를 알고 역적을 치다가 다섯 신하는 충의에 죽다 / 맹장 장비는 지혜로 와구관을 취하고 노장 황충은 계책을 써서 천탕산을 빼앗다 / 제갈량은 한중을 지혜로 취하고 조아만은 야곡으로 군사를 돌리다

7권　세상을 뜨는 영웅들

현덕은 한중왕의 위에 오르고 운장은 양양군을 쳐서 빼앗다 / 방영명이 관을 지우고 나가서 죽기로써 싸움을 결단하고 관운장이 강물을 터서 칠군을 엄살하다 / 관운장은 뼈를 긁어 독기를 다스리고 여자명은 백의로 강을 건너다 / 서공명은 대판으로 면수에서 싸우고 관운장은 패해서 맥성으로 달아나다 / 옥천산에 관공이 현성하고 낙양성에서 조조가 감신하다 / 풍질을 고치다가 신의는 비명에 죽고 유명을 전하고서 간웅은 세상을 버리다 / 형이 아우를 핍박하니 조식은 시를 읊고 조카로서 삼촌을 함해하고 유봉은 처형을 당하다 / 조비는 헌제를 패하여 한나라를 찬탈하고 한중왕은 제위에 올라 대통을 계승하다 / 형의 원수를 급히 갚으려 장비는 해를 입고 아우의 한을 풀려고 현덕은 군사를 일으키다 / 손권은 위에 항복하여 구석을 받고 선주는 오를 치고 육군을 상 주다 / 효정에서 싸워 선주는 원수들을 잡고 강어귀를 지키다가 서생은 대장이 되다 / 육손은 칠백 리 영채를 불사르고 공명은 공교하게 팔진도를 배포하다 / 유선주는 조서를 끼쳐 고아를 부탁하고 제갈량은 편히 앉아서 오로병을 평정하다 / 진복은 천변을 늘어놓아 장온을 힐난하고 서성은 화공을 써서 조비를 깨뜨리다

차례

8권 공명 출사표

남구를 치려 하여 승상은 크게 군사를 일으키고 천병에 항거하다 만왕은 처음으로 결박을 당하다 / 노수를 건너서 두 번째 번왕을 묶어 오고 거짓 항복함을 알아 세 번째 맹획을 사로잡다 / 무향후는 네 번째 계책을 쓰고 남만왕은 다섯 번째 생금을 당하다 / 거수를 몰아 여섯 번째 만병을 깨뜨리고 등갑을 불살라 일곱 번째 맹획을 사로잡다 / 노수에 제를 지내 승상은 군사를 돌리고 중원을 치려 무후는 표문을 올리다 / 조자룡은 분발하여 다섯 장수를 베고 제갈량은 꾀를 써서 세 성을 빼앗다 / 강백약은 공명에게 항복을 드리고 무향후는 왕랑을 꾸짖어 죽이다 / 제갈량은 눈을 이용해서 강병을 깨뜨리고 사마의는 날을 한해서 맹달을 사로잡다 / 마속은 간하는 말을 듣지 않다가 가정을 잃고 무후는 거문고를 타서 중달을 물리치다 / 공명은 눈물을 뿌려 마속을 베고 주방은 머리를 잘라 조휴를 속이다 / 위국을 치려 하여 무후는 다시 표문을 올리고 조병을 깨뜨리려 하여 강유는 거짓 항서를 드리다

9권 큰 별 하늘로 돌아가다

한군을 쫓다가 왕쌍은 죽고 진창을 엄습하여 무후는 이기다 / 제갈량은 위병을 크게 깨뜨리고 사마의는 서촉을 범해 들어오다 / 촉병은 영채를 겁칙하여 조진을 깨뜨리고 무후는 진법을 다투어 중달을 욕보이다 / 농상으로 나가 공명은 귀신 놀음을 하고 검각으로 달려가다가 장합은 계책에 떨어지다 / 사마의는 북원 위교를 점거하고 제갈량은 목우유마를 만들다 / 상방곡에서 사마의는 하마 죽을 뻔하고 오장원에서 제갈량은 별에 수를 빌다 / 큰 별이 떨어져 한 나라 승상은 하늘로 돌아가고 목상을 보고서 위 나라 도독은 간담이 스러지다 / 무후는 미리 금낭계를 깔아 두고 위주는 승로반을 떼어 옮기다 / 공손연이 싸우다 패하여 양평에서 죽고 사마의 거짓 병든 체하여 조상을 속이다/ 위 나라 임금의 정사는 사마씨에게로 돌아가고 강유의 군사는 우두산에서 패하다 / 정봉은 눈 속에서 짧은 병장기를 뽐내고 손준은 술자리에서 비밀한 계책을 베풀다 / 한 나라 장수가 기이한 꾀를 쓰매 사마소는 곤경을 치르고 위나라 집의 응보로 조방은 폐함을 당하다

10권 하나로 통일된 천하

문앙은 단기로 웅병을 물리치고 강유는 배수진을 쳐서 대적을 깨뜨리다 / 등사재는 지혜로 강백약을 깨뜨리고 제갈탄은 의리로 사마소를 치다 / 수춘을 구하려다 우전은 의리를 지켜서 죽고 장성을 치매 강유는 힘을 다해 적을 무찌르다 / 정봉은 계책을 정해서 손림을 베고 강유는 진법을 다투어 등애를 깨뜨리다 / 조모는 수레를 몰아 남궐에서 죽고 강유는 양초를 버려 위병을 이기다 / 회군하라고 조서를 내려 후주는 참소를 믿고 둔전한다 칭탁하고 강유는 화를 피하다 / 종회는 한중 길에서 군사를 나누고 무후는 정군산에서 현성하다 / 등사재는 가만히 음평을 넘고 제갈첨은 싸우다가 면죽에서 죽다 / 소열 묘에 통곡하며 한왕은 효도에 죽고 서천을 들어가매 두 선비는 공을 다투다 / 거짓 투항하매 교묘한 계교가 공담이 되어 버리고 두 번 수선하매 본보기대로 호로를 그리다 / 두예를 천거하매 노장은 새로운 계책을 드리고 손호를 항복받아 삼분천하가 통일되다.

• 주여창해설 / • 박태원 연보 / • 박태원 가계도

【 삼국지 일러두기 】

1. 이 책은 1959년~ 1964년 평양 국립문학예술서적출판사와 조선문학예술총동맹출판사에서 간행된 박태원 역『삼국연의(전 6권)』를 저본으로 삼았다.
2. 저본의 용어나 표현은 모두 그대로 살렸으나, 두음법칙에 따라 그리고 우리말 맞춤법에 따라 일부 용어를 바꾸었다. 예) 령도→영도, 렬혈→열혈
3. 저본에는 한자가 병기되어 있으나, 이 책에서는 맨 처음에 나올 때는 한자를 병기하고 이후에는 생략했다.
4. 저본의 주는 가능하면 유지하였으나 독자의 편의를 위해 약간의 수정을 가하였다.
5. 저본에 충실하게 하는 것을 원칙으로 하였으나 매회 끝에 반복해 나오는 "하회를 분해하라"와 같은 말은 삭제했다.
6. 본서에 이용된 삽화는 청대초기 모종강 본에 나오는 등장 인물도를 썼으며 인물에 대한 한시 해석은 한성대학교 국문과 정후수 교수의 도움을 받았다.

삼국정립도

예정평이 벌거벗고 국적을 꾸짖고
길 태의가 독약을 쓰고 형벌을 받다

| 23 |

이때 조조가 유대와 왕충을 참하려 하니 공융이 나서서

"두 사람이 본래 유비의 적수가 아닌 터에 만일 참한다면 장수들의 마음을 잃게 되오리다."

하고 간한다. 조조는 마침내 그들의 죽음을 면해 주고 그 대신 작록을 삭탈한 다음에 몸소 군사를 일으켜 현덕을 치려고 하였다.

그러나 공융이 또 나서서

"방금 융동성한(隆冬盛寒)에 군사를 동하는 것이 옳지 않으니 내년 봄을 기다려서 하시는 것이 좋을까 보이다. 그리고 먼저 사람을 장수와 유표에게 보내 그들을 권해서 항복을 드리게 한 다음 다시 서주를 도모하도록 하시지요."

하고 권하였다. 조조는 그 말을 옳게 여겨 우선 유엽을 보내서 장수를 달래 보게 하였다.

유엽은 양성에 이르러 먼저 가후를 찾아보고 조공의 덕이 장한 것을 말하였다.

가후는 유엽을 자기 집에서 유하게 한 다음 그 이튿날 장수를 들어가 보고 조공이 유엽을 보내서 초항(招降)한다는 말을 하였다. 막 의논을 하고 있는 중에 원소에게서 사자가 왔다고 보해서 장수는 그를 불러들이게 하였다.

사자가 올리는 서신을 장수가 받아 보니 역시 초항하는 뜻이다. 가후가 사자에게 한마디 물었다.

"근자에 군사를 일으켜 조조와 싸운다더니 승부가 어찌 되었소."

그 말에 대답하여 원소의 사자가

"엄동설한이라 일시 싸움을 중지했소이다. 이제 장군과 형주 유표가 다 국사(國土)의 풍도가 있으신 까닭에 청하러 온 것이외다."

하고 말하자, 가후는 소리를 내어 웃으며

"그대는 곧 돌아가서 본초를 보고 '네 형제도 오히려 용납하지 못하면서 어떻게 천하의 국사를 용납하겠느냐' 하고 물어 보오."

하고, 그가 보는 앞에서 서신을 갈기갈기 찢어 버리고 사자를 꾸짖어 물리쳤다.

장수가

"방금 원소는 강하고 조조는 약한데 이제 글을 찢고 사자를 쫓아 버렸으니 원소가 만약 오면 어찌하오."

하고 묻는다.

가후는

"조조를 따르면 됩니다."

하고 대답하였다.

"내가 앞서 조조와 원수를 맺었는데 그가 어떻게 나를 용납해 주겠소."

장수의 말에 가후가 대답하여

"조조를 따라야만 좋을 까닭이 셋이 있소이다. 첫째는 조공이 천자의 명조를 받들고 천하를 정벌하는 터이니 따라야 하겠고, 둘째로 원소는 강성하니 우리가 적은 군사를 가지고 가서 쫓으면 제가 필시 우리를 중히 알아주지 않을 것이요 조조는 비록 약하지만 우리를 얻고 보면 반드시 좋아할 것이니 그를 따라야 하겠고, 셋째로 조공은 왕패(王覇)의 뜻을 가지고 있는 까닭에 반드시 사사로운 원혐을 풀고 덕을 사해에 밝히려 할 것이니 따라야만 할 것이외다. 부디 장군은 의심하지 마시지요."

하고 말한다. 장수는 그의 말을 좇아서 유엽을 청하여 서로 보았다.

유엽이 연방 조조의 덕을 칭송하며, 또 하는 말이

"승상께서 만일 옛날에 원수진 일을 생각하고 계시다면 무엇 하러 이 사람을 보내서 장군과 정의를 맺으려 하시겠습니까."

한다. 장수는 크게 기뻐하여 즉시 가후의 무리와 함께 조조에게 투항하러 허도로 올라갔다.

장수가 조조를 보고 계하에서 절을 하자 조조는 황망히 그를 붙들어 일으키고 그 손을 잡으며

"내 조그만 과실을 행여 마음에 품지 마오."

하고, 드디어 장수를 봉해서 양무장군(揚武將軍)을 삼고 가후로 집금오사(執金吾使)를 삼았다.

그리고 조조는 곧 장수더러 글을 써서 유표를 초항하도록 하라

고 분부하였으나, 가후가 나서서

"유경승이 천하의 명사들과 사귀기를 좋아하니 부디 문명(文名)이 있는 사람을 하나 보내셔서 설복하게 하십시오. 그래야 그가 항복할 것입니다."

하고 권해서, 조조가 순유에게

"누구를 보내면 좋겠소."

하고 물으니, 순유는

"공문거가 그 소임을 감당할 만합니다."

하고 대답한다. 조조는 그러이 여겼다.

순유가 나와서 공융을 보고

"승상께서 문명이 있는 사람을 하나 구해서 사자로 보내려 하시는데 공이 그 소임을 한 번 맡지 않으시렵니까."

하고 의향을 물어 보자, 공융은

"내 벗 예형(禰衡)의 자는 정평(正平)인데 그 재주가 나보다 십 배나 낫소. 이 사람은 가히 천자를 보좌할 만한 인재요 비단 사자의 소임만 맡길 사람이 아니니, 내 마땅히 천자께 천거하겠소."

하고 드디어 표문을 지어 헌제에게 상주하니 그 글은 이러하다.

신은 듣자오니 홍수(洪水)가 가로 흐르매 천자께서 현재(賢才)를 생각하시고 널리 사방에 구하시어 현사와 준걸을 부르셨다 하옵고, 옛적에 세종(世宗)[1]께서 대통을 계승하사 장차 기업을 넓히려 하시고 누가 일을 일으킬 것인가를 물으시매 뭇 선비들

---

1) 한 무제를 가리켜 하는 말이다. 세종은 한 무제의 묘호이다.

荀攸　　순유

智能過甯武	지혜는 영무보다 뛰어났고
德可配顔淵	인덕은 안연과 짝을 이뤘네.
功振三分國	공로가 삼국에 진동하고
才成十二篇	재주는 12편을 완성하였다

이 모여 들었다고 하옵니다. 폐하께오서 넓으신 성덕으로 기업을 이으시자 액운을 만나시어 겸양하시기를 힘쓰시어 해가 기울매 유악(維嶽)이 신(神)을 내려 이인(異人)이 함께 나왔소이다.

가만히 보오매 처사평원(處士平原) 예형은 당년 이십사 세로 자는 정평이니 위인이 양순하고 공명정대하오며 영특한 재주가 남에 뛰어나서 처음 예문(藝文)을 섭렵하오매 그 심오한 이치를 다 통하였사옵고 눈으로 한 번 본 바는 문득 입으로 외우며 귀로 잠시 들은 바는 마음에 잊지 않사옵니다. 그 성(性)이 도(道)로 더불어 합해서 그 생각하는 것이 신령스러우니 홍양(弘羊)[2]의 암산과 안세(安世)[3]의 기억력도 예형으로서 본다 하오면 진실로 괴이할 것이 없는 일이로소이다. 예형이 충후정직(忠厚正直)하고 심지가 결백하여 선한 것을 보면 놀라운 것처럼 하고 악한 것을 미워하기 원수처럼 하니 임좌(任座)[4]의 행적과 사어(史魚)[5]의 절개도 그리 지나친 것이 아니로소이다. 새매가 수백 마리라도 한 마리 독수리만 못하오니 예형으로 하여금 조정에 서게 하시면 반드시 볼 만한 것이 있사오리니 그 놀라운 웅변이 마치 샘 솟듯 해서 온갖 의혹과 맺힌 것을 그 자리에서 풀어

---

2) 성은 상(桑)이다. 한 무제 때 대농승(大農丞)이 되어 천하의 염철(鹽鐵)을 관리하였는데 계산은 다 암산으로 하였고 주판을 쓰는 법이 없었다.
3) 성은 장(張). 한 무제 때 상서령이 되고 선제 때에는 대사마가 되었다. 기억력이 남달리 좋았던 그는, 일찍이 황제가 세 상자에 담아 놓은 서적을 잃었을 때 그 서적의 내용을 전부 기억하고 있었다고 한다.
4) 전국시대 위나라의 신하. 위 왕을 면대하여 그의 단처를 다 들어 이야기하며 조금도 그의 뜻을 맞추려고 아니 했다고 한다.
5) 이름은 추(鰌)요 자는 자어(子魚)니 춘추시대 위나라의 대부이다. 그는 죽기로써 왕을 간하여 그가 간녕(奸佞)한 자를 대신으로 등용하려는 것을 못하게 하였다.

적의 앞에 나서도 남음이 있사오리다.

옛적에 가의(賈誼)⁶⁾는 속국을 시험하여 선우를 속이기를 구하였고 종군(終軍)⁷⁾은 긴 밧줄로 완강한 월나라 임금을 견제하려 하여 나이 약관에 그 장한 기개를 보여서 전대(前代)에 이를 아름다이 여겼사옵고, 근일에는 노수(路粹)와 엄상(嚴象)이 역시 남에 뛰어난 재주로 대랑(臺郎)에 탁배(擢拜)되었사오니 예형이 마땅히 그들과 더불어 견줄 수 있을까 하나이다. 만약에 용으로서 천상의 대로를 한 번 뛰어 은하수에 날개를 떨치며 옥황상제 계신 자미원에 소리를 높이게 하고 무지개 위에 빛을 드리울 수 있다면 족히 근서(近署)의 선비가 많음을 더욱 빛나게 하고 사문의 그 심원함을 더하게 하오리다.

균천광악(鈞天廣樂)⁸⁾에는 반드시 천하의 장관이 있고 제실황거(帝室皇居)에는 반드시 비상한 보물이 쌓여야 하니 예형과 같은 무리는 가히 많이 얻을 수 없사오리다. 격초(激楚)와 양아(陽阿)⁹⁾는 절묘한 자태가 있어서 가무음곡을 맡은 자들이 탐내는 바이옵고 비토(飛兎)와 요뇨(騕褭)¹⁰⁾는 걸음이 빠르고 분방해서 양(良)

---

6) 한 문제 때 사람. 박사(博士)로 있었으나 대신의 미움을 받아 장사로 내침을 받고 삼십삼 세에 세상을 버렸으니 장사왕(長沙王) 가태부(賈太傅)로서 세상에 알려져 있다. 일찍이 그가 황제를 향해 만일 자기를 속국 관리하는 관원으로 보내 준다면, 나가서 흉노의 군주 선우를 복종시켜 한 천자의 호령을 듣게 하겠다고 하였다.
7) 서한 때 사람. 자는 자운(子雲). 구변이 좋고 글을 잘해서 박사가 되고 여러 번 벼슬이 올라 간의대부(諫議大夫)가 되었다. 그는 예궐하여 천자에게 청하기를 긴 갓끈을 자기에게 주면 그것을 가지고 가서 남월왕(南越王)을 묶어 오겠노라고 하였는데, 죽을 때 나이 겨우 이십여 세라 세상에서 종동(終童)이라 불렀다.
8) 천상(天上)의 음악.
9) 고대의 명창(名唱).
10) 고대의 천리마.

과 낙(樂)[11]이 급히 구하는 바이오니 신 등이 구구하게 감히 주달하지 않사오리까.

　폐하께오서 선비를 신중히 취하시는 터이매 반드시 친히 시험해 보셔야 하리이다. 바라옵건대 예형으로 하여금 갈의(褐衣)로써 알현하게 하옵소서. 만일 보시고 취하실 만한 것이 없다 하오면 신 등은 주상을 기망하온 죄를 달게 받게 나이다.

　헌제는 표문을 보고 나자 이것을 조조에게 내주었다.
　이리하여 조조는 마침내 사람을 보내서 예형을 불러오게 된 것인데, 예형이 이르러 예를 마쳤을 때 조조는 그에게 앉으라고 자리를 권하지 않아서 예형은 하늘을 우러러
"천지가 비록 넓다 하나 사람은 하나도 없구나."
하고 탄식하였다.
　조조가 듣고
"내 수하에 있는 수십 인이 모두 당세의 영웅인데 어찌하여 사람이 없다 하는고."
하니, 예형이
"어디 들어 보십시다."
한다.
　조조는 인물들을 들었다.
"순욱·순유·곽가·정욱은 기모와 지략이 심원하니 비록 소하(蕭何)와 진평(陳平)[12]이라도 미치지 못할 것이요, 장료·허저·이

---

11) 낙(樂)은 진(秦)나라 때 말을 잘 보기로 유명한 백락(伯樂)이며, 양(良)도 말 잘 보는 사람의 이름일 터인데 자세치 않다.

전·악진은 그 용맹을 당할 자가 없으니 잠팽(岑彭)[13]·마무(馬武)[14]라 할지라도 미치지 못할 게고, 또한 여건과 만총 같은 사람은 종사를 삼을 만하고, 우금과 서황 같은 장수는 선봉을 삼을 만하며 하후돈은 천하기재(天下奇才)요 조자효(曹子孝)는 세간복장(世間福將)인데 어찌하여 사람이 없단 말인가."

듣고 나자 예형이 웃으며

"공의 말씀이 옳지 않소이다. 이 인물들은 내가 다 잘 아는데 순욱은 조상이나 하고 문병이나 다니게 할 사람이요, 순유는 묘지기나 시킬 사람이요, 정욱은 문이나 여닫고 집이나 지키게 할 사람이요, 곽가는 글쟁이나 외우고 풍월이나 읊게 할 사람이요, 장료는 북이나 치고 징이나 울리게 할 사람, 허저는 소나 치고 말이나 먹이게 할 사람, 악진은 문초나 받고 공장(供狀)이나 읽을 사람, 이전은 글이나 전하고 격문이나 보내게 할 사람, 여건은 칼이나 갈고 검이나 칠 사람이요, 만총은 술이나 마시고 재강이나 먹을 사람이요, 우금은 판목이나 지고 담이나 쌓을 사람이요, 서황은 돼지나 잡고 개나 죽일 사람이며, 하후돈은 완체장군(完體將軍)이라 일컬어야 옳고, 조자효는 요전태수(要錢太守)라고 부를 만하니 그 밖의 무리들이야 다 옷걸이[衣架]요 밥주머니며 술통에 고기부대[肉袋]일 뿐이외다."

---

12) 한 고조를 도운 건국 공신의 한 사람. 기이한 계책을 여섯 번 내었다 하여 육출기계(六出奇計) 진평이라 일컫는다.
13) 동한(東漢) 때의 용장. 처음에 왕망을 좇았으나 뒤에 광무제를 따라서 하북을 평정하고 뒤에 장구(長驅)하여 촉으로 들어갔으나 자객의 손에 죽었다.
14) 후한 때의 사람. 자는 자장(子張). 술을 잘 마시며 활달하고 말을 서슴지 않고 잘하였는데 황제 면전에서도 그의 장단을 지적하여 황제도 그 말을 따랐다고 한다.

한다.

　조조가 노하여

"너는 무어 능한 것이 있느냐."

하고 물으니, 예형이

"천문지리를 통하지 않은 것이 없고 삼교구류(三教九流)를 모르는 것이 없어서 위로는 가히 임금을 요순이 되게 하고 아래로는 가히 덕을 공안과 짝할 만하니 어찌 속된 무리들과 더불어 논하겠소."

하고 대꾸한다.

　이때 다른 사람은 없고 장료 한 사람만이 곁에 있었는데 그 말을 듣자 칼을 빼어 들고 예형을 죽이려 하니, 조조는 이를 막고

"지금 마침 북 치는 아전 하나가 궐이 났으니 조만간 조회와 연향에 이 직책을 예형에게 맡길까 보오."

하고 말하였다. 예형은 사양하는 일 없이 한마디로 응낙하고 물러갔다.

"이 사람의 말이 불손하기 짝 없는데 어찌하여 죽이지 않습니까."

하고 장료가 묻자, 조조는

"이자가 본디 허명(虛名)이 있어 세상이 다 아는 바라 이제 죽이면 천하가 반드시 나를 가지고 사람을 용납하지 못한다 할 것이 아닌가. 제가 혼자 능한 체하기에 내가 고리(鼓吏)를 삼아서 욕을 준 것이지."

하고 대답하였다.

　그 이튿날이다. 조조는 성청 위에 대연을 배설하고 빈객을 크게 모은 다음 고리를 시켜서 북을 치게 하였다.

禰衡　　예형

裸衣辱罵　　옷을 벗고 꾸짖으니
一座皆驚　　좌중의 모든 이가 놀라는구나
借槌打落　　북채를 빌려 두드리니
千秋稱快　　천추에 통쾌한 일이라고 하네

전부터 있던 아전이

"북을 치려면 반드시 새 옷으로 바꾸어 입어야 하오."

하고 일러 주었으나 예형은 그대로 헌 옷을 입은 채 들어가서 드디어 어양삼과(漁陽三撾)[15]로 북을 치니 그 음조가 절묘해서 쩡쩡 금석성(金石聲)이 난다. 좌상의 빈객들이 이를 듣고 강개하여 눈물을 흘리지 않는 사람이 없다.

좌우가

"어찌하여 옷을 갈아입지 않는고."

하고 꾸짖자 예형은 그 자리에서 헌 옷을 훌훌 벗어 버리고 벌거숭이 알몸으로 섰다. 그가 온 몸을 다 드러낸 것을 보고 좌상의 빈객들이 다 낯을 가리는데 예형은 서서히 잠방이를 입으며 낯빛을 변하지 않았다.

조조는 꾸짖었다.

"묘당지상(廟堂之上)에 어찌 이처럼 무례할 법이 있느냐."

예형이 대꾸한다.

"기군망상(欺君罔上)하는 것이야말로 무례라 할 것이지, 나야 부모가 끼쳐 주신 형체를 드러내고 청백한 몸을 보여 주었을 뿐이다."

조조는 다시 꾸짖었다.

"네가 청백하다니 그럼 누구는 혼탁하다는 게냐."

예형이 마주 꾸짖는다.

"네가 어진 이와 어리석은 자를 가려 볼 줄 모르니 이는 눈이

---

15) 북의 곡명(曲名).

탁한 것이요, 네가 시서(詩書)를 읽지 못했으니 이는 입이 탁한 것이요, 네가 충성된 말을 듣지 않으니 이는 귀가 탁한 것이요, 네가 고금에 통하지 못했으니 이는 몸이 탁한 것이요, 네가 제후들을 용납하지 않으니 이는 배가 탁한 것이요, 네가 매양 찬역할 뜻을 품고 있으니 이는 마음이 탁한 것이다. 나로 말하면 천하의 명사인데 이처럼 고리를 삼으니 이는 양화가 중니를 업신여기고 장창이 맹자를 훼손하는 격이라, 네 왕패의 업을 이루어 보겠다면서 이렇듯 사람을 업신여긴단 말이냐."

이때 공융이 자리에 있다가 혹시나 조조가 예형을 죽일까 두려워하여 조용히 그를 보고

"예형의 죄가 도형수(徒刑囚)와 같아서 족히 왕의 꿈을 계발하지 못하오리다."

하고 말하였다.

조조는 손을 들어 예형을 가리키며

"너를 사자를 삼아 형주로 보내는 터이니 만일 유표가 와서 항복을 드린다면 곧 너를 공경으로 삼아 주마."

하고 말하였다.

예형은 가려고 하지 않았으나 조조는 말 세 필을 준비하게 하여 사람 둘을 붙여 좌우에서 붙들고 가게 하는 한편으로 수하의 문무 관원들로 하여금 동문 밖에 술자리를 차려 놓고 그를 전송하게 하였다.

순욱이

"예형이 오거든 일어나지들 맙시다."

하고 말해서, 예형이 이르러 말에서 내려 들어와 보는데도 여러

사람이 모두 단정히 앉은 채 동하지 않았다. 예형은 문득 목을 놓고 울었다.

"무엇 때문에 우는고."

하고 순욱이 물으니, 예형이

"송장들 사이로 가는데 어찌 울지 않을꼬."

하고 응수한다.

여럿이 있다가 모두들

"우리들을 송장이라니 너는 그럼 머리 없는 귀신이로구나."

하니, 예형은 다시 대꾸하여

"나는 한나라 신하요 조만(曹瞞, 조조)의 도당이 아닌데 어째서 머리가 없겠느냐."

하였다.

여러 사람은 그를 죽이려 들었다. 그러나 순욱이 급히 나서서 만류하며

"쥐 같은 무리를 가지고 칼을 더럽힐 것이 없소."

하고 말하니, 예형은 또

"나는 쥐라도 오히려 사람의 성정을 가졌거니와 너희들은 가위 나나니라고나 하겠다."

하고 욕하였다. 모든 사람들은 한을 품고 헤어져 돌아갔다.

예형은 형주로 가서 유표를 보고 연방 그의 덕을 칭송하였으나 실상은 기롱하는 수작이었다.

유표는 마음에 언짢아서 그로 하여금 강하로 가서 황조를 만나보게 하였다.

어떤 사람이 유표에게

"예형이 주공을 희롱하는데 어째서 죽이지 않으셨습니까."
하고 물으니, 유표는

"예형이 여러 차례 조조를 욕했건만 조조가 죽이지 않은 것은 인망을 잃을까 두려워하였기 때문이오. 그래 조조가 그를 내게 사자로 보내 내 손을 빌려 그를 죽이고 나로 하여금 어진 선비를 죽였다는 누명을 듣게 하려는 것이라, 나는 이제 예형을 황조에게로 보내서 조조로 하여금 내게 식견이 있는 것을 알게 하려는 것이오."

하고 대답하였다. 여러 사람은 모두 칭송하였다.

이때 원소가 또한 사자를 보내 왔다. 유표가 여러 모사들을 보고

"원본초도 사자를 보내고 조맹덕도 예형을 보내서 지금 우리에게 있는데 대체 어느 편을 좇아야 좋아야 좋을꼬."

하고 물으니, 종사중랑장 한숭(韓嵩)이 저의 소견을 말하는데

"이제 양웅이 서로 대치하고 있으니 장군이 만약 뜻이 있으시다면 이 기회를 타서 적을 깨치시는 것이 가하려니와 만일 그렇지 않으시다면 나은 쪽을 가려서 투항하시는 것이 옳습니다. 지금 조조가 용병에 극히 능해서 현사와 준걸이 많이 그에게로 돌아갔으니 그 형세가 반드시 원소를 먼저 취한 다음에 군사를 옮겨서 우리 강동으로 향할 판이라 두렵건대 장군이 능히 이를 막아 내시지 못할까 합니다. 그러니 형주를 들어서 조조에게 귀순하시는 것이 상책이 아닐까 합니다. 그리하면 조조가 필시 장군을 후히 대하리라 믿습니다."

한다.

"그럼 그대가 우선 허도에 가서 동정을 보고 오구려. 그 다음에

다시 의논하기로 하지."
하는 유표의 말에, 한숭은
"임금과 신하란 각기 본분이 있습니다. 한숭이 지금은 장군을 섬기고 있으니 비록 부탕도화(赴湯蹈火)라도 명하시는 대로 즐겨 하려 노력하지만, 장군이 만약 위로 천자를 받들고 아래로 조공에게 순종하시겠으면 저를 허도로 보내십시오. 허나 만일 의혹을 품고 마음을 정하시지 못했으면 그만두십시오. 제가 경사에 이른 뒤 천자께서 무슨 벼슬이라도 제게 내리신다면 저는 천자의 신하가 되는 것이니, 다시는 장군을 위해 죽을 일이 없을 것입니다."
하고 말하였으나, 유표가
"우선 가서 동정이나 보시오. 내 따로 생각하는 바가 있으니."
하고 말해서, 한숭은 유표에게 하직을 고하고 허도로 가서 조조를 보았다.
조조는 드디어 한숭으로 시중을 삼고 영릉태수(零陵太守)를 제수하였다.
순욱이
"한숭은 동정을 살피러 온 것이요, 아직 아무 공로가 없는데 이렇듯 중직을 내리시며 예형에게서는 또 아무 소식이 없건만 승상께서 보내만 놓으시고 묻지 않으시니 웬일이십니까."
하니, 조조는 이에 대답하여
"예형은 나를 너무 욕하기에 유표의 손을 빌려서 죽이려 한 것인데 구태여 다시 물을 게 무어요."
하고, 드디어 한숭을 시켜 형주로 돌아가서 유표에게 항복을 권하게 하였다.

한숭이 돌아가서 유표를 보고 조정의 성덕을 칭송하며 유표에게 아들을 입시(入侍)시키게 하라고 권하니, 유표는 대로하여

"네가 두 마음을 품느냐."

하고 그를 참하려 하였다.

그러나 한숭이 소리쳐

"장군이 한숭을 저버리셨지 한숭이 장군을 저버린 것이 아닙니다."

하고 발명할 뿐 아니라, 괴량이 또한

"한숭이 허도에 올라가기 전에 먼저 이 말이 있었소이다."

하고 말을 거들어 주어서 유표는 마침내 그를 용서하여 주었다.

그러자 사람이 보하되 황조가 예형을 죽였다고 한다. 유표가 어찌된 까닭을 물으니

"황조가 예형과 함께 술을 마셔 두 사람이 다 취했는데 황조가 문득 예형에게 '그대는 허도에 있으니 잘 알겠는데 대체 어떤 인물들이 있소' 하고 물어서 예형이 '큰 아이는 공문거요 작은 아이는 양덕조니 이 두 사람을 제하고는 별로 인물이 없소이다' 하고 대답하자, 황조가 다시 '나 같은 사람은 어떻소' 하고 묻는 것을 예형이 '그대야 당집 귀신 같아서 비록 제사는 받아먹어도 아무 영험이 없지그려' 하고 말했더랍니다. 그래 황조가 발끈 노해서 '네 이놈, 나를 토목우인(土木偶人)[16]으로 아느냐' 하고 드디어 참했는데, 예형은 죽기에 이르도록 꾸짖기를 마지않았다고 합니다."

한다.

---

16) 흙으로 만든 사람과 나무로 만든 사람. 아무짝에 소용없는 사람을 가리키는 말.

유표는 예형이 죽었다는 말을 듣고 탄식하기를 마지않으며 그의 시신을 거두어 앵무주(鸚鵡洲) 가에다 장사지내 주었다.

후세 사람이 예형을 탄식하여 지은 시가 있다.

  필경 황조가 장자는 아니기로   黃祖才非長者儔
  애달프다 예형이 이 강가에 죽었구나.   禰衡珠碎此江頭
  앵무주 지내면서 내 마음이 서러워라   今來鸚鵡洲邊過
  무심한 푸른 물만 만고에 흐르다니.   惟有無情碧水流

한편 조조는 예형이 살해당한 것을 알자
"썩은 선비놈의 설검(舌劍)이 도리어 저를 죽이고 말았구나."
하고 웃었다.

그리고 그는 유표가 항복하러 오지 않는 것을 보고 곧 군사를 일으켜 문죄하려 하였다. 그러나 순욱이
"원소를 아직 평정 못하고 유비를 아직 멸하지 못했는데 군사를 들어 강한(江漢)을 치려고 하시는 것은 바로 심복을 버리고 수족을 돌아보는 것과 같습니다. 이제 먼저 원소를 멸하고 다음에 유비를 멸하고 보면 강한은 한 번 쓸어서 가히 평정할 수 있사오리다."
하고 간해서 조조는 그의 말을 좇았다.

한편 동승은 유현덕이 떠나간 뒤로부터 밤낮으로 왕자복의 무리와 더불어 의논을 하여 왔으나 도무지 계책이 서지 않았다.

건안 오년 정월 초하룻날 조하(朝賀)에서 그는 조조의 교횡(驕橫)

이 더욱 심해진 것을 보고 그만 울분함을 이기지 못하여 병이 나고 말았다. 헌제는 국구가 병이 난 것을 알고 궁중의 태의를 내보내서 약을 쓰게 하였다.

이 의원은 낙양 사람으로서 성은 길(吉)이요 이름은 태(太)요 자는 칭평(稱平)이라 사람들이 모두 길평이라 불렀으니 당시의 명의였다. 길평이 동승의 부중에 들어가 약을 써서 치료하며 조석으로 떠나지 않는데 매양 동승이 긴 한숨 짧은 탄식으로 지내는 것을 보면서도 감히 그 까닭을 묻지 못했다.

그러자 정월 대보름날이 되어 길평은 하직을 고하고 돌아가려 하였으나, 동승이 붙잡아서 두 사람은 같이 술을 마셨는데 한식경 넘어나 마시고 나자 동승은 곤함을 이기지 못하여 옷을 입은 채 쓰러져 잠이 들어 버렸다.

그러자 문득 왕자복 등 네 사람이 찾아왔다고 보해서 동승이 나가 맞아들이니, 왕자복이 대뜸

"일은 다 되었소."

하고 말한다.

"어떻게 말이오. 어디 이야기를 좀 하오."

하니, 왕자복의 말이

"유표는 원소와 손을 잡아 군사 오십만을 일으켜 함께 열 길로 나누어 쳐들어오고, 마등은 한수와 손을 잡아 서량병 칠십이만을 일으켜 북으로부터 쳐들어온 통에 조조가 허창에 있는 병마를 모조리 일으켜 가지고 머리를 나누어 적 맞게 해서 성중이 텅 비었소그려. 만일 우리 다섯 집의 노복들을 다 모으면 천여 명이 될 것이니, 오늘밤 조조가 부중에서 대연을 베풀고 보름밤을 경하하

는 그때를 타서 상부를 에워싸고 안으로 뛰어 들어가 죽이기로 하되 이 기회를 잃지 말도록 합시다."
한다.

　동승은 마음에 크게 기뻐 즉시 가중의 노복들을 불러서 각기 병장기를 수습하게 하며 자기는 갑옷 입고 투구 쓰고 창 들고 말에 올라 여러 사람과 내문 앞에서 서로 모여 동시에 진병하기로 언약을 하였다.

　이윽고 이경이 되자 모든 군사가 다 이르렀다. 동승이 손에 보검을 들고 걸어서 바로 안으로 들어가니 조조가 후당에서 잔치를 하고 있다.

　"조조 역적놈아, 네 도망하지 마라."
하고 동승이 큰 소리로 외치며 한 칼로 내리치니 조조가 칼을 맞고 그대로 쓰러지는데, 문득 놀라 깨니 곧 남가일몽(南柯一夢)이라.

　동승의 입에서 오히려
　"조조 역적놈아."
하고 꾸짖는 소리가 연달아 나올 때, 길평이 와락 앞으로 나서며
　"네가 조공을 모해하려 하느냐."
하고 외치니, 동승이 놀라고 두려워서 아무 대답을 못한다. 길평은 말하였다.

　"국구는 놀라지 마십시오. 제가 비록 한낱 의원이기는 하나 일찍이 한나라를 잊은 적이 없습니다. 그간 제가 연일 국구께서 탄식해 마지않으시는 것을 뵈옵고도 감히 여쭈어 보지 못했는데 바로 지금 꿈속에 하신 말씀으로 이미 국구의 진정을 알았으니 부디 숨기려 마십시오. 만약에 저를 쓰실 곳이 있으시다면 비록 구

족이 멸하더라도 또한 후회하지 않겠습니다.”

그러나 동승이 손으로 낯을 가리고 울며

“말은 그러하나 다만 진심이 아닐까 두렵소그려.”

하고 말하니, 길평은 드디어 손가락 하나를 깨물어 맹세를 하였다.

동승은 마침내 의대조를 꺼내다가 길평에게 보이며

“이제까지 우리가 거사를 못하고 있는 것은 유현덕과 마등이 각기 떠나 버렸기 때문이라 아무리 생각해도 도리가 없어 이로 인해 내가 병이 난 것이오.”

하고 말하니, 길평이

“여러분 대감님네가 구태여 마음을 쓰실 것도 없이 조조 역적놈의 목숨은 오직 제 수중에 있습니다.”

하고 말한다.

동승이 그 까닭을 묻자, 길평의 말이

“조조 역적놈이 항상 두풍(頭風)을 앓습니다. 병이 이미 골수에 들어서 두통이 나기만 하면 곧 저를 불러다가 약을 쓰게 하는 터이라 조만간 저를 부를 것이니, 그때 독약 한 첩만 쓰고 보면 갈데없이 제가 죽고 말 터인데 구태여 병장기를 쓸 일이 무엇이겠습니까.”

한다. 듣고 나자 동승이

“만약 그럴 수만 있다면 한나라의 사직을 구하는 것이 다 그대 한 사람의 힘이요.”

하고 말하였다.

길평이 하직하고 돌아간 뒤에 동승이 마음에 은근히 좋아하며 걸어서 후당으로 들어갔는데, 이때 그는 우연히 가노 진경동(秦慶

童)이 어두운 구석에서 시첩 운영(雲英)과 은근히 수작을 건네고 있는 것을 보았다.

동승은 대로하여 좌우를 불러 그들을 잡아다 놓고 죽이려 하였다. 그러나 부인이 만류하는 바람에 죽이지는 않고 각기 척장(脊杖) 사십 도씩을 친 다음에 경동은 냉방에 가두어 두었다.

경동은 여기 한을 품고 이날 밤이 이슥하기를 기다려서 자물쇠를 끊고 담을 뛰어 나오자 그 길로 조조의 부중으로 들어가서

"기밀사(機密事)가 있어서 왔습니다."

하고 고하였다.

조조가 밀실로 불러들여서 묻자, 경동은

"왕자복 · 오자란 · 충즙 · 오석 · 마등의 다섯 사람이 저의 상전 댁에 모여 은밀하게 의논들을 하는데, 이는 승상을 모해하려는 것이 틀림없사옵고 저의 댁 상전이 흰 깁 한 끝을 내다 놓고 무엇인지 거기다 쓰던데 근일에는 길평이 손가락을 깨물어 맹세하는 것을 소인이 눈으로 보았소이다."

하고 아뢰었다. 조조는 경동을 부중에다 숨겨 두었다. 이를 알 턱 없는 동승은 제가 어디 다른 데로 도망해 갔으려니 하고만 생각하여 찾아보려고도 하지 않았다.

그 이튿날 조조는 거짓 두풍이 난다고 하여 길평을 불러서 약을 쓰게 하였다.

길평은 혼자 속으로 '이 역적놈이 이젠 죽었다' 생각하고, 가만히 독약을 품에 품고 상부로 들어갔다.

조조가 평상 위에 누워서 길평더러 약을 쓰라고 분부한다.

"이 병에는 한 첩만 쓰시면 곧 나으십니다."

하고 길평은 약탕관을 가져오라고 하여 그가 보는 앞에서 약을 달였다. 얼마 지나 약이 반쯤 졸았을 때 길평은 몰래 독약을 탄 다음 자기가 손수 약 그릇을 가져다 조조에게 바쳤다.

조조는 독이 들어 있는 것을 아는 까닭에 고의로 늑장을 부리며 선뜻 마시려 들지 않았다.

이를 보고 길평이

"더운 김에 드시고 땀을 좀 내시면 단박에 나으십니다."

하고 말하자, 조조는 자리 위에 일어나 앉으며

"그대가 이미 글을 읽었으니 반드시 예의를 알 것이라, 임금이 병이 있어 약을 먹는 때는 신하가 먼저 맛을 보고 아비가 병이 있어 약을 먹는 때는 자식이 먼저 맛을 보는 법이니, 그대는 내 심복지인인데 어찌하여 먼저 맛을 본 연후에 내게 권하려 안 하는고."

한다.

길평은

"약이란 병을 고치는 것인데 무엇 하러 남이 맛을 보겠습니까."

하고 말하였으나, 일이 이미 탄로된 것을 깨닫자 그는 약을 물고 앞으로 달려들며 조조의 귀를 잡아 독을 부으려 들었다. 그러나 조조가 머리를 뒤로 제치며 약 그릇을 쳐서 땅에다 쏟아 버리니 땅에 깔아 놓은 벽돌장이 모두 터진다. 조조가 미처 분부를 내리기 전에 좌우가 이미 길평을 잡아 내렸다.

조조는

"내게 무슨 병이 있겠느냐. 특히 너를 시험해 보려고 한 일인데 네가 과연 나를 모해하려는 마음을 품고 있었구나."

하고 드디어 힘골이나 쓰는 옥졸 이십 명을 불러서 길평을 후원으로 잡아다 놓고 고문을 하는데 조조가 정자에 앉아서 길평을 결박 지워 땅에다 쓰러뜨려 놓으나 길평은 안색을 고치지 않으며 털끝만치도 겁내는 빛이 없다.

조조는 웃으며 말하였다.

"너 같은 일개 의원이 언감 독을 써서 나를 해하려 했겠느냐. 필시 너를 교사한 사람이 있을 게다. 네가 그 사람만 바로 대면 내가 이 자리에서 너를 용서해 주겠다."

길평은 꾸짖었다.

"너로 말하면 기군망상하는 역적이라 천하가 모두 너를 죽이려 하는 터다. 어찌 나 하나뿐이겠느냐."

조조가 그래도 재삼 캐묻자 길평이 노해서

"내가 자의로 너를 죽이려 한 것인데 나를 시킨 사람이 어디 있을 리가 있느냐. 이제 성사 못했으니 오직 죽음이 있을 뿐이다."

하고 외쳤다.

조조는 노해서 옥졸을 시켜 사정없이 치게 하였다. 두 시각을 두고 연달아 치고 나니 가죽이 터지고 살이 헤지고 피는 흘러 섬돌에 흥건하다. 조조는 길평을 아주 죽였다가는 나중에 대질할 길이 없을 것이 걱정이라 옥졸을 시켜 그를 조용한 데로 끌고 가서 일시 쉬게 하였다.

그 이튿날 조조는 영을 전해서 연석을 배설한 다음에 여러 대신들을 다 자리로 청하였다. 이날 오직 동승만이 병을 칭탁하고 오지 않았을 뿐이요, 왕자복 등은 모두 조조가 의심을 둘까 염려하여 다들 자리에 참여하였다.

조조는 후당에 자리를 배설하고 술이 두어 순 돌고 나자

"좌중에 무어 흥을 도울 것이 없기에 내 사람 하나를 데려다가 여러분의 술을 깨워 드리리다."

하고, 이십 명 옥졸에게

"끌어 오너라."

하고 분부하니 조금 지나 길평을 큰 칼 씌워 계하에 잡아들인다.

조조는

"여러분은 알지 못하시리다마는, 이자가 악당과 짜고서 조정을 배반하고 조모를 모해하려다가 오늘날 탄로가 났으니 여러분은 이자의 공초를 좀 들어들 보시오."

하고 옥졸에게 명해서 우선 한 차례 매를 쳐서 땅에 기절해 쓰러지자 물을 갖다 낯에다 뿜어 주게 하였다.

길평은 깨어나자 눈을 부릅뜨고 이를 갈며 꾸짖었다.

"이놈 조조 역적아. 네 나를 죽이지 않고 다시 어느 때를 기다리는 것이냐."

조조는 물었다.

"공모한 자가 먼저는 여섯 명이었는데 너 하고 아울러 일곱 명이냐."

그러나 길평은 오직 소리를 가다듬어 꾸짖을 뿐이다. 왕자복 등 네 사람은 면면상고하며 마치 바늘방석에 앉은 것 같았다.

조조는 옥졸을 시켜서 일변 매질을 하며 일변 물을 뿜게 하였다. 그러나 길평은 도무지 용서를 구하려 아니 하였다. 조조는 그가 불지 않는 것을 보자 그만 끌어 내가게 하였다.

자리가 파해서 여러 관원들이 다 흩어져 돌아가는데 조조는 다

만 왕자복 등 네 사람만 붙들어 두어 야연(夜宴)에 참여하라 하였다. 네 사람은 혼이 몸에 가 붙지 않았으나 남아서 기다릴밖에 없었다.

조조가

"본래 붙들려고 한 게 아닌데 물어볼 일이 있어서 그랬소. 대체 네 분이 동승과 더불어 무슨 일을 의논하셨소."

하고 묻는다.

"아무것도 의논한 일이란 없소이다."

하고 왕자복이 대답하자, 조조가 다시 묻는다.

"흰 깁에다 쓴 것은 무어요."

왕자복의 무리는 다시 숨기고 말하지 않았다.

조조가 진경동을 불러내어 무릎맞춤을 시키자, 왕자복이

"너는 어디서 보았단 말이냐."

하고 물으니, 진경동이

"대감네가 여러 사람의 눈을 피해 여섯이 한자리에 앉아 글씨들을 쓰고서 어떻게 아니라고 하오."

한다.

왕자복은 조조를 보고

"이 도적놈이 국구의 시첩과 간통하다가 죄를 입고 제 주인을 무고하는 것이니 이놈 말을 믿어서는 아니 됩니다."

하고 말하였으나, 조조는

"길평이 내게 독약을 쓴 것이 동승이 시킨 일이 아니면 누구겠소."

한다.

왕자복의 무리는 모두 알지 못한다고 말하였다.

"오늘밤에 자수를 하면 오히려 용서를 해 주려니와 만약에 일이 탄로될 때까지 숨기고 말을 않는다면 추호의 용서가 없을 것이오."

조조가 얼러대었으나 왕자복의 무리는 다들 그런 일이 없다고 내뻗고 말았다. 조조는 좌우를 꾸짖어 네 사람을 잡아다 감금하게 하였다.

그 이튿날 조조는 여러 사람을 데리고 바로 동승의 집으로 문병을 갔다. 동승은 나와서 그를 영접하지 않을 수 없었다.

"무슨 일로 간밤 잔치에는 참여 안 하셨소."

하고 조조가 묻는 말에

"신병이 그저 낫지 않아서 바깥출입을 못하고 있습니다."

하고 동승이 대답하니, 조조가 대뜸

"그것이 바로 나라를 근심해서 생긴 병이오."

하고 말한다.

동승이 악연히 놀라는데 조조는 또 물었다.

"국구는 길평의 일을 아시오."

이번에도 동승이

"모릅니다."

하고 대답하니,

"국구가 어째서 모르신단 말이오."

하고 조조는 냉소하며 좌우를 불러

"국구의 병이 나으시게 이리로 끌어 오너라."

하고 분부하였다.

길평은

"조조 역적아."

하고 큰 소리로 꾸짖는데, 조조는 그를 손으로 가리키며 동승을 보고

"이 사람이 왕자복 등 네 명을 찍어 대서 내 이미 그들을 잡아 정위(廷尉)에게 내주었소. 아직도 한 명이 더 남았는데 아직 잡지 못했소."

하고 말한 다음, 길평에게 물었다.

"누가 너더러 나를 약 먹여 죽이라고 하더냐. 속히 바른 대로 대라."

길평이 대답한다.

"하늘이 나더러 역적을 죽이라고 하셨다."

조조는 노해서 또 매질을 시켰다. 그러나 이제는 일신에 매질할 곳이 없었다. 동승은 자리에 앉아서 이 모양을 보며 가슴이 바로 칼로 에이는 것 같았다.

조조는 다시 길평에게 물었다.

"네 손가락이 원래 열 갠데 어째서 아홉 개밖에 없느냐."

길평이

"하나는 내가 국적을 죽이려 맹세를 하느라고 깨물었다."

하고 말하자, 조조는 칼을 가져 오라고 하여 섬돌 아래서 손가락 아홉 개를 모조리 잘라 버리게 한 다음에

"한꺼번에 다 잘랐으니 어서 또 맹세를 해라."

하고 뇌까린다.

길평은 말하였다.

"아직도 입이 있으니 역적을 삼킬 수 있고 혀가 있으니 역적을 꾸짖을 수 있느니라."

이 말을 듣자 조조가 그의 혀를 자르라고 영을 내리니, 길평이

"가만 좀 있소. 내 이제는 더 악형에 견딜 수가 없어서 부득이 공초하겠으니 묶은 것이나 좀 풀어 주오."

하고 청한다. 조조는

"풀어 주기로 무슨 상관이 있으랴."

하고 드디어 옥졸에게 명하여 그의 결박한 것을 풀어 주게 하였다.

길평은 몸을 일으키자 대궐을 바라고 절을 하며

"신이 나라를 위하여 능히 역적을 죽이지 못했으니 이는 천수(天數)이옵니다."

하고 절을 다 하고 나자 섬돌에 머리를 부딪고 죽어 버렸다. 조조가 그의 사지를 찢어서 호령하게 하니 때는 건안 오년 정월이다.

사관의 지은 시가 있다.

한나라 말년 기수가 쇠잔한 때	漢朝無起色
태의 길평이 조정에 있었더라	醫國有稱平
간당을 없애기로 마음에 맹세하고	立誓除姦黨
제 한 몸 내어던져 성명에 보답할 제	損軀報聖明
혹독한 형벌에도 말은 더욱 매서웁고	極刑詞愈烈
참혹하게 죽으면서 의기는 그대로 살았거니	慘死氣如生
열 손가락에 임리한 저 붉은 피	十指淋漓處

천추만대에 그 이름을 전하누나.　　　　千秋仰異名

　　조조는 길평이 이미 죽은 것을 보자 좌우를 시켜서 진경동을 끌어 오라 하여 앞에다 놓고
　　"국구는 이 사람이 누군지 아시겠소."
하고 물었다.
　　동승이 그를 보고 대로하여
　　"도망한 종놈이 여기 있구나. 네 죽어 봐라."
하고 꾸짖었다.
　　그러나 조조는
　　"이 사람이 이번 고변의 수고인(首告人)으로서 대질하러 불러온 터에 누가 감히 죽이겠다 하시오."
한다.
　　"승상은 어찌하여 도망한 종놈의 일면지사(一面之辭)만 들으시고 이러십니까."
　　동승이 한마디 하였으나, 조조는
　　"왕자복의 무리를 내가 이미 다 잡아서 초사(招辭)에 모두 밝히 드러난 터에 네가 그래도 아니라고 뻗대느냐."
하고 즉시 좌우를 불러 동승을 잡아 내리게 한 다음에 종인에게 명하여 바로 동승의 침방으로 들어가 방 뒤짐을 하게 해서 마침내 의대조와 의장을 찾아내었다.
　　조조는 보고 나자 웃으며
　　"쥐 같은 무리가 어찌 감히 이럴 법이 있을꼬."
하고, 드디어 영을 내려서

"동승의 전가양천(全家良賤)을 모조리 감금하고 단 한 놈도 놓치지 마라."
하고 부중으로 돌아가자 의대조와 의장을 여러 모사들에게 내보이며 헌제를 폐하고 다시 새 임금을 세울 일을 의논하였다.

    두어 줄 밀조가 허사로 돌아가매
    한 장 맹서(盟書)가 재앙의 근원이라.

과연 헌제의 목숨이 어찌 되려는고.

국적이 행흉하여 귀비를 죽이고
황숙이 패주해서 원소에게로 가다

| 24 |

이때 조조는 의대조를 보고 여러 모사들과 상의하여 헌제를 폐해 버린 다음에 달리 덕이 있는 사람을 가려서 임금으로 세우려 하였다.

그러나 정욱이 나서서

"명공께서 능히 위엄을 사방에 떨치시며 천하를 호령하실 수 있으신 것은 오직 한나라의 명호(名號)를 받들고 계시기 때문입니다. 제후들이 아직 다 평정되지 못한 이때에 만일 갑자기 폐립을 행하신다면 이것이 빌미가 되어 반드시 병란이 일어나고야 말 것입니다."

하고 간하였다.

조조는 마침내 이 일을 행하지 않기로 하고 다만 동승 등 다섯 사람과 그들의 일가노소를 각 문에 압송해서 일제히 처참하게 하니, 죽는 자가 모두 칠백여 인이라 성중의 관민들로서 이것을 보고 눈물을 아니 흘리는 자가 없었다.

후세 사람이 시를 지어 동승을 탄식하였다.

혈자밀조가 의대 속에 감추어져
어느 결에 천자 말씀이 금문을 나서도다.
지난날 서도에서 거가를 구했더니
천은이 망극하여 이날 밀조 또 내렸네.

나라를 근심하여 항시 마음은 아팠고
역적을 죽이려고 꿈속에도 칼을 뺐네.
장하다 그의 충성 천고에 빛나거니
구태여 성불성(成不成)을 다시 논해 무엇 하랴.

또 왕자복 등 네 사람을 탄식해서 지은 시가 있다.

의장(義狀)에 이름 두어 충성을 맹세하니
임금께 갚으려는 그 뜻이 강개하다.
나라를 위해서는 삼족도 버렸거니
그들의 일편단심 천추유전(千秋流轉)하리로다.

조조는 동승 이하로 여러 사람들을 죽이고 나서도 오히려 노기가 풀리지 않아서 드디어 칼을 차고 궁중으로 들어갔다. 동 귀비를 시살하려는 것이다. 귀비는 바로 동승의 누이로서 헌제의 총행(寵幸)을 받아 이때 잉태한 지 다섯 달이었다.

이날 헌제는 후궁에서 복 황후와 더불어 바야흐로 동승의 일을 이야기하고 있었다. 이제 이르도록 아무 소식이 없으니 모를 일이라고 서로 말하고 있는 중에 문득 조조가 칼을 차고 궁으로 들어왔다. 보니 얼굴에 노기가 등등하다.

헌제는 대경실색하는데 조조가 불쑥

"폐하는 동승이 모반한 것을 알고 계십니까."

하고 묻는다.

헌제가

"동탁은 이미 주살하지 않았소."

하니, 조조는 언성을 높여

"동탁이 아니라 동승 말씀입니다."

한다.

천자는 두려워서 떨며

"짐은 실상 알지를 못하오."

하였으나, 조조가

"손가락을 깨물어서 조서를 쓰던 일을 그래 잊으셨소."

하고 들이대자, 그는 다시 대답을 못하였다.

조조는 무사를 꾸짖어 동 귀비를 잡아 오게 하였다. 이를 보고 헌제는 조조에게 빌었다.

"귀비가 잉태하여 지금 다섯 달이 되었으니 부디 승상은 어여삐 여겨 주오."

그러나 조조는

"만약에 천수가 아니었다면 나는 이미 죽고 말았을 것이외다. 그런데 다시 이 계집을 살려 두어서 후환이 되게 하란 말씀이오."

하고 뇌까린다.

　복 황후도 나서서

"귀비를 냉궁에 가두어 두었다가 몸이나 풀기를 기다려서 죽이더라도 늦을 것은 없겠지요."

하고 빌었으나, 조조는

"이 역적의 씨를 남겨 두었다가 저의 어미의 원수를 갚게 하자는 말씀이오."

하고 비웃을 뿐이다.

　동 귀비는 울면서

"부디 시체나 온전히 해서 죽게 하시고 제발 살이 드러나지 않게 하여 주십시오."

하고 빌어서, 조조는 흰 깁 한 끝을 갖다가 그에게 주게 하였다.

　헌제가 울면서 귀비를 대하여

"경은 황천에 돌아가 부디 짐을 원망 마라."

하고 말을 마치자, 그대로 눈물이 비 오듯하니 복 황후가 또한 목을 놓아 운다. 조조는 노하여

"아녀자 모양 이게 무슨 꼴들이오."

하고 곧 무사를 꾸짖어서 동 귀비를 끌어내다가 궁문 밖에서 목을 매달아 죽이게 하였다.

　후세 사람이 동 귀비를 탄식해서 지은 시가 있다.

　　　천총(天寵)이 망극터니 이제 와선 원수로다
　　　애달프다 복중의 용종(龍種)이야 제 무슨 죄가 있누.
　　　만승(萬乘)의 천자로도 구해 줄 길 없어

멀거니 바라보며 눈물만 샘솟듯 하누나.

조조는 감궁관(監宮官)을 불러서
"이 뒤로 외척이나 종족이나를 막론하고 내 허락이 없이 궁문을 들어서는 자는 참해 버려라. 그리고 수어가 엄하지 못한 것도 그 죄가 같으리라."
하고 신칙하였다. 조조는 또 심복인 삼천 명을 어림군에 충당하고 이를 조홍으로 하여금 통솔하여 방찰(防察)하게 하였다.

조조는 정욱을 보고 말하였다.
"이번에 비록 동승의 무리들은 주살해 버렸다 하지만, 아직도 마등과 유비가 그 수에 들어 있으니 불가불 없애야만 하지 않겠소."

정욱이 말한다.
"마등은 서량 땅에 군사를 둔치고 있어서 쉽사리 취할 수 없으니 글을 보내셔서 위로하시고 의심을 품지 않게 하신 다음에 경사로 꾀어 들여서 도모하시는 것이 좋겠습니다. 유비로 말씀하더라도 지금 서주를 웅거하여 의각지세를 벌이고 있으니 또한 경솔히 대할 수 없을 뿐더러 지금 원소가 관도에 군사를 둔쳐 놓고 매양 허도를 도모할 뜻을 품고 있는 터가 아닙니까. 만약 우리가 한번 동정(東征)하면 유비는 필시 원소에게 구원을 청하고야 말 것이니 이때 원소가 우리의 허한 틈을 타서 엄습해 온다면 이를 어떻게 하시렵니까."

그러나 조조는
"그렇지 않소. 유비는 인걸이오. 이제 만약에 가서 치지 않고 그 우익이 이루어지도록 내버려 둔다면 그때 가서는 졸연히 도모하기가 어려우리다. 원소가 비록 강성하다고는 하나 매양 일을 당해 놓으면 의심이 많아서 결단을 못하니 근심할 것이 무어요."
하고 말하여, 이렇듯 한창 의논하고 있는 중에 마침 곽가가 밖으로부터 들어왔다.

조조가 곧 그를 보고

"내가 이제 동으로 유비를 치러 가고 싶으나 다만 원소가 염려가 되니 어찌하면 좋소."
하고 물으니, 곽가가

"원소는 천성이 원체 느린 데다가 의심이 많고 그 수하의 모사들은 서로들 투기만 하고 있는 형편이니 근심할 것이 없고, 유비는 이번에 새로이 군사를 정비한 터라 이 군사들이 아직은 유비에게 심복하지 않았을 것이니 이제 승상께서 군사를 거느리고 가서 치신다면 한 번 싸워서 가히 정하실 수 있을 것입니다."
하고 대답한다. 조조는 크게 기뻐하여

"바로 내 뜻과 같소."
하고, 드디어 이십만 대군을 일으켜서 군사를 다섯 길로 나누어 서주를 바라고 내려갔다.

세작이 이 일을 탐지해다가 서주에 보하자, 손건은 먼저 하비로 달려가서 관공에게 알려 주고 다음에 소패로 가서 현덕에게 고하였다.

현덕은 손건과 의논하고 나서

"아무래도 이것은 원소에게서 구원을 얻어야만 위급한 것을 면할 수 있겠소."
하고 글을 한 장 써서 손건에게 주어 하북으로 가게 하였다.

손건은 먼저 전풍을 찾아보고 그 일을 자세히 말한 다음에 인도해 주기를 청하였다.

전풍은 즉시 손건을 데리고 원소에게 들어가서 서신을 올렸다. 그러나 보니 원소의 형용이 초췌하고 의관이 정제하지 못하다.

"오늘 주공께서는 어찌하여 이러하십니까."

하고 물으니, 원소가

"나는 아마도 죽을까 보오."

하고 난데 없는 소리를 한다.

"주공은 어째서 그런 말씀을 하십니까."

하고 다시 물으니,

"내가 아이 다섯을 두었으나 그중 끝의 아이가 유독 마음에 드는데 이제 옴이 올라서 거의 죽게 되었으니 내가 무슨 경황이 있어서 다른 일을 의논하겠소."

한다.

전풍은 간절히 청하였다.

"지금 조조가 동으로 유현덕을 치러 나가서 허창이 비어 있으니, 만약 이 허한 틈을 타서 우리가 의병을 거느리고 들어가면 위로는 가히 천자를 보호해 드릴 수 있고 아래로는 가히 만민을 구제할 수 있을 것이니 이는 참으로 좀처럼 구하기 어려운 기회입니다. 명공께서는 한 번 영단을 내리십시오."

그러나 원소는

"나도 역시 그렇게 하는 것이 좋은 줄은 알고 있으나 다만 지금 내 마음이 산란하니 아무래도 군사를 일으키는 것이 이롭지 못할 것만 같소."

할 뿐이다.

"대체 무엇 때문에 마음이 산란하시단 말씀입니까."

하고 물으니, 원소는

"글쎄 다섯 아이 가운데 유독 이 아이가 가장 영특하게 생겼는데 만약 무슨 일이라도 있고 보면 나는 다 살았소."

하면서 드디어 군사를 내지 않기로 뜻을 결단해 버리고, 손건을 향하여

"그대는 돌아가서 현덕에게 이런 사유를 자세히 말씀하고 만약에 일이 불여의하게 되시는 때에는 내게로 오시라고 하오. 그러면 내가 힘자라는 데까지 도와 드리도록 하리다."

하고 말하였다.

전풍은 지팡이를 들어 땅을 치면서

"이 다시 얻기 어려운 때를 만나 가지고 어린아이 병 하나로 해서 그만 기회를 잃고 만다니 일은 다 틀리고 말았다. 분하고나, 참으로 분하고나."

하고 발을 동동 구르며 길게 탄식하고 나갔다.

손건은 원소가 마침내 군사를 내려고 아니 하는 것을 보자 하는 수 없이 다시 밤을 도와 소패로 돌아와서 현덕을 보고 전후수말을 자세히 이야기하였다.

현덕이 깜짝 놀라서

"일이 이렇게 되었으니 대체 어찌하면 좋을꼬."

하니, 장비가 나서며

"형님 근심하실 것 없소. 조조의 군사가 멀리서 오느라고 지쳤을 것이니 저희가 당도하는 길로 우리가 먼저 가서 겁채를 하면

능히 조조를 깨뜨릴 수 있을 것이오."

하고 계책을 드린다.

현덕은

"내가 본래 너를 일개 용부라고만 생각했는데 앞서 유대를 사로잡을 때에 능히 계책을 쓰더니 이번의 이 계교도 역시 병법에 맞는 것이다."

하고, 마침내 장비의 말을 좇아서 각기 군사를 나누어 적의 영채를 기습하기로 하였다.

한편 조조는 군사를 거느리고 소패를 향하여 내려왔다. 그러자 한창 행군하는 중에 난데없는 일진광풍이 일어나더니 아기(牙旗) 하나가 큰 소리를 내고 뚝 부러졌다.

조조는 즉시 군사를 그 자리에 멈추어 놓고 여러 모사들을 모아 길흉을 물었다.

순욱이 있다가

"대체 바람은 어느 방위에서 불어 왔으며 또 부러진 기는 어떤 색입니까."

하고 묻는다.

조조가 이에 대답하여

"바람은 동남방으로부터 불어 왔고 부러진 것은 각상아기(角上牙旗)인데 색인즉 청홍(靑紅) 양색이오."

하고 일러 주니, 순욱이 곧

"이것은 다른 일이 아니고 바로 오늘밤에 유비가 겁채하러 올 전조입니다."

한다.

조조가 머리를 끄덕이는데 문득 모개가 들어와서

"방금 동남풍이 일어나서 청홍 아기를 부러뜨려 놓았는데 주공께서는 이것이 무슨 조짐이라 생각하십니까."

하고 묻는다.

"공의 생각에는 어떠하오."

하고 조조가 되묻자, 모개는

"저의 어리석은 생각에는 오늘밤에 필시 겁채하러 오는 사람이 있다는 조짐 같습니다."

하고 대답하였다.

후세 사람이 탄식해서 지은 시가 있다.

    대적(大敵)을 과병(寡兵)으로 당해 낼 길 없어
    전 병력이 겁채로써 적을 치려 한 노릇이
    하늘도 무심할사 깃대는 왜 부러져
    간웅 조조를 못 잡게 하시는고.

조조는

"하늘이 미리 나에게 일러 주시니 불가불 방비를 해야만 하겠군."

하고 드디어 전군을 아홉 대로 나누어서 다만 한 대만 앞으로 나가 영채를 세워 들게 하고 나머지 무리들은 팔면에 매복하고 있게 하였다.

이날 밤에 달빛이 희미하였다. 현덕은 좌편에 있고 장비는 우편에 있어 군사를 두 대로 나누어서 나아가고 오직 손건만 남겨 두어 소패를 지키게 하였다.

이때 장비는 자기의 계책이 바로 들어맞을 줄만 여겨 경기(輕騎)를 거느리고 앞으로 나아가 바로 조조의 영채로 뛰어들었다.

그러나 막상 들어가 보니 영채 안은 덩그렁한 것이 인마가 많지 않은데, 문득 사면에서 화광이 크게 일더니 함성이 일시에 들려온다.

장비는 제가 도리어 적의 계책에 빠진 줄을 깨닫고 급히 영채 밖으로 뛰어나왔다. 이때 팔처 군마가 일시에 짓쳐 들어오니 동에는 장료요 서에는 허저요 남에는 우금이요 북에는 이전이요 동남은 서황이요 서남은 악진이요 동북은 하후돈이요 서북은 하후연이다.

장비는 좌편을 치고 우편을 치며 앞을 막고 뒤를 막아서 싸웠다. 그러나 그가 거느리고 있는 군사들이란 원래 조조의 수하 구군(舊軍)들이라 사세가 급하게 된 것을 알고는 모조리 앞을 다투어 항복을 하고 말았다.

장비가 동서로 한창 어지러이 치는 중에 서황을 만나서 대판으로 싸우는데 뒤로부터 악진이 또 쫓아 들어왔다.

장비는 혈로를 찾아서 포위를 뚫고 달아났다. 다만 수십 기가 그의 뒤를 따를 뿐이다.

그는 소패로 돌아가려 하였으나 길은 이미 끊겨 있다. 서주나 하비로 가고 싶어도 역시 조조의 군사가 막고 있을까 두려웠다. 아무리 생각하여도 갈 곳이 없어서 장비는 드디어 망탕산을 바라고 말을 달렸다.

한편 현덕도 군사를 거느리고 조조의 영채를 엄습하러 갔다. 그러나 채문 가까이 이르자 홀연 함성이 크게 일며 뒤에서 한 떼의 군마가 짓쳐 들어와서 절반 인마를 채어가 버렸는데 이때 하

昭烈帝　　소열제(유비의 시호)

承獻皇之命　　헌황제의 명을 받아
任廓淸之權　　부패 척결 권한 맡았네
倡義徐州　　　서주에서 창의하니
奸雄挫膽　　　간웅의 간담이 꺾이었다
敷仁西蜀　　　서촉땅에 어진 정사 베푸니
天下歸心　　　천하 인심이 그에게 돌아갔도다

후돈이 또 쳐들어왔다.

현덕은 에움을 뚫고 달아났다. 하후연이 또 뒤에서 쫓아온다. 현덕이 둘러보니 수하에 오직 삼십여 기가 따를 뿐이다. 급히 소패로 돌아가는데 문득 바라보니 소패성 안에서 불길이 일어난다.

그는 하는 수 없이 소패를 버리고 서주 하비로 향해서 가려 하였다. 그러나 조조의 군사가 산과 들을 까맣게 덮어서 그 편도 길이 막혔다.

현덕은 생각해 보아도 갈 곳이 없었다.

그러자 문득 그는, 원소가 만약에 일이 여의하지 못하게 되거든 자기에게로 오라고 하더라는 말을 생각해 내고 '이제 잠시 가서 몸을 의탁해 있다가 달리 좋은 도리를 차리느니만 못할까 보다' 하고 드디어 청주 길을 바라고 달아나는데 이전이 또 내달아서 길을 막는다. 현덕은 필마단기로 천방지축 북쪽을 바라고 달아났다. 이때 이전은 또 그의 수하 군사들을 채어가 버렸다.

현덕이 필마로 청주를 바라고 하루에 삼백 리를 달려서 청주성 아래 이르러 문을 열라고 외치니 문리가 그의 성명을 듣고 자사에게 보하니, 자사는 곧 원소의 맏아들 원담(袁譚)이다.

원담은 본래 현덕을 공경해 오는 터라, 그가 필마로 찾아왔다는 말을 듣자 즉시 성문을 열고 영접해서 함께 공관으로 들어와 자세한 연고를 묻는다.

현덕이 싸움에 패해서 원소에게 몸을 의탁하려 한다는 말을 하니, 원담은 현덕을 관역에 들게 하고 글을 내어 저의 부친 원소에게 그 뜻을 보하였다. 그리고 일변 군사를 내서 현덕을 호위하게 하였다.

현덕이 평원 지경에 당도하니 원소는 친히 여러 사람을 거느리고 업군(鄴郡) 삼십 리 밖에 나와서 그를 영접하였다. 현덕이 절하고 사례하자, 원소는 황망히 답례하고

"전일에는 어린 자식의 병으로 해서 그만 원병을 보내 드리지 못하고 마음에 앙앙불안(怏怏不安)하였더니 이제 다행히 만나 뵙게 되어 평생에 갈망하던 마음을 크게 위로하게 되었소이다."
한다.

현덕은 그에게 말하였다.

"의지 없는 유비가 명공 문하에 몸을 의탁하려 생각한 지는 이미 오래나 다만 길이 없었소이다. 이제 조조에게 패해서 처자가 다 함몰하매 문득 장군께서 천하의 선비들을 용납하신다는 것을 생각하여 부끄러움을 무릅쓰고 찾아뵌 것이니 문하에 거두어 주신다면 맹세코 그 은덕을 보답하오리다."

원소는 크게 기뻐하여 후하게 대접하며 함께 기주에 있게 하였다.

한편 조조는 그날 밤 소패를 수중에 거두자 즉시 진병하여 서주를 쳤다. 미축과 간옹이 지켜 내지 못하고 성을 버리고 달아나자 진등이 서주를 바쳐 버렸다.

조조는 칼에 피 한 방울 묻히지 않고 대군을 거느리고 성으로 들어가서 백성을 안무하고 나자, 곧 여러 모사들을 불러서 하비성 칠 것을 거듭 의논하였다.

순욱이

"운장이 현덕의 가권을 보호하여 이 성을 사수하고 있으니 만약 속히 취하지 않았다가는 원소에게 빼앗기고 말 것입니다."

하니, 조조가

"내가 본래 운장의 무예와 인재를 사랑하는 터라 수하에 거두어서 쓰고 싶으니 아무래도 사람을 보내서 항복하도록 달래 보는 것이 좋을까 보오."

하니, 곽가가

"운장은 의기가 심중하니 제가 반드시 항복하려 아니 할 것입니다. 만약 사람을 보내서 달래시려다가는 해를 받기 쉽지요."

하는데, 장하에서 한 사람이 나서며

"제가 관공과 일면지교가 있으니 한 번 가서 말해 보오리다."

한다.

여러 사람이 보니 곧 장료다.

이때 정욱이 입을 열어

"문원이 비록 운장과 교분이 있다고는 하지만 내가 보기에 이 사람은 말로 달래서 들을 사람이 아닙니다. 내게 한 계책이 있으니 우선 이 사람으로 하여금 진퇴무로하게 만들어 놓은 연후에 문원을 보내 달래 보도록 하시면 제가 반드시 승상께로 돌아올 것입니다."

    맹호를 잡으려고 쇠뇌를 걸어 놓고
    오어(鰲魚)를 낚아 보려 미끼를 마련한다.

대체 그 계책이란 어떠한 것인고.

토산에서 관공은 세 가지 일을 다짐받고 조조를 위해 백마(白馬)의 포위를 풀어 주다

| 25 |

이때 정욱이 계책을 드리는데

"운장은 만인적(萬人敵)[1]이 있으니 지모를 쓰지 않고는 잡을 수 없사오리다. 이제 곧 유비 수하에서 항복한 군사를 하비성으로 들여보내 관공을 보고 도망해 왔다고 하여 성중에 있다가 내응하게 해 놓고, 관공을 밖으로 끌어내서 싸우다가 거짓 패하여 다른 곳으로 끌고 가서 정병으로 그의 돌아갈 길을 끊어 놓고 다음에 말로 달래 보는 것이 좋습니다."

하니, 조조는 그 계책을 들어 즉시 서주에서 항복한 군사 수십 명으로 하여금 그 길로 하비성으로 돌아가서 관공에게 항복하게 하였다. 관공은 그들이 본래 자기네 편에 있던 군사라 해서 그대로

---

1) 혼자서 만인을 대적할 수 있다는 뜻으로, 병법(兵法)·군략(軍略)을 가리켜 하는 말.

받아 두고 의심하지 않았다.

그 이튿날이다. 하후돈이 선봉이 되어 군사 오천 명을 거느리고 와서 싸움을 돋우었다. 그러나 관공이 나가지 않았더니 하후돈이 사람들을 시켜 성 아래 와서 욕설을 퍼붓게 한다.

관공은 대로해서 삼천 인마를 거느리고 성에서 나가 하후돈과 어우러져 싸웠다. 서로 싸우기 십여 합이나 해서 하후돈이 말머리를 돌려서 달아난다. 관공은 그 뒤를 쫓았다.

하후돈이 일변 싸우며 일변 달아나며 하는 통에 관공은 그대로 이십 리가량이나 뒤를 쫓다가 문득 하비성에 무슨 일이나 있을까 염려하여 그는 군사를 끌고 곧 돌아오려 하였다. 이때 일성포향(一聲砲響)에 좌편의 서황과 우편의 허저 양대 군마가 내달아서 그의 갈 길을 끊는다.

관공이 길을 뺏어서 달아나는데 양편의 복병들이 경노백장(硬弩百張)을 벌려 놓고 들이쏘아서 화살이 빗발치듯하였다.

관공이 더 나아가지 못하고 군사를 끌고 다시 돌아오려니까 서황과 허저가 또 싸우러 달려든다. 관공은 힘을 다해서 두 사람을 물리친 다음에 군사를 끌고 다시 하비성으로 돌아가려 하였다. 이때 하후돈이 또 길을 막고 들이친다.

관공은 날이 저물 무렵까지 싸웠으나 돌아갈 길이 없어서 부득이 한 토산(土山)으로 가서 군사를 산머리에다 둔쳐 놓고 잠시 쉬었다. 조조의 군사는 토산을 겹겹이 둘러싸고 말았다.

그때 관공이 산 위에서 멀리 바라보니 하비성중에서 화광이 충천한다. 이것은 거짓 항복한 군사들이 몰래 성문을 열어 주니 조조가 몸소 대군을 거느리고 성중으로 쳐들어가서 일부러 불을 들어 관공의 마음을 어지럽게 한 것이다.

　관공은 마음에 놀라고 당황해서 밤에도 몇 번인가 산 아래로 짓쳐 내려왔으나, 그때마다 적들이 화살을 어지러이 쏘는 통에 도저히 적의 에움을 뚫을 수가 없어 도로 산 위로 올라가곤 하였다.

　날이 밝기를 기다려서 관공이 다시 군사를 정돈해 가지고 산에서 내려와 싸우려고 하는데 이때 홀연 한 사람이 말을 달려 토산 위로 올라왔다. 자세히 보니 장료다.

　관공은 그에게로 마주 나가며

　"문원은 나하고 싸우러 오는고."

하고 물었다.

　장료는

　"아닙니다. 고인(故人)의 전일의 정의를 생각해서 특히 한 번 뵈러 오는 길입니다."

하고 드디어 칼을 버리고 말에서 내려 관공과 수어 인사한 다음에 산마루에 앉았다.

　관공이

　"문원은 관모를 달래러 온 것이나 아니오."

하고 묻자, 장료는

　"아닙니다. 전일에 형장께서 아우를 구해 주셨으니 오늘날 제가 어찌 형장을 구해 드리지 않으리까."

하고 대답한다.

　"그러면 문원은 나를 도와주러 온 것이오."

　"그도 아닙니다."

　"나를 도와주러 온 것도 아니라면 그럼 여기는 무얼 하러 왔소."

관공의 묻는 말에 장료는 대답하였다.

"지금 현덕은 존망을 알지 못하고 익덕도 생사를 알 수 없으며, 간밤에 조공은 이미 하비성을 파하였는데 군사나 백성을 하나도 상하지 않았고 또 사람을 보내서 현덕의 가권을 호위하여 경동함이 없게 하였으니 이렇듯 대접함을 제가 특히 형장께 보하러 온 것입니다."

관공이 듣고 노하여

"이것이 바로 나를 달래는 수작이 아니고 무엇이냐. 지금 내가 비록 절지(絕地)에 처해 있기는 하나 죽음을 털끝만치도 두려워 않는 터이니 너는 빨리 돌아가거라. 내 곧 산에서 내려가 조조와 한번 크게 싸우겠다."

하고 말하니, 장료는

"형장의 그 말씀이 어찌 천하의 웃음거리가 아니 되리까."

하고 껄껄 웃는다.

"내가 충의를 위해서 죽는 터에 어찌하여 천하의 웃음거리가 된단 말이냐."

하고 관우가 물으니, 장료가

"형장이 지금 이대로 돌아가시면 세 가지 죄를 범하시게 되오."

한다.

관우가

"어디 그 세 가지 죄라는 것을 말해 보아라."

하니, 장료는 대답한다.

"당초에 유 사군이 형장과 결의하실 때 생사를 함께하기로 하셨던 바인데, 이제 사군이 패하시자 형장이 곧 전사하신다면 만약에 사군이 다시 나오셔서 형장의 도움을 구하려 해도 구할 수가 없게 되니 이것이 당년의 맹세를 저버리는 것이 아니겠습니까, 이러니 그 죄가 하나요, 유 사군이 자기 가권을 형장께 부탁한 터에 형장이 이제 전사하시면 두 부인이 의지하실 곳이 없게 되니 이것은 사군이 모처럼 형장께 부탁하신 바를 저버리는 것이라 그 죄가 둘이요, 형장께서 무예가 출중하시고 겸하여 경사(經史)에 통하신 터에 사군과 함께 한나라를 붙들어 세우려고는 생각하지 않고 부질없이 부탕도화(赴湯蹈火)해서 필부의 용맹을 이루려고 하시니 이것을 어떻게 의(義)라고 하리까, 그 죄가 셋이라, 형장께서 이 세 가지 죄를 범하게 되겠기에 제가 말씀 아니 드릴 수가 없는 것입니다."

관공은 한동안 침음하다가 물었다.

"그대 말이 그럴듯한데 그러면 대체 나더러 어떡하란 말인고."

장료가 대답한다.

"지금 사면이 모두 조공의 군사라 형장께서 만약 항복하시지 않는다면 반드시 목숨을 잃고 마십니다. 부질없이 목숨을 버리시는 것이 세 가지 죄를 범하는 일이니 우선 조공께 항복을 하느니만 못합니다. 그래 놓고 유 사군의 소식을 알아보셔서 어디 계신 것을 알게 되거든 그때 곧 찾아가시기로 한다면, 첫째는 두 부인을 보호할 수 있게 될 것이요, 둘째는 도원에서 한 언약을 저버리지 않게 되고, 셋째는 유용한 몸을 남겨 두시게 되는 것이니 이렇듯 세 가지 좋은 도리가 있는 것을 형장은 깊이 한 번 생각해 보십시오."

듣고 나서 관공은 말하였다.

"형은 세 가지 좋을 도리를 말씀하지만 내게는 세 가지 언약할 일이 있으니, 만약 승상이 능히 들어주신다면 나는 곧 갑옷을 벗을 것이고 만일 들어주시지 않는다면 내 차라리 세 가지 죄를 짓더라도 예서 죽고 말겠소."

장료가

"승상의 너그러우신 도량으로 어찌 용납 아니 하실 리가 있겠습니까. 원컨대 세 가지 일을 듣고자 합니다."

하니, 관공이 말하기를

"첫째는 내가 황숙과 더불어 한실을 돕기로 맹세하였으니 내 이제 한나라 천자께 항복하는 것이지 조조에게 항복하는 것이 아니요, 둘째는 두 분 부인께 앞으로 황숙의 봉록을 드려서 지내시게 하며 상하를 막론하고 어떤 사람이거나 문 안에 들어가지 못하게 할 것이요, 셋째는 언제고 황숙의 계신 곳만 아는 때에는 천 리가 되거나 만 리가 되거나를 불계하고 곧 하직하고 떠나가겠다는 것이요. 세 가지 중 하나만 빠져도 내 결단코 항복하지 않을 것이니 문원은 어서 빨리 회보하오."

한다.

장료는 응낙하고 드디어 말에 올라 조조를 돌아가 보고, 먼저 한나라에 항복하고 조조에게는 항복하지 않는다는 말을 하였다. 조조가 웃으며

"내가 한나라의 정승이니 한나라가 곧 나라, 그것은 들어줄 수 있지."

한다.

장료가 다시

"두 부인 앞으로 황숙의 봉록을 내리시며 또 상하를 막론하고 누구나 문 안에 들이지 못하게 해 주셔야겠답니다."

하니, 조조가

"내 마땅히 황숙의 봉록에서 곱절이나 더 주겠고 내외를 엄금하는 데 이르러서야 곧 내 가법(家法)이니 또 무엇을 의심할꼬."

한다.

장료가 또 말을 이어

"그리고 언제나 현덕의 소식을 아는 날에는 아무리 멀더라도 듣는 즉시 떠나겠답니다."

하니, 그 말에 조조는 머리를 흔들며

"그렇다면 내가 운장을 길러서 무엇에 쓴단 말인고. 이것만은 들어주기 어려운데."

한다.

그러나 장료가

"예양(豫讓)의 '중인국사지론(衆人國士之論)'[2]을 못 들으셨습니까. 유현덕이 운장을 대접하였다고 해야 불과 은혜가 후했을 뿐이니 승상께서 더욱 후하게 은혜를 베푸셔서 그 마음을 맺으신다면 어찌 운장이 불복할 리가 있겠습니까."

하고 말하니, 조조는

"문원의 말이 과연 옳다. 그럼 내 이 세 가지 일을 다 들어주지."

---

2) 예양(豫讓)은 전국시대 사람으로, "임금이 만약 '중인'(보통 사람)을 대하는 태도로 나를 대한다면 나도 '중인'의 태도로써 그를 대할 것이요, 그가 만약 '국사'를 대하는 태도로 나를 대한다면 나도 '국사'의 태도로써 그에게 보답할 것이다"라고 말했다.

하고 응낙하였다.
　장료는 다시 산 위로 올라가서 관공에게 회보하였다. 관공의 말이
　"비록 그러하나 한 가지 청이 더 있으니, 승상께서 잠시 군사를 물리시면 내가 성에 들어가서 두 분 형수님께 뵙고 이 일을 말씀드린 다음에 가서 항복하겠소."
한다.
　장료가 다시 돌아가서 이 말을 조조에게 보하자, 조조는 즉시 영을 내려 군사를 삼십 리 밖으로 물리라 하였다.
　순욱이 있다가
　"아니 됩니다. 거짓이 있을까 두렵습니다."
하고 만류하였으나, 조조는
　"운장은 의사(義士)라 반드시 실신하지 않을 것이오."
하고 드디어 군사를 물렸다.
　관공이 군사를 거느리고 하비로 들어가 보니 백성이 다 안정해서 동하지 않는다. 마침내 부중에 이르러 관공은 두 분 형수를 뵈러 들어갔다.
　감·미 두 부인은 관공이 돌아왔다는 말을 듣자 급히 나와서 그를 맞았다.
　관공이 계하에서 절하고
　"두 분 아주머님을 놀라시게 한 것은 저의 죄올시다."
하고 머리를 조아려 사죄하니, 두 부인이
　"황숙께서는 지금 어디 계십니까."
하고 묻는다.

"가신 곳을 모릅니다."
하고 대답하니, 두 부인은 다시
"아주버니께서 이제 어떻게 하실 생각이십니까."
하고 물었다.

관공은 말하였다.
"관모가 성에서 나가 죽기로 싸우다가 토산에서 궁지에 빠졌는데 장료가 항복을 권하기에 제가 세 가지 일을 약조하자 했더니 조조가 다 들어주고 특히 군사를 물려서 저를 성내에 들게 한 것입니다마는, 아직 두 분 아주머님의 말씀을 들어 보지 못해서 감히 천단(擅斷)하지 못하고 있습니다."

"세 가지 일이란 무엇인가요."
하고 두 부인이 물어서 관공이 위에서 말한 세 가지 일을 자세히 한 차례 이야기하니, 감 부인이 하는 말이

"어제 조조 군사가 성으로 들어오기에 우리들은 꼭 죽는 줄로만 알았는데 조금도 범하지 않을뿐더러 군사 하나도 감히 문으로 들어오지 않게 할 줄이야 누가 생각이나 했겠습니까. 아주버님이 이미 응낙하셨다면 구태여 저희 두 사람에게 물으실 것이 있습니까. 그러나 다만 조조가 일후에 아주버님이 황숙을 찾아가시는 것을 용납하지 않을까 보아 걱정입니다."
한다. 그러나 관공이

"아주머님은 염려하지 마십시오. 관모에게 생각이 있습니다."
하고 대답하니, 두 부인은

"아주버님이 자량(自量)해서 하십시오. 무슨 일이고 구태여 저희들 여자에게 물어보실 것이 없으십니다."

하고 말하였다.

관공은 그 자리를 물러나오자 드디어 수십 기를 거느리고 조조를 만나러 갔다. 조조는 몸소 원문에 나와 영접해 주었다. 관공이 말에서 내려 절을 하니 조조가 황망히 답례를 한다.

관공은 말하였다.

"패군한 장수가 죽이지 않으신 은혜를 입었습니다."

조조가 말한다.

"내가 본래 운장의 충의를 공경해 오던 터에 오늘 다행히 서로 만나 보게 되니 실로 평생소원을 풀었다고 하겠소."

"문원을 통해서 세 가지 일을 품했더니 승상께서 다 허락해 주셔서 감사하거니와 부디 식언하시지 마십시오."

"내 한 번 말한 터에 어찌 실신할 리가 있겠소."

"관모가 만약에 황숙이 계신 곳만 아는 때에는 물불을 가리지 않고 반드시 찾아가려고 하는데, 그때 미처 승상께 하직을 고하지 못하고 떠나는 일이 있더라도 용서해 주시기를 바랍니다."

"현덕이 어디 있다면 내 반드시 공을 가시게 하겠소. 그러나 다만 난군 속에서 이미 전몰(戰歿)하지나 않았을까 염려요. 공은 조급히 굴지 말고 차차 두고 알아보도록 하시구려."

관공이 배사하자 조조는 연석을 베풀어서 그를 대접하였다.

그 이튿날 조조가 군사를 거두어 허창으로 돌아가는데 관공은 수레를 수습해서 감 부인과 미 부인 두 분 형수를 태워 친히 호위하고 떠났다.

그날 밤의 일이다. 일행이 관역에 들어 쉴 때 조조는 군신 간의 예절을 어지럽게 하려고 관공과 그의 두 형수를 한방에 들게 하였다. 그러나 관공은 친히 손에 촉대를 잡고 밤새도록 방문 밖에 서서 조금도 자세를 흩뜨리지 않고 밤을 새우니, 조조는 관공이 이처럼 하는 것을 보고 더욱 경복하였다.

허창에 이르자 조조가 저택 하나를 내서 관공을 거처하게 하니, 관공은 그 집을 안팎 두 채로 나누어서 늙은 군사 열 명을 뽑아 안 중문을 지키게 하고 자기는 바깥채에서 지냈다.

조조는 관공을 데리고 입궐하여 헌제께 배알하였다. 헌제는 관공을 봉해서 편장군(偏將軍)을 삼았다. 관공은 천은을 사례하고 집으로 돌아왔다.

이튿날 조조가 연석을 크게 배설하고 여러 모사와 장수들을 자리에 모았는데 관공만은 상빈의 예로 대접해서 상좌에 앉혔다.

그리고 그는 또 각색 채단과 금은 기명(器皿)들을 보내 주었다. 관공은 이것들을 다 두 분 형수에게 드려 간수하게 하였다.

관공이 허창에 온 뒤로 조조가 그를 대접하는 품이 심히 융숭해서 소연은 사흘이요 대연은 닷새였다.

그는 또 미녀 열 명을 보내 관공을 모시게 하였다. 그러나 관공은 그들을 모조리 안으로 들여보내서 두 분 형수를 모시고 있게 하였다.

관공은 사흘에 한 번씩 정해 놓고 안 중문 밖에 가서 공손히 예를 베풀어 두 분 형수에게 문안을 드렸다. 그러면 두 부인은 그에게 황숙의 소식을 물어본 다음에

"그럼 아주버니, 그만 나가 보시지요"

하고 말한다. 그제야 관공은 비로소 밖으로 물러나오는 것이었다.

조조는 이 말을 전해 듣고 더욱 관공에게 탄복하기를 마지않았다.

하루는 조조가 관공의 입고 있는 녹금전포(綠錦戰袍)가 이미 낡은 것을 보고 그의 몸 치수를 재서 좋은 비단으로 새로 전포 한 벌을 지어 그에게 선사하였다. 관공은 받아서 새 전포는 속에 입고 겉에다가는 여전히 헌 전포를 껴입었다.

이것을 보고 조조가

"운장은 어째서 이처럼 검소하시오."

하고 웃으니, 관공이

"이것은 제가 검소해서 그런 것이 아닙니다. 이 헌 전포는 본래 유황숙께서 내리신 것이라 그래 제가 입고 황숙의 얼굴을 뵌 듯이 하는 터이니, 어찌 승상께서 새것을 주셨다고 하여 감히 황숙께서 내리신 옛것을 잊겠습니까. 그래서 위에다 껴입은 것이외다."

하고 대답한다.

조조는

"참으로 의사로다."

하고 감탄하였다. 그러나 비록 입으로는 그처럼 칭찬을 하나 마음으로는 실상 좋게 여기지 않았다.

어느 날 관공이 부중에 있으려니까 홀연 보하는 말이

"안의 두 분 부인께서 땅에 쓰러지셔서 통곡들을 하시는데 무슨 연고임을 모르겠으니 장군께서는 속히 좀 들어가 보십시오."

한다.

관공은 즉시 의관을 정제한 다음에 들어가 안 중문 밖에 꿇어앉아서

"두 분 아주머님께서는 어이하여 그렇듯 애통해하십니까."
하고 물었다.
　감부인이
"내가 간밤에 황숙께서 토갱 속에 빠져 계신 꿈을 꾸고 잠을 깨서 미 부인과 해몽을 해 보니 아무리 생각하여도 황천에 계신 것만 같아서 그래 둘이서 우는 거랍니다."
하고 대답한다.
　관공은 듣고 나서
"꿈을 어떻게 믿으신단 말씀입니까. 이것은 아주머님께서 너무 형님을 생각하시기 때문이니 부디 심려하지 마십시오."
하고 이야기하는 중에 마침 조조가 사람을 보내서 관공을 연석으로 청하였다. 관공은 곧 두 분 형수를 하직하고 조조를 가 보았다.
　조조가 문득 관공의 얼굴에 눈물 흔적이 있는 것을 보고 그 까닭을 물어서, 관공은
"두 분 아주머님이 형님 생각을 하시고 통곡을 하시니 관모도 자연히 마음에 비감하지 않을 수가 없습니다그려."
하고 대답하였다.
　조조는 웃으며 좋은 말로 위로하고 연해 잔을 들어서 그에게 권하였다.
　술이 취해 오자 관공은 손으로 수염을 쓰다듬으며
"살아서 능히 나라에 보답하지 못하고 또한 형님을 배반하고 지내니 이런 사람이 어디 있을까."
하고 개탄하였다.
　조조는 불쑥

"운장의 수염이 얼마나 되오."
하고 물었다.
　관공은
"한 수백오 리 되는데 매년 가을이 되면 서너 너덧 개씩 빠집니다. 그래서 매양 겨울에는 빠지지 말라고 검은 사낭(紗囊)으로 싸 둔답니다."
하고 대답하였다.
　그 말을 듣고 조조는 사금(紗錦)으로 주머니 하나를 지어 관공에게 주고 수염을 보호하게 하였다.
　그 이튿날 관공이 헌제에게 조현(朝見)하는데 그의 가슴에 사금으로 만든 주머니 하나가 늘어져 있는 것을 보고, 헌제가 무엇이냐고 물어서 관공은
"신의 수염이 매우 길어서 조 승상이 이 주머니를 주어 감추게 한 것이옵니다."
하고 아뢰었다.
　헌제가 호기심 어린 얼굴로 말한다.
"금낭을 끄르고 짐에게 구경시켜 주려오."
　헌제가 보니 과연 수염이 배를 지난다.
"과연 미염공(美髥公)이로고."
하고 헌제가 말해서, 그 뒤부터 사람들은 모두 관공을 부르되 '미염공'이라고 하였다.
　또 어느 날 일이다. 조조가 관공을 청해서 잔치를 하고 자리가 파해서 그를 보내는데, 문득 보니 관공의 말이 심히 수척하다.
"공의 말이 어찌 이렇듯 수척하오."

하고 조조가 물어서,

"천한 몸이 너무 무거운 통에 말이 능히 이겨 내지를 못해서 매양 이처럼 살이 찌지를 못한답니다."

하고 관공이 대답하니, 조조는 곧 좌우에 분부해서 말 한 필을 끌어 오라고 일렀다.

얼마 지나지 않아서 말이 왔다. 보니 그 말이 불등걸같이 전신이 시뻘건데 형상이 심히 웅장하다. 조조는 손으로 말을 가리키며 물었다.

"공은 능히 이 말을 알아보시겠소."

관공이 한눈에 알아보고

"이것은 여포가 타던 적토마가 아닙니까."

하니, 조조는

"그렇다오."

하고 드디어 안장과 고삐를 갖추어서 그 말을 관공에게 주었다.

관공은 말을 받자 조조에게 두 번 절해서 사례하였다. 이를 보고 조조는 놀라고 또한 기색이 좋지 않아지며

"그간에 내가 여러 차례 미녀와 금백을 보내 드렸건만 공이 일찍이 절까지 하며 사례를 하신 적이 없었는데, 이제 내가 말을 선사하자 이렇듯 기뻐 재배를 하시니 어찌하여 사람은 천히 여기고 도리어 짐승은 귀히 아시는 게요."

하고 물었다.

이에 관공은 대답하여

"그런 게 아니외다. 이 말이 하루에 천 리를 가는 줄을 제가 아는데, 이제 다행히 관이 이 말을 얻었으니 만약 형님이 어디 계시

단 것만 아는 날에는 그 길로 당장 가서 만나 뵐 수 있지 않겠습니까. 그러니 이에서 더 고마울 데가 어디 있겠습니까."
한다.

조조는 그만 악연히 놀라 후회하기를 마지않았다. 관공은 그를 하직하고 물러나갔다.

후세 사람이 이를 두고 지은 시가 있다.

그 위엄 그 용맹은 삼국에 으뜸이요
예절이 분명하니 의기도 높을시고.
간웅은 부질없이 그의 마음 사려 하나
의기 중한 관운장은 종시 항복 아니 했네

조조는 장료를 불러서
"내가 운장 대접하기를 과히 박하게 아니 하건만 제가 매양 떠날 생각만 하고 있으니 대체 웬일인고."
하고 물었다.

장료는
"제가 어디 가서 그 사람의 진정을 좀 알아보겠습니다."
하고 바로 그 이튿날 관공에게 가 보았다.

인사를 하고 나자 장료가
"내가 형장을 남들만 못하지 않게 승상께 천거했다고 생각하는데 어떠하십니까."
하는 말로 입을 떼니, 관공이
"내가 승상의 후의에는 감격할 뿐이오. 그러나 다만 내 몸은 여

荀彧　　순욱

潁上荀文若　　영천땅의 순문약
人稱王佐才　　임금 도울 인재라네
聲名齊五嶽　　명성은 오악과 나란히 하고
功業震三台　　공훈은 삼태성을 흔들 만하다

기 있어도 마음은 황숙을 생각해서 한시라도 잊은 적이 없소이다."
하고 대답한다.

장료는 말하였다.

"형장의 말씀이 옳지 않습니다. 사람이 세상에 처하여 경중을 분간하지 못한다면 장부가 아니외다. 현덕이 형장 대접하기를 승상보다도 더 후하게 했다고는 못할 터인데 형장은 어째서 항상 떠날 생각만 하십니까."

관공이 대답한다.

"나도 조공이 나를 심히 후하게 대접해 주시는 줄은 아오. 그러나 내가 유황숙의 후하신 은혜를 받았고 또한 생사를 함께하기로 맹세한 터이니 어떻게 배반한단 말이오. 내가 끝내 여기 머물러 있지는 않겠는데 가기는 가더라도 반드시 공을 세워서 조공의 은혜를 갚은 다음에 갈 작정이오."

장료는 끝으로 한마디 물었다.

"만일에 현덕이 이미 세상을 버리셨으면 공은 어디로 가시렵니까."

관공이 대답한다.

"그때는 지하로 따르겠소."

장료는 관공이 끝끝내 머물러 있지 않을 것을 알자 하직을 고하고 조조에게 돌아가서 사실대로 고하였다.

조조가 듣고

"주인을 섬기되 그 근본을 잊지 않으니 참으로 천하의 의사로구나."

하고 감탄하니, 순욱이 있다가

"제 말이 공을 세운 다음에야 가겠다고 한다니 만약 제게 공을 세울 기회를 주지 않는다면 그대로 떠나지는 못할 것입니다."
하고 말한다.
조조는 마음에 그러이 여겼다.

이때 현덕은 원소에게 있으면서 조석으로 번뇌하였다. 원소가
"현덕은 밤낮 무슨 근심을 그리 하오."
하고 물어서, 현덕이
"두 아우의 소식을 알지 못하고 가권이 조조의 손에 떨어져서 위로는 능히 나라에 보답하지 못하고 아래로는 능히 집안을 보전하지 못하니 어찌 근심하지 않겠습니까."
하고 대답하니, 원소는
"내가 군사를 내어 허도를 치려고 마음먹은 지 오랜데 마침 춘절이라 날도 따뜻해서 군사를 일으키기가 좋을 것 같소."
하고 곧 조조 깨뜨릴 계책을 의논하였다.
그러자 전풍이 나서서
"전자에 조조가 서주를 치느라고 허도가 비었는데 그때 바로 군사를 내셔야만 했습니다. 이제 서주가 이미 깨어지고 조조의 병세가 한창 성한 터이라 경솔히 대할 수 없으니 한동안 가만히 지키고만 계시다가 제게 무슨 틈이고 생기거든 그때 곧 동하시는 것이 좋을 듯합니다."
하고 간하므로, 원소는
"어디 좀 생각해 보세."
한다.

원소는 모사들을 물린 다음 현덕을 청하여

"전풍이 나더러 경망되게 군사를 동하지 말고 굳게 지키고만 있으라는데, 공의 의견은 어떠하오"

하고 물으니, 현덕의 말이

"조조는 기군망상하는 역적이라 명공이 만약에 치시지 않는다면 대의를 천하에 잃으실까 두렵소이다."

해서, 원소는

"현덕의 말씀이 참으로 옳소."

하고 드디어 영을 전하여 군사를 일으키려 하였다.

  이때 전풍이 나서서 다시 간하였다. 원소가 크게 노해서

"너희들이 부질없이 문자나 희롱하고 무략(武略)은 경하게 알아서 나로 하여금 대의를 잃게 하는구나."

하고 꾸짖으니, 전풍이 다시 머리를 조아리며

"만약 신의 충성된 말씀을 듣지 않으시면 반드시 불리하오리다. 부디 군사를 동하지 마십시오."

하고 간한다.

  원소는 대로해서 그를 참하려 하였다. 그러나 현덕이 극력 만류해서 원소는 마침내 그를 옥에 가두어 버렸다.

  저수는 전풍이 옥에 갇힌 것을 보자 곧 일가친척들을 모아 놓고 자기 집안의 재물을 모조리 나누어 주며

"내 종군해 나가는데 싸움에 이겨도 위명이 더할 게 없을 것이요, 패하면 이 한 몸을 옳게 보전하지 못하리다."

하고 작별을 고하니, 모든 사람이 다 눈물을 흘리며 그를 배웅하였다.

원소는 대장 안량으로 선봉을 삼아 군사를 거느리고 나가서 백마(白馬)를 치게 하였다.

"안량은 천성이 편협해서, 비록 효용하기는 하나 혼자 대군을 맡기셔서는 아니 됩니다."

하고 저수가 간하였으나, 원소는

"내 상장을 너희들이 어찌 알고 그런 말을 하느냐."

하고 듣지 않았다.

원소의 대군이 나아가 여양에 이르자, 동군태수 유연은 허창으로 위급함을 고하였다.

조조가 급히 모사와 수하의 장수들을 모아 놓고 군사를 일으켜 대적할 일을 의논하는데, 관공이 이 소식을 듣자 상부로 들어와서 조조를 보고

"승상께서 기병하신다니 원컨대 관모로 전부(前部)를 삼아 주십시오."

하고 청하였다.

그러나 조조가

"무어 장군의 수고까지 빌 것도 없을까 보오. 앞으로 혹 일이 있으면 그때 청하도록 하리다."

하고 말하여 관공은 그대로 물러갔다.

조조가 군사 십오만을 삼대로 나누어 거느리고 가는데 길에서 또다시 유연의 급보를 받았다. 조조는 먼저 오만 군을 이끌고 친히 백마로 가서 토산을 의지하여 진을 쳤다.

눈을 들어 산 아래로 펼쳐진 넓은 벌판을 바라보니, 안량의 정병 십만 명이 진을 벌리고 있는데 그 세가 심히 엄정(嚴整)하다.

조조는 마음에 놀라워서 전일의 여포 수하 장수 송헌을 돌아보고

"네가 여포 여하에 맹장이었다 하니 이제 나가서 안량과 한 번 싸워 보아라."

하고 영을 내렸다.

송헌은 응낙하고 즉시 창을 들고 말에 올라 진 앞으로 나갔다.

안량이 칼을 비껴들고 문기 아래 말을 세우고 있다가 송헌이 말을 달려 나오는 것을 보자 한 소리 크게 외치며 곧 내달아서 맞았다.

서로 어우러져 싸우기 삼 합이 못 되어서다. 안량의 손이 한 번 번뜻하더니 송헌을 한 칼에 베어서 진 앞에 거꾸러뜨린다.

조조가 크게 놀라

"참으로 용장이로고."

하는데, 위속이 나서면서

"제 동무를 죽였으니 제가 나가 원수를 갚겠습니다."

한다.

조조는 허락하였다.

위속이 말에 올라 창을 들고 바로 진 앞으로 나가며 안량에게 욕설을 퍼부었다. 안량은 잡담 제하고 내달아 단지 일 합에 한 칼로 위속의 머리를 두 쪽 내어 말 아래 떨어뜨렸다.

"이제는 누가 나가서 싸워 볼꼬."

조조의 말이 떨어지자 서황이 곧 달려 나갔다. 그러나 안량과 이십 합을 싸우다가 패해서 본진으로 돌아오니 모든 장수들이 두려워하기를 마지않는다. 조조가 군사를 거두자 안량도 또한 군사를 거느리고 물러갔다.

두 장수가 연달아 죽는 것을 보고 조조가 마음에 근심하기를 마지않으니, 정욱이 있다가

"제가 안량을 대적할 만한 사람을 천거하겠습니다."

한다.

조조가

"그게 누구요."

하고 묻자, 정욱은 곧

"운장이 아니고는 아니 됩니다."

하였다.

"그러나 제가 공을 세우고 나서 곧 가 버리기나 하면 어쩌오."

하고 조조가 물으니, 정욱의 말이

"유비가 만약에 살았다면 반드시 원소에게 가 있을 것이라, 이제 만약 운장을 시켜서 원소의 군사를 깨뜨리고 보면 원소가 반드시 유비를 의심해서 죽이고야 말 것이니 유비가 죽은 뒤에야 운장이 다시 어디를 간다고 하겠습니까."

한다.

조조는 그럴싸하여 마침내 사람을 보내 관공을 청해 오게 하였다.

관공이 곧 들어와서 두 분 형수에게 하직을 고하니, 두 부인이

"아주버니께서 이번에 가시거든 꼭 황숙의 소식을 알아보세요."

하고 당부한다.

관공은 응낙하고 나와서 청룡도 손에 들고 적토마에 올라 종자 두어 명만 데리고 바로 백마로 와서 조조를 보았다.

조조가 그를 보고

"안량이 연달하여 두 장수를 베었는데 그 용맹을 당할 자가 없기도 이렇듯 운장을 청하여 의논하는 것이오."

하니, 관공은

"어디 관모가 나가서 보겠습니다."

하고 대답하였다.

조조가 술을 내어 관공을 대접하고 있는데 홀연 안량이 나와 싸움을 돋운다는 보도가 들어와서, 조조는 관공을 이끌고 형세를 살피러 토산으로 올라갔다.

조조가 관공과 더불어 교의에 앉자 모든 장수들은 그 주위에 삥 둘러섰다. 조조는 손을 들어 산 아래 안량이 쳐 놓은 진을 가리키는데, 기치는 선명하고 창검은 삼엄해서 과연 위세가 장하다.

"하북 인마가 저렇듯 웅장하오그려."

하고 조조는 말하였다.

그러나 관공은

"제가 보기에는 꼭 토계와견(土鷄瓦犬)으로밖에 보이지 않습니다."

할 뿐이다. 조조는 다시 손을 들어 가리키며

"저 휘개(麾蓋) 아래 수포금갑(繡袍金甲)으로 손에 칼 들고 말을 세우고 있는 자가 바로 안량이오."

하는데, 관공은 눈을 들어 한 번 바라보고는 조조를 대하여

"관모가 보기에 안량은 꼭 푯대를 꽂아 놓고 머리를 팔러 나온 놈 같습니다."

하였다.

조조가

"그처럼 우습게 볼 것이 아니오."

하고 말하자, 관공이 자리에서 몸을 일으키며

"관모가 비록 재주는 없으나 원컨대 만군(萬軍) 가운데 들어가서 안량의 수급을 취하여 승상께 바치오리다."

하니, 장료가 있다가

"군중에는 흰소리가 없는 법이니 운장은 그처럼 쉽게 말씀을 마십시오."

한다.

관공은 분연히 적토마에 올랐다. 청룡도를 손에 잡고 산 아래로 달려 내려가니, 봉의 눈 부릅뜨고 누에눈썹 곤추섰다. 그대로 적진으로 짓쳐 들어가니, 하북 군사들이 그 장한 기세에 놀라 물결 갈라지듯 한다. 관공은 바로 안량을 향해서 달려 들어갔다.

이때 안량은 휘개 아래 서 있다가 운장이 말을 몰아 달려들어오는 것을 보고 막 물어보려 할 즈음에, 관공이 탄 적토마가 원체 빨라서 어느 결에 벌써 면전에 달려드니 안량이 미처 손을 놀려볼 사이도 없이 운장의 칼이 한 번 번뜻하며 안량은 칼을 맞고 말 아래 떨어졌다.

관공은 곧 말에서 뛰어내려 안량의 머리를 베어 말 목 아래 매달고 몸을 날려 말에 오르자 적진을 벗어나왔다.

하북 군사들이 크게 놀라서 싸우기도 전에 혼란에 빠져 버렸다. 조조 군사가 승세해서 들이치니 죽는 자가 이루 수효를 셀 수 없다. 마필과 병장기를 뺏은 것도 극히 많았다.

관공이 말을 달려 산으로 올라오자 여러 장수들이 앞으로 나와서 치하하기를 마지않는다. 운장은 수급을 조조 앞에 바쳤다.

조조는 그의 손을 잡고 말하였다.

"장군은 참으로 신인(神人)이시오."

그러나 관공은

"이 사람 같은 재주야 무어 말씀할 거리가 되겠습니까. 제 아우 장익덕은 백만 군중에서 상장의 머리 베기를 마치 주머니 속에 든 물건 꺼내듯 한답니다."

하고 겸사하였다.

조조는 깜짝 놀라 좌우를 돌아보며

"일후에 만일 장비를 만나거든 각별히 조심하도록 하여라."

하고 제가끔 옷깃에들 적어 두어 잊지 말게 하였다.

한편 안량의 패군이 도망해 돌아가다가 중로에서 원소를 만나

"얼굴이 시뻘겋고 수염이 길고 큰 칼을 쓰는 용장 하나가 필마로 진중에 들어와서 안량을 죽이고 가는 바람에 그만 이처럼 대패하고 말았습니다."

하고 보하였다.

원소가 놀라서

"그 사람이 대체 누군고."

하고 묻자, 저수가

"그게 필시 유현덕의 아우 관운장일 겁니다."

하고 대답하였다.

원소는 대로해서 손으로 현덕을 가리키며

"네 아우가 내 사랑하는 장수를 죽였으니 네가 필시 통모하였을 게라 너를 살려 두어 무엇에다 쓰랴."

하고 도부수를 불러 현덕을 끌어내어 목을 베라고 분부하였다.

처음에 서로 볼 때 환대받던 좌상객(座上客)이
오늘은 그 신세가 계하수(階下囚)나 일반이라.

대체 현덕의 목숨이 어찌 되려는고.

원본초는 싸움에 패해서 장수를 잃고
관운장은 인을 걸어 놓고 금을 봉해 두다

| 26 |

이때 원소가 현덕을 베려고 하니, 현덕은 조용히 말하기를

"명공은 어찌 한편 말만 들으시고 향일의 정리를 끊으려 하십니까. 유비가 서주에서 뿔뿔이 헤어진 뒤로 큰 아우 운장의 생사를 아직 모르고 있습니다. 천하에 용모가 같은 사람이 적지 않은 터에 어찌 얼굴 붉고 수염 긴 사람이면 다 관모라고 하겠습니까. 명공은 부디 통촉하십시오."

한다.

원소는 본시 주장이 없는 사람이라 현덕의 말을 듣자 곧 저수를 책망하여

"네 말 듣다가 하마터면 애매한 사람 죽일 뻔했다."

하고 드디어 현덕을 다시 장상으로 청해 올려다 앉히고 안량의 원수 갚을 일을 의논하는데, 이때 장하에서 한 사람이 나서며

"안량은 나하고 형제나 진배없는 사이인데 이번에 조조 놈에게 죽었으니 내 어찌 그 원한을 풀지 않으리까."
한다.

현덕이 그 사람을 보매 신장이 팔 척이요 얼굴은 해태와 흡사하니, 곧 하북 명장 문추(文醜)다.

원소가 크게 기뻐하여

"그대가 아니고는 안량의 원수를 갚을 수 없을 것이야. 내 군사 십만을 줄 것이니 바로 황하를 건너 조조의 뒤를 쫓아서 치라."
하고 영을 내리니, 저수가 나서며

"그래서는 아니 됩니다. 지금은 연진(延津)¹⁾에 둔병하고 군사를 나누어 관도(官渡)²⁾를 지키는 것이 상책입니다. 만일에 경솔하게 황하를 건넜다가 혹시 변이나 있고 보면 다들 돌아오지 못하게 되오리다."
하고 간하였다.

그러나 원소는 더럭 화를 내며

"도시 너희 문신들은 군심(軍心)을 해이하게 하고 일월을 천연시켜서 매번 대사에 방해를 논단 말이다. 대체 너는 병귀신속(兵貴神速)³⁾이란 말도 못 들었느냐."
하고 그를 꾸짖어 물리쳤다.

저수는 밖으로 나오자 하늘을 우러러 보며

"윗사람은 제 뜻만 내세우려 하고 아랫사람은 공만 세우려 드

---

1) 하남성에 있는 고을.
2) 하남성 중모현(中牟縣) 동북방에 있는 지방.
3) 군사 행동에서는 신속한 것을 귀히 여긴다는 뜻으로, 병가에서 쓰는 말이다.

니 유유한 황하를 내가 다시 건널 수 있으려나."

하며 길게 탄식하고, 그 뒤로 병을 칭탁하여 다시는 나와서 일을 의논하려 하지 않았다.

이때 현덕이 원소를 대하여

"유비가 대은을 입었으나 보답할 길이 없으니 이번에 문 장군과 동행을 했으면 합니다. 그래서 첫째는 명공의 덕을 갚고, 둘째는 운장의 확실한 소식을 알아보겠습니다."

하니, 원소는 기뻐하여 문추를 불러서 현덕과 함께 전부(前部)를 영솔하게 하였다.

그러나 문추가

"유현덕은 여러 번 패한 장수라 군사에 이롭지가 못합니다. 그러나 주공께서 굳이 그를 보내시겠다면 내가 삼만 군을 제게 떼어 주어 후부(後部)를 삼도록 하지요."

하고 말해서, 드디어 문추는 몸소 칠만 군을 영솔하여 앞서 나가고 현덕은 삼만 군을 거느리고 뒤에 오게 되었다.

한편 조조는 운장이 안량을 벤 것을 보고 마음에 더욱 공경하여 조정에 표주하고 운장을 봉해서 한수정후(漢壽亭侯)를 삼고 인(印)을 새겨서 관공에게 주었다.

그러자 문득 첩보가 들어오는데, 원소가 또 대장 문추로 하여금 황하를 건너게 해서 이미 연진 위에 웅거하였다고 한다.

조조는 먼저 사람을 시켜서 백성을 서하로 옮겨 놓은 다음에 몸소 군사를 거느리고 나가는데, 장령을 전해서 후군으로 전군을 삼고 전군으로 후군을 삼으며, 양초는 앞서 나가고 군사는 뒤에 있게 하였다.

여건이 있다가

"양초를 앞에 두고 군사를 뒤에 두시는 것은 무슨 연고입니까."

하고 물어서, 조조가

"양초를 뒤에 두면 많이 노략질을 당하는 통에 앞에다 두라고 했소."

하고 대답하니, 여건이 다시

"만약 적군을 만나 겁략 당하게 되면 그건 어떻게 하시렵니까."

하고 묻는다.

"이제 적병이 왔을 때 보면 자연 알게 되리다."

하고 조조는 말하는데, 여건은 종시 의혹이 풀리지 않았다.

조조는 양식 치중을 강둑을 따라서 나가게 하여 연진에 이르렀다.

이때 조조는 후군에 있었는데 문득 전군에서 함성이 일어나는 것을 듣고 급히 사람을 보내서 알아보게 하였더니, 돌아와 보하는 말이

"하북 대장 문추의 군사가 오자 우리 편이 모두들 양초를 내버리고 사면으로 흩어져서 도망하는데 후군은 또 머니 어찌하면 좋습니까."

한다.

조조는 채찍을 들어 남쪽 언덕을 가리키며

"저리 가서 잠시 피하도록 하라."

하고 말하였다.

인마가 언덕 위로 도망해 올라가자 조조는 군사들로 하여금 모두 의갑을 벗고 쉬며 말들은 모조리 풀어 놓아 풀을 뜯게 하였다.

그러자 함성이 크게 들리며 문추의 군사가 몰려 들어왔다.
"적병이 쳐들어옵니다. 빨리 마필을 수습해 가지고 백마로 퇴군하도록 하시지요."
하고 여러 장수들이 말을 하자, 조조가 미처 대답하기 전에 순유가 급히 나서서
"이것이 바로 적을 꼬이는 계책인데 뒤로 물리다니 무슨 말이오."
하고 만류하였다.
　조조는 급히 순유에게 눈짓을 하고 웃었다. 순유는 곧 그의 뜻을 알아차리고 다시 말하려고 아니 했다.
　문추의 군사들은 양초와 수레들을 뺏고 나자 이번에는 또 말들을 잡으러 몰려 들어왔다. 그러느라 군사들이 대오를 떠나서 뒤죽박죽이 되어 소동을 한다.
　이때 조조가 군사들에게 영을 내려서 일제히 언덕에서 내려가 들이치게 하였다. 문추의 군사는 수습 못할 혼란 가운데 스스로 빠졌다.
　이것을 보자 조조의 군사가 사면으로 싸고 들어가니 문추가 몸을 빼어 홀로 싸우는데, 수하 군사들은 제가끔 도망질을 치느라 서로 떠다박지르고 서로 짓밟았다. 문추는 소리쳐 이것을 저지하다 못해서 하는 수 없이 저도 말머리를 돌려 달아났다.
　조조가 언덕 위에서 손을 들어 가리키며
"문추는 하북 명장인데 누가 나가 사로잡을꼬."
라고 한마디 하자, 장료와 서황이 말을 몰아 일제히 나아가며 크게 외쳤다.
"문추는 도망하지 마라."

문추는 머리를 돌려 두 장수가 뒤를 쫓아오는 것을 보자 철창을 걸어 놓고 활에 살을 먹여 들자 바로 장료를 겨누고 쏘았다. 서황이 이것을 보고

"적장이 활을 쏜다."

하고 큰 소리로 외쳐서 장료가 급히 머리를 숙여 피하는데 화살이 투구에 들어맞아 투구 끈이 툭 끊어져 나갔다.

장료가 힘을 뽐내서 다시 쫓아 들어가는데 문추가 또 활을 쏘아서 그의 탄 말이 뺨에 화살을 맞고 앞굽을 꿇고 쓰러지자 장료도 땅에 떨어졌다.

문추가 말을 돌려 다시 돌아온다. 서황이 급히 대부(大斧)를 휘두르며 가로막고 나서서 싸우는데 문추 뒤에서 군마가 일제히 짓쳐 들어왔다.

서황이 도저히 당해 낼 길이 없는 것을 보고 말을 돌려 달아나니 문추가 강변을 따라서 쫓아온다.

이때 홀연 십여 기 마군이 기를 휘날리며 들어오는데, 한 장수가 앞을 서서 손에 청룡도를 들고 나는 듯이 말을 달려오니 곧 관운장이다.

운장이

"적장은 달아나지 마라."

하고 큰 소리로 꾸짖으며 달려들어서 문추는 그와 어우러져 싸웠으나 삼 합이 못 되어 문득 겁이 더럭 나서, 문추는 말머리를 돌려 강변을 끼고 달아났다.

그러나 관공의 탄 적토마는 빨랐다. 문추의 뒤로 쫓아 들어가며 그 뒤통수에 청룡언월도가 한 번 번뜩하더니 문추의 머리통을

쪼개 말 아래 떨어뜨렸다.

조조는 언덕 위에서 관공이 문추를 벤 것을 보자 군사들을 크게 몰아 적에게로 덮쳐들었다. 이 통에 하북 군사들은 태반이나 물에 빠지고 양초와 마필들은 다 조조에게 돌아갔다.

운장은 수하에 오륙 기를 거느리고 동충서돌하였다. 한창 싸우고 있는 중에 유현덕이 삼만 군을 거느리고 뒤따라 이르렀는데, 앞에 나갔던 탐마가 소식을 알아다가 현덕에게 보하는 말이

"이번에도 얼굴 붉고 수염 긴 사람이 문추를 베었답니다."
한다.

현덕이 황망히 말을 달려가서 바라보니, 강 건너로 한 떼의 인마가 나는 듯이 왕래하는데, 기에는 '한수정후 관운장' 일곱 자가 씌어 있다.

현덕은 속으로 가만히 '원래 내 아우가 죽지 않고 조조에게 있었구나' 하고 천지에 사례하며 그를 불러서 만나 보려 하였다. 그러나 이때 조조의 대대 인마가 몰려와서 현덕은 하는 수 없이 군사를 거두어 돌아가고 말았다.

원소가 군사를 거느리고 접응해 와서 관도에 이르러 채책을 세우고 나자 곽도와 심배가 들어와서 씩씩거리며 원소를 보고

"이번에 또 관모가 문추를 죽였는데 유비는 그저 모르는 체하고 있습니다그려."
하고 말을 하니, 원소는 대로하여

"귀 큰 도적놈이 언감 이럴 법이 있더란 말이냐."
하고 소리쳤다.

그러자 조금 지나서 현덕이 왔다. 원소는 곧 그를 끌어내다가

목을 베라고 호령하였다.

"유비에게 무슨 죄가 있어 이러십니까."

하고 현덕이 급히 묻자,

"네가 고의로 네 아우를 시켜 이번에도 내 대장 하나를 또 죽게 했으니 어찌 죄가 없다고 하겠느냐."

하고 원소는 꾸짖었다.

현덕은 말하였다.

"죽더라도 말씀이나 한마디 하고 죽겠습니다. 조조가 본래 유비를 꺼리는 터라 이제 제가 명공께 있는 것을 알고 혹시나 제가 명공을 도울까 겁이 나서 그래 특히 운장을 시켜 두 장수를 죽이게 한 것입니다. 명공이 아시고 보면 반드시 노하실 것이니 이것은 공의 손을 빌려 유비를 죽이자는 것이라 바라건대 명공은 재삼 생각해 보십시오."

듣고 나자 원소는

"현덕의 말씀이 옳소. 너희들 말을 듣다가 하마터면 어진 이를 해쳤다는 소리만 들을 뻔했구나."

하고 좌우를 꾸짖어 물리친 다음, 현덕을 다시 장상으로 청해 올려 자리를 주었다.

현덕은 그에게 사례한 다음

"명공의 관대하신 은혜를 입고도 보답할 길이 없습니다. 이제 심복인을 시켜 밀서를 가지고 운장을 찾아가서 제 소식을 알려 주면 그가 필시 밤을 도와 이리로 올 것이니, 명공을 보좌하여 함께 조조를 치고 안량과 문추의 원수를 갚아 볼까 하는데 명공의 의향은 어떠하십니까."

하고 말하니, 원소가 크게 기뻐하며

"내가 운장을 얻으면 안량·문추보다 열 배나 나을까 보오."
하고 말하여, 현덕은 곧 편지를 썼으나 다만 보낼 만한 사람이 없어 아직 그냥 두고 있었다.

원소는 영을 내려서 무양으로 퇴군하여 수십 리에 걸쳐 영채를 연해 놓고 안병부동하였다.

이것을 보고 조조는 하후돈으로 하여금 군사를 통솔하여 관도의 요해처를 지키고 있게 한 다음 자기는 회군하여 허도로 돌아가서 모든 관원을 모아 대연을 베풀고 운장의 공로를 하례하였다.

그리고 조조는 여건을 대하여

"전일에 내가 양초를 앞에다 둔 것은 유적하는 계책이었는데 오직 순공달이 내 마음을 알더군."
하고 말하였다. 여러 사람이 다 탄복하였다.

그러자 한창 술들을 마시는 중에 문득 탐마가 들어와 보하는데, 여남의 황건적 유벽(劉辟)과 공도(龔都)가 창궐해서 조홍이 여러 차례 싸웠으나 형세가 불리하여 구원병을 청한다고 한다.

운장이 이 말을 듣자 곧 나서며

"관모가 한 번 가서 여남의 적당을 소탕하고 싶습니다."
하고 말하니, 조조가

"운장이 큰 공을 세우셨건만 내 아직 후히 갚지 못한 터에 어떻게 다시 수고를 하시라고 하겠소."
한다.

"관모는 너무 오래 한가하게 지낸즉슨 반드시 병이 나고 마니 다시 한 번 가게 하여 주십시오."

조조는 관공의 말을 장히 여겨 군사 오만을 점고해서 그에게 주고 우금과 악진으로 부장을 삼아 이튿날 바로 떠나게 하였다.

이때 순욱이 조조를 보고 가만히

"운장이 매양 유비에게 돌아갈 생각을 품고 있으니 만약 소식만 아는 때에는 반드시 가고 말 것입니다. 자주 출정하게 마시지요."

하고 말하니, 조조가

"이번에 공을 세우고 오면 내 다시는 전쟁터에 내보내지 않겠소."

하고 대답하였다.

한편 관운장은 군사를 거느리고 여남 가까이 이르러 영채를 세웠는데, 그날 밤 영채 밖에서 군사가 적의 세작 둘을 잡아끌고 들어왔다. 운장이 자세히 보니 그 가운데 한 사람은 바로 손건이다.

관공은 좌우를 꾸짖어 물리친 다음에 그에게

"우리가 패해서 각산한 뒤로 공의 종적을 도무지 알 길이 없었는데 이제 어떻게 해서 여기 와 계시오."

하고 물었다.

손건이 그 말에

"나는 그때 도망을 해서 이리저리 떠돌아다니다가 여남으로 왔는데 다행히 유벽이 거두어 주어서 지금 그에게 머물러 있습니다."

라고 대답한 다음에,

"그런데 이제 장군은 어떻게 되어 조조에게 가 계시며 또한 감·미 두 부인께서는 다들 별고 없으십니까."

하고 되묻는다.

관공은 그간 자기가 지내 온 일을 한 차례 자세히 이야기하여 주었다. 손건이 듣고 나자

"근자에 현덕공께서 원소한테 가 계시다는 말을 듣고 곧 가야겠다고 하면서도 아직 못 가고 있습니다. 지금 유벽·공도 두 사람이 원소에게 귀순하고 함께 조조를 치는데, 천행으로 장군이 이곳에 오신 까닭에 두 사람이 특별히 군사에게 길을 인도케 하여 저를 예까지 오게 한 것입니다. 내일 두 사람이 짐짓 패해서 물러갈 테니 공은 속히 두 부인을 뫼시고 원소에게로 가서 현덕공을 만나 뵙도록 하십시오"

하고 말한다.

"이미 형님께서 원소에게 가 계시다면 내가 밤을 도와 가다뿐이겠소. 그러나 다만 내가 원소의 두 장수를 죽였으니 무슨 변이나 없을지 모르겠소."

하고 관공이 말하니, 손건이

"그러면 내가 먼저 가서 허실을 탐지해 본 다음에 다시 장군께로 와서 알려 드리도록 하지요."

한다.

관공은

"내가 형님을 한 번 만나 뵐 수만 있다면 비록 만 번 죽는대도 사양하지 않겠소. 이번에 내 허창으로 돌아가면 그 길로 조조를 하직하겠소"

하고, 이날 밤에 손건을 남모르게 놓아 보냈다.

이튿날 관공이 군사를 거느리고 나가자 공도가 갑옷 입고 투구 쓰고 진전에 나선다. 관공은 한마디 하였다.

"너희들이 어찌하여 조정을 배반하느냐."

공도가 대꾸한다.

"너야말로 주인을 배반한 놈이 도리어 나를 꾸짖는단 말이냐."

관공이

"내가 어째서 주인을 배반했다고 하느냐."

하고 물으니, 공도가

"유현덕이 원본초한테 가 있는데 너는 조조를 섬기고 있으니 그것은 어인 까닭이냐."

한다.

관공은 다시 더 수작을 건네지 않고 말을 급히 몰아 칼을 춤추며 앞으로 나아갔다. 공도가 바로 달아나서 관공이 뒤를 쫓아가니, 공도가 몸을 돌려 관공을 보고

"옛 주인의 은혜를 잊으셔서는 아니 되오. 공은 속히 진병하오. 그럼 내 여남을 내어 드리리다."

한다.

관공은 그 뜻을 알아차리고 군사를 몰아서 뒤를 들이쳤다. 유벽·공도 두 사람은 거짓 패하여 사면으로 흩어져 달아나 버렸다.

운장은 여남 고을을 빼앗자 백성을 안무하고 나서 회군하여 허창으로 돌아왔다. 조조는 성 밖에 나와서 그를 영접하고 군사들에게 상을 내렸다.

연석을 파한 뒤에 운장이 집으로 돌아와 중문 밖에서 두 분 형수에게 문안을 드리니, 감 부인이

"아주버니께서 두 번 출전해 혹 황숙의 소식을 들으셨습니까."

하고 묻는다.

관공은

"아직 못 듣자왔습니다."

하고 대답하였다.

관공이 물러나가자 두 부인은

"아무래도 황숙께서 세상을 떠나셨나 보오. 그걸 아주버니는 우리가 놀랄까 보아 감추어 두고 말씀을 안 하시는 게야."

하고 문 안에서 마주 붙잡고 통곡하기를 마지않는데, 이때 싸움터에 따라 나갔던 늙은 군사 하나가 곡성이 끊이지 않는 것을 보자 문 밖에 와서

"두 분 부인께서는 부디 우시지들 마십시오. 주공께서는 지금 하북 원소한테 가 계시답니다."

하고 고하였다.

"네가 그걸 어찌 아느냐."

두 부인이 물어 보니, 그는

"관 장군을 모시고 출전했다가 누가 진상(陣上)에서 그렇게 말하는 것을 들었습니다."

하고 대답한다.

부인은 그 길로 곧 운장을 다시 불러다 놓고 나무라는 투로 말한다.

"황숙께서 일찍이 네게 섭섭하게 하신 일이 없는데, 이제 조조의 은혜를 받자 전일의 의리를 전연 잊고서 바른대로 우리에게 고하지를 않으니 이럴 법이 어디 있으시오."

관공은 머리를 조아리며.

"형님께서 정녕 하북에 계신 줄은 아오나 아주머님께 감히 말씀드리지 못하기는 혹 누설이 될까 두려워한 때문이외다. 이 일은 서서히 도모해야 될 일이지 급히 서둘러서는 아니 될 줄로 압니다."

하고 고하였다.

  듣고 나자 감 부인은

"아주버님, 그럼 부디 힘써 보세요. 저희는 하루가 여삼추랍니다."

하고 당부하였다.

  관공은 물러나와 떠날 계책을 이리저리 생각해 보며 앉으나 서나 마음이 불안하였다.

  이때 우금이 유비가 하북에 있는 것을 알아다가 조조에게 보해서, 조조는 장료를 시켜 관공을 가 보고 그의 의중을 알아 오게 하였다.

  관공이 근심 중에 앉아 있는데 장료가 들어와서

"형장이 진상에서 현덕의 소식을 아셨다고 하기에 특히 치하 말씀을 드리러 왔습니다."

하고 하례한다.

  관공은 말하였다.

"옛 주인이 계신 곳은 알았으나 아직 만나 뵙지를 못했으니 기쁠 것이 무어 있겠소."

  장료는 한마디 물었다.

"형장과 현덕 간의 교분이 저와 형장 사이의 교분하고 비해 보아 어떻습니까."

  관공이 대답한다.

"나와 형 사이로 말하면 붕우의 교분이요, 나와 현덕 사이로 말하면 붕우면서 형제요 형제면서 군신이니 어떻게 같이 비교해 말하겠소."

"이제 현덕이 하북에 계시니 형장은 찾아가시겠습니다그려."
"전일에 한 말을 내 어찌 배반하겠소. 문원은 부디 나를 위해서 승상께 말씀을 드려 주오."
장료가 돌아가서 관공이 말하던 대로 조조에게 고하니, 조조는
"내게 저를 붙들어 둘 계교가 있어."
하고 말하였다.

한편 관공이 바야흐로 생각에 잠겨 있는데 문득 옛 친구가 찾아왔다고 보한다. 그러나 급기야 청해 들여서 만나 보니 도무지 모르는 사람이다.

관공은 물었다.
"공은 대체 누구시오."
그 사람이 대답한다.
"이 사람은 원소 수하의 남양 진진(陳震)이외다."
관공이 깜짝 놀라 급히 좌우를 물리고
"선생이 이렇게 오신 데는 반드시 곡절이 있으시겠지요."
하고 물으니, 진진이 일봉 서찰을 꺼내서 관공에게 준다.

관공이 보니 바로 현덕의 편지다. 사연은 대개 다음과 같았다.

유비가 족하로 더불어 도원에서 의를 맺어 한 가지로 죽기를 맹세하였더니 이제 어이하여 중도에 와서 맹세를 저버리고 은혜와 의리를 끊으려 하는가. 그대가 기필코 공명을 취하며 부귀를 도모하려 할진대 부디 유비의 수급을 갖다 바치고 공을 온전히 이루도록 하라. 말을 글로 다하지 못하고 오직 죽음을

기다리노라.

관공은 편지를 보고 나자 목을 놓아 울었다.
"내가 형님을 찾으려 아니 한 것이 아니라 계신 곳을 몰라서 그랬던 것이오. 내 어찌 부귀를 도모해서 옛 맹세를 저버리리까."
진진이 말한다.
"현덕께서 공이 오시기를 간절히 바라고 계시니 공이 과연 옛 맹세를 저버리지 않으셨다면 속히 가서 뵙도록 하시지요."
"사람이 천지간에 나서 처음과 끝이 없다면 이는 군자가 아니오. 내가 올 때에 명백히 하였으니 갈 때도 불가불 명백히 해야 하겠소. 내 이제 글월을 닦아 공의 수고를 빌려 먼저 형님께 말씀을 드린 다음 조조를 하직하고 두 분 아주머님을 모시고서 가 뵈오리다."
"만일 조조가 허락하지 않으면 어찌하시렵니까."
"내 차라리 죽으면 죽었지 어찌 이곳에 그대로 머물러 있을 까닭이 있겠습니까."
"그러면 공은 속히 답서를 써 주시지오. 유 사군께서 일각이 여삼추로 고대하고 계십니다."
관공은 답서를 썼다. 그 사연은 다음과 같다.

가만히 듣자오매 '의리는 마음을 저버리지 아니하고 충성은 죽음을 돌보지 아니 한다' 합니다. 관우가 어려서부터 글을 읽어 대강 예의를 아는 터이니 양각애(羊角哀)와 좌백도(左伯桃)의 사적[4]을 보고는 미상불 세 번 탄식하여 눈물을 금하지 못하였습니다. 앞서 하비성을 지킬 때 안에는 군량이 없고 밖에는 구원병이 없었습니다. 곧 죽으려 하였으나 다만 두 분 아주머니이 계시므로 해서 형님의 부탁하신 바를 저버릴 길이 없어 감히 머리를 끊고 몸을 버리지 못하여 잠시 몸을 남에게 매여 두고 뒷기약을 도모했던 것입니다. 근자에 여남에 갔다가 비로소 형님의 소식을 듣자왔기로 이제 곧 조공을 만나서 하직을 고하고 두 분 아주머님을 모시고 돌아가려 합니다. 만일에 관우가 딴 마음을 품었다 하오면 신령과 사람이 한 가지로 죽이실지라, 간담을 펴고 아뢰는 말씀이 붓끝으로 다하기 어렵습니다. 수이 찾아 가 뵙기를 기약하오니 하정(下情)을 통촉하옵소서.

진진이 글월을 받아 가지고 돌아간 뒤에 관공은 안으로 들어가서 두 분 형수에게 이 뜻을 고하고 다음에 곧 조조를 만나 하직을 고할 양으로 상부로 들어갔다. 그러나 조조는 그가 찾아온 뜻을 알자 곧 문에다 회피패(迴避牌)를 내걸었다.

관공은 앙앙한 마음으로 돌아와서 전부터 데리고 다니던 하인에게 명하여 언제든 떠날 수 있게 거마를 수습해 놓으라 이르고, 다시 집안사람에게 분부해서 원래 조조에게서 보내온 물건들을 모조리 남겨 두어 티끌 하나도 가지고 가는 일이 없게 하였다.

---

4) 춘추시대 초나라 사람인 양각애(羊角哀)와 좌백도(左伯桃)는 형제의 의를 맺고 함께 초나라 임금을 보러 갔다. 가는 길에 산중에서 풍설을 만나 함께 가려다가는 다 죽겠으므로 좌백도는 입은 옷을 벗어서 양식과 함께 양각애에게 주고 자기는 빈 나무등거리에 들어가서 얼어 죽었다. 양각애는 몸이 현귀(顯貴)해진 뒤 그곳을 다시 찾아와 좌백도의 시체를 구하여 장사지내 주었으나 섧게 죽은 벗을 추모한 나머지 저도 스스로 목숨을 끊어 죽어 버렸다.

그는 이튿날 하직을 고하러 다시 상부로 갔다. 그러나 문에는 역시 회피패가 걸려 있었다. 연하여 몇 차례를 갔다가 다 만나 보지 못하여 이번에는 장료의 집으로 찾아가서 그 일을 말하려 하였다. 그러나 장료도 또한 병을 칭탁하고 그를 나와서 보지 않는다.

관공은 속으로 '이것은 조 승상이 나를 아니 보내려고 하는 짓이다. 그러나 내가 이미 떠나기로 마음을 정한 터에 어찌 다시 이곳에 머물러 있을 까닭이 있느냐.' 이렇듯 생각하고 즉시 일봉 서찰을 써서 조조에게 하직을 고하니 그 사연은 대강 다음과 같다.

　　관우가 일찍이 황숙을 섬겨 생사를 함께하기로 맹세하였으니 황천후토가 실로 이 말씀을 들으셨나이다. 전자에 하비성이 함몰할 때 세 가지 일을 청한 바 있사온데 그는 이미 응낙해 주신 바로소이다. 이제 옛 주인이 원소의 군중에 계시다 함을 알았으니 전일의 맹세를 돌이켜 생각하오매 어찌 저버릴 법이 있사오리까. 새 은혜가 비록 두텁사오나 옛 의리를 잊을 길이 없삽기로 이에 특히 글월을 받들어 하직을 고하오니 엎드려 바라옵건대 살펴 주소서. 남은 은혜로써 아직 다 갚지 못하온 것은 후일을 기약하려 하나이다.

다 쓰고 나자 단단히 봉해서 사람을 시켜 상부에 가서 전하게 하고, 한편으로 그간 여러 차례에 걸쳐서 받은 금은을 낱낱이 봉해서 곳간에 넣고 한수정후의 인을 당상에 걸어 놓았다.

그리고 관공은 두 부인에게 청해서 수레에 오르게 한 다음 자기는 적토마에 올라 손에 청룡도를 걸고 전일 데리고 온 사람들을 거느리고 수레를 호송하여 바로 북문으로 갔다. 문을 지키는 자들이 앞을 막았으나 관공이 눈을 부릅뜨고 칼을 비껴들며 한마디 큰 소리로 꾸짖자 그들은 모두 피해 달아났다.

관공은 이리하여 북문을 나서자 종자에게

"너희들은 수레를 모시고 앞서 가되 뒤에 쫓는 자가 있으면 내가 다 담당할 터이니 행여나 두 분 부인을 놀라시게 마라."
하고 분부하였다.

종자들은 수레를 밀고 관도를 바라고 나아갔다.

이때 조조는 바야흐로 관공의 일을 의논하고 있었다. 그러나 아직 아무 작정이 없을 때 문득 좌우가 보하는데 관공이 글월을 올렸다고 한다.

조조가 곧 글월을 보고 나서

"운장이 갔구나."
하고 소스라쳐 놀라는데, 문득 북문을 지키는 장수가 나는 듯이 달려와

"관공이 막는 것도 듣지 않고 성문을 나갔사온데 수레와 사람 합해서 이십여 인이 모두 북쪽을 바라고 떠났소이다."
하고 보한다.

그러자 뒤미처 관공의 저택에 있는 사람이 와서 또 보하는데

"관공이 승상께서 내리신 금은 등물을 모조리 봉해 놓고 미녀 십 명은 내실에다 따로 두어 두고 한수정후의 인은 당상에 걸어 놓고 또한 승상께서 보내 주신 사람들은 하나도 데리고 가지 않고 본래 따라왔던 종인들만 데리고서 행리를 수습해 가지고 북문

을 나가 버렸습니다."

하고 아뢴다.

　여러 사람이 모두 악연히 놀랄 때 한 장수가 선뜻 나서며

　"제가 원컨대 철기 삼천을 거느리고 가서 관모를 생금해다가 승상께 바치겠사옵니다."

한다.

　모든 사람이 보니 곧 장군 채양(蔡陽)이다.

　　　일만 길 용의 굴을 빠져 나가려는 참에
　　　이리 떼 같은 삼천 군사 앞을 또 막는구나.

　채양이 관공의 뒤를 쫓으려고 하니 이 일이 필경 어찌 되려는고.

형님을 찾아가는 한수정후 관운장
천 리 먼 길을 필마로 달리면서
오관(五關)을 돌파하고 육장(六將)을 베었다
| 27 |

　원래 조조 수하의 여러 장수들 가운데서 장료를 제외하고는 오직 서황이 운장과 더불어 교분이 두텁고 그 나머지 사람들도 다 경복하는 터인데, 홀로 채양만이 관공에게 불복하고 있는 까닭에 오늘날 그가 갔다는 말을 듣자 쫓아가서 잡으려 한 것이었다.
　그러나 조조는
　"옛 주인을 잊지 않으며 들고 나는 것이 이렇듯 명백하니 이는 참말 장부라. 그대들은 다 저를 본받아라."
하고 드디어 채양을 꾸짖어 물리치고 뒤를 쫓지 못하게 하였다.
　이때 정욱이 또 나서서
　"승상께서 관모를 심히 후대하여 주셨건만 이제 제가 뵙지도 않고 떠나며 한 장 글발에 어지러운 소리를 늘어놓아 주공의 위엄을 모독하였으니 그 죄가 큽니다. 만일에 이대로 놓아 두어 저로 하여금 원소에게 돌아가게 한다면 이는 범에게 날개를 붙여 주는 것이니 뒤를 쫓아가서 죽여 없애 후환을 끊는 것이 상책이겠습니다."
하고 권한다.

그러나 조조는

"내가 예전에 이미 허락한 일인데 어떻게 실신하겠소. 저도 각각 제 주인을 위해서 하는 일이니 뒤를 쫓아서는 아니 되오."
하고, 곧 장료를 향하여

"운장이 금을 봉하고 인을 걸어 놓았다니 재물도 그의 마음을 움직이지 못하고 작록도 그의 뜻을 옮기게는 못하는 것이라, 이런 사람을 나는 가장 공경하는 터야. 내 생각에 그가 아직 멀리 가진 못했을 것이다. 내가 은혜를 베풀어 저와 더욱 정을 맺고 싶으니 그대는 먼저 가서 그를 잠시 머물러 있게 하면, 내 가서 배웅도 하고 아울러 노자와 정포(征袍)를 주어 후일의 기념을 삼도록 하겠노라."
하고 분부하였다.

장료가 그의 분부를 받아 단기로 먼저 가자, 조조는 몸소 수십 기를 거느리고 그 뒤를 쫓아 말을 달렸다.

이때 관운장이 타고 있는 적토마는 하루에 천 리를 가는 터이라 본래는 뒤를 쫓으려도 따라갈 수가 없는 일이지만, 두 부인의 수레를 호송하고 가는 길이라 감히 말을 달리지 못하고 고삐를 늦추어 서서히 나아가던 것이다.

그러자 홀연 등 뒤에서 누가 큰 소리로

"운장은 거기 좀 서시오."

하고 부른다.

관공이 머리를 돌이켜 보니 장료가 급히 말을 몰아 달려오는 것이다. 관공은 수레를 모시는 종인들을 보고 그저 큰 길만 바라고 부지런히 가라고 일러 놓은 다음, 적토마를 세우고 청룡도를 가슴에 안으며

"문원은 나를 못 가게 붙들러 오는 길이오."

하고 물었다.

장료가 대답한다.

"아니올시다. 이번에 형장이 멀리 가시는 것을 아시고 승상께서 전송을 하시겠다며 나더러 먼저 가 잠시 행차를 머무르시게 하라고 분부가 계셔서 온 것이지 다른 뜻은 조금도 없습니다."

관공은

"승상의 철기가 온다 하더라도 나는 한 번 죽기로써 싸울 작정이오."

하고 드디어 다리 위에다 말을 세워 놓고 바라보았다.

저편으로부터 조조가 수십 기를 거느리고 나는 듯이 달려오고 있는데, 그 뒤를 따르는 것은 곧 허저·서황·우금·이전의 무리들이다.

조조는 관공이 청룡도를 비껴들고서 다리 위에 말을 세우고 있는 것을 보자 곧 여러 장수들에게 영을 내려서 말을 멈추고 좌우로 벌려 서게 하였다. 관공은 여러 사람들이 모두 수중에 병장기를 가지고 있지 않은 것을 보고 그제야 비로소 마음을 놓았다.

조조가 물었다.

"운장은 이번 길이 어째서 이렇듯 급하오."

관공은 마상에서 흠신하고 말하였다.

"이것은 관모가 전에 승상께 품한 일입니다마는, 이제 옛 주인께서 하북에 계신 것을 알았으니 제가 급히 가지 아니 할 수가 없습니다. 그간 여러 차례나 상부에 나갔으나 뵈올 수가 없어 글월을 올려 하직을 고했던 것이고, 금은 봉하고 인은 걸어 놓아 승상께 다 환납하였으니 바라건대 승상께서는 전일에 하신 말씀을 행여 저버리지 마십시오."

"내가 신(信)을 천하에 취하려고 하는 터에 어찌 전에 한 말을 저버릴 리가 있겠소. 다만 장군이 길을 가시는데 용이 부족할까 염려가 되어 특히 노자를 갖추어 드리는 것이오."

조조의 말이 떨어지자 한 장수가 곧 마상에서 황금 일반(一盤)을 바친다.

그러나 관공은 받지 않았다.

"여러 차례 은사를 입어 아직도 남은 것이 있으니 이 황금은 두셨다가 사졸(士卒)들에게 상으로 주십시오."

"적은 사례로 크나큰 공로의 만분지 일이나마 갚으려 하는 터에 구태여 그처럼 사양하실 것이 무엇이오."

"구구한 작은 수고를 가지고 그렇듯 말씀하실 것이 있습니까."

조조는 웃으며

"운장은 천하 의사건만 내가 그만 박복해서 붙들어 두지를 못하는구려. 금포 한 벌을 드려 촌심(寸心)이나마 표할까 하오."

하고 한 장수를 시켜 말에서 내려 쌍수로 금포를 받들어 올리게 하였다.

운장은 혹시나 무슨 변이라도 있을까 마음에 두려워 감히 말에서 내리지 못하고 청룡도 끝으로 금포를 낚아 올려 몸 위에 걸친 다음에 말고삐를 당기며 머리를 돌려

"승상께서 금포를 내려 주시니 황감합니다. 다른 날 다시 뵐 때가 있겠지요."

하고 칭사하기를 마치자, 그는 드디어 다리에서 내려가 북쪽을 바라고 떠나 버렸다.

허저가 있다가

"이 사람이 참 무례하기가 짝이 없는데 어째서 사로잡으려 아니 하십니까."

하고 말하였으나, 조조는

"저는 다만 일인일기(一人一騎)요 우리는 수십여 인이니 어찌 의혹이 없을 수 있겠느냐. 더구나 내가 말을 이미 낸 터이니 다시 뒤쫓을 생각일랑 마라."

하고 마침내 그는 여러 장수들을 거느리고 성내로 들어가며 노상에서 운장의 일을 생각하고 탄식하기를 마지않았다.

조조가 성으로 돌아간 이야기는 더 하지 않겠다.

이때 관공이 수레 뒤를 쫓아가는데 거의 삼십 리나 가도록 수레가 보이지 않는다. 운장이 마음에 자못 당황하여 말을 놓아서 사면으로 찾아다니는데, 이때 문득 산 위에서 어떤 사람이

"관 장군은 거기 계십시오."

하고 큰 소리로 외친다.

운장이 눈을 들어 바라보니, 한 소년이 황건으로 머리를 싸매

고 몸에는 금의를 걸치고 손에는 창을 들고서 말을 몰아 백여 명 보졸(步卒)을 거느리고 나는 듯이 산에서 내려오는데 말목에는 수급 한 개가 달려 있었다.

관공이

"네 어떤 사람이냐."

하고 물으니, 그 소년은 즉시 창을 내버리고 말에서 뛰어내려 땅에 엎드려 절을 한다.

운장은 무슨 간계나 있지 않은가 의심하여 말을 멈추어 세우고 칼을 들며

"장사는 성명을 통하라."

하고 말하니, 소년이 대답하여

"저는 본래 양양 사람으로 성은 요(廖)요 이름은 화(化)요 자는 원검(元儉)이라 합니다. 난세를 당해서 강호에 유락(流落)하여 도당 오백여 명을 모아 겁략으로 생활을 하여 오던 중에 오늘 제 동무 두원(杜遠)이 산에서 내려와 순을 돌다가 잘못 두 부인을 겁략해 온 것인데, 제가 종자에게 물어서 그분들이 바로 한실 유황숙의 부인이시고 또한 장군께서 호송해 오신 줄 알고는 즉시 도로 보내 드리자고 했던 것입니다. 그러나 두원이 듣지 않고 불손한 말을 하기에 제가 마침내 죽여 버리고 이렇듯 수급을 바쳐 장군께 죄를 청하는 바입니다."

하고 아뢴다.

"두 분 부인께서는 어디 계신고."

하고 관공이 물으니, 요화가

"지금 산중에 계십니다."

하고 대답한다.

　관공이 급히 모셔 내려오라고 분부하여 때를 옮기지 않고 백여 명이 두 부인의 수레를 전후좌우로 옹위하고 산에서 내려왔다.

　관공은 곧 말에서 내리자 칼을 내려놓고 수레 앞으로 가서 차수(叉手)하고 서서

　"두 분 아주머님께서는 얼마나 놀라셨습니까."

하고 문안을 드렸다.

　두 부인이 말한다.

　"만일에 요 장군이 보전해 주시지 않았던들 우리는 벌써 두원한테 욕을 보고 말았을 것이에요."

　관공이 좌우를 돌아보고

　"요화가 어떻게 두 부인을 구해 드리더냐."

하고 물으니, 좌우가 이에 대답하여

　"두원이 두 부인을 산 위로 겁박해 놓고 요화더러 각기 한 사람씩 나누어 아내로 삼자고 했습니다. 그러나 요화가 두 부인의 근본과 이곳에 이르신 까닭을 알고는 심히 공경하여 도로 보내 드리자고 했는데 두원이 종시 듣지 않다가 요화 손에 마침내 죽고 만 것입니다."

하고 아뢴다. 관공은 듣고 나자 요화에게 심심히 사례하였다.

　요화는 저의 부하들을 시켜서 관공을 호송해 드리겠노라고 하였다. 그러나 관공은 속으로 '이 사람은 종시 황건적의 여당이니 작반하는 것이 좋지 않겠다' 생각하고 좋은 말로 물리쳤다. 요화는 다시 금백(金帛)을 드리려고 하였으나 관공은 그것도 받지 않았다. 요화는 관공에게 하직을 고한 다음 마침내 저의 도당들을

데리고 산곡간으로 들어가 버렸다.

운장은 두 분 형수에게 조조에게서 전포를 선사받은 일을 이야기하고 수레를 재촉하여 앞으로 나아갔다.

이날 저물녘에 어느 촌장(村莊)을 찾아 들어가서 하룻밤 묵어가기로 하는데, 안에서 나와 영접하는 장주(莊主)를 보니 수염과 머리털이 모두 하얗게 센 노인이었다.

노인이

"장군께서는 누구신지 존함을 말씀해 주셨으면 합니다."

하고 이름을 물어서, 관공이 정중하게 예를 하고

"이 사람은 유현덕의 아우 관모외다."

하고 대답하니,

"그러면 안량·문추를 죽이신 장군이 아니시오니까."

하고 다시 묻는다.

"그렇소이다."

하니 노인은 기뻐하기를 마지않으며 곧 그에게 장상으로 들어가기를 청한다.

그러나 관공이

"수레 안에 두 분 부인께서 계십니다."

하고 일깨워 주어서, 노인은 곧 자기 아내를 불러내어 두 부인을 초당으로 모셔 들이게 하였다. 관공은 양수거지하고서 두 부인 곁에 시립하였다.

노인은 그에게 자리에 앉기를 권하였으나

"형수씨께서 위에 계신 터에 어딜 감히 앉으리까."

하고 관공이 말하여, 노인은 즉시 자기 아내에게 일러서 두 분 부인을 내당으로 모시고 들어가서 접대하게 하고 자기는 초당에서 관공을 대접하였다.

관공이 노인의 성명을 물으니 노인이 대답하여

"이 사람의 성은 호(胡)요 이름은 화(華)라고 합니다. 일찍이 환제 때 의랑을 지냈으나 벼슬을 하직하고 고향으로 돌아와서 오늘에 이르렀소이다. 지금 내 아이 호반(胡班)이 형양태수 왕식(王植)의 수하에서 종사로 있는데 장군께서 만약에 그곳을 지나시게 되거든 서신 한 통만 그애에게 좀 전해 주시지요."

하고 말한다. 관공은 이를 쾌히 응낙하였다.

그 이튿날 관공은 일찌거니 조반을 치르고 나자 두 분 형수를 청하여 수레에 모시고 호화의 서신을 받아서 깊이 간수한 다음에 그에게 작별 인사를 하고 즉시 길을 떠나 낙양을 바라고 나아갔다.

그러자 가는 길에 한 관(關)에 다다르니 이 관 이름은 동령관(東嶺關)이라, 관을 지키는 장수의 성은 공(孔)이요 이름은 수(秀)라고 하니, 군사 오백 명을 거느리고 영상에서 파수하고 있는 터이다.

이날 관공이 수레를 호송하여 고개 위로 올라오자 군사가 곧 공수에게 보해서 공수는 관에서 나와 그를 영접하였다.

관공이 말에서 내려 공수와 예를 베풀고 나자

"장군은 어디로 가시는 길이십니까."

하고, 공수가 물어서

"내 이번에 승상을 하직하고 하북으로 형님을 찾아뵈러 가는 길이외다."

하고 대답하니,

"하북 원소는 바로 승상의 적이니 장군이 이제 그리로 가시는 길이라면 반드시 승상의 문빙(文憑)을 가지셨겠습니다그려."
한다.

관공이

"기일이 촉박해서 미처 얻지를 못했소이다."
하니, 공수가

"이미 문빙이 없으시다면 내가 사람을 보내서 승상께 품해 본 다음에야 가시게 할밖에 도리가 없습니다."
하여, 관공이

"그러기를 기다리다가는 내 길이 늦어지니 안 되겠소."
하니까, 다시 공수는

"그래도 법도가 그러하니 그리 할밖에는 없소이다."
한다.

관공이

"그럼 나를 내보내 주지 않을 작정인가."
라고 한마디 하니, 공수가

"기어이 나가겠으면 두 부인을 볼모로 남겨 두셔야겠습니다."
하고 뇌까린다.

관공은 크게 노하여 바로 칼을 들어 공수를 베려 하였다. 공수가 급히 물러나 관 안으로 들어가더니 북을 쳐서 취군하고 갑옷 투구한 다음에 말에 올라 관에서 짓쳐 나오며

"네 감히 이곳을 지나가 보겠느냐."
하고 큰 소리로 꾸짖는다.

관공은 수레를 뒤로 물려 놓은 다음에 칼을 들고 말을 놓아 여

러 말 않고 바로 공수에게로 달려들었다. 공수가 창을 꼬나 잡고 마주 달려든다.

그러나 두 필 말이 서로 어우러지자 단지 한 합에 청룡도가 한 번 번쩍 빛나더니 공수가 칼을 맞고 말 아래 뚝 떨어진다.

군사들은 곧 도망질을 쳤다. 그러자 관공이

"군사들은 도망할 것 없다. 내가 공수를 죽인 것은 부득이한 일이니 너희들과는 아무 상관이 없느니라. 부디 너희들은 조 승상께 내 말을 전해 주되, 공수가 나를 해치려 하기 때문에 내가 죽인 것입니다고 여쭈어 다오."

하고 말하자, 군사들은 모두 그의 말 앞에 와서 넙죽 엎드리며 절들을 하였다.

관공은 그 길로 두 부인의 수레를 모시고 동령관을 나서서 낙양을 바라고 나아갔다. 이때 군사가 벌써 이 일을 낙양태수 한복에게 보하였다.

한복은 급히 수하 장수들을 모아 놓고 의논하였다. 아장 맹탄(孟坦)이 있다가

"이미 승상의 문빙이 없다면 이것은 곧 사행(私行)이라, 만약에 붙들지 않았다가는 필연 죄책을 당할 것입니다."

하고 말한다.

한복이 듣고서

"그렇지만 관공이 원체 용맹해서 안량과 문추가 모두 그의 손에 죽었으니 이제 우리가 힘으로 대적해서는 아니 되겠고 다만 계책을 써서 사로잡아야만 하지 않겠느냐."

하고 말하니, 맹탄이 다시

"저에게 한 계책이 있습니다. 먼저 녹각으로 관 어구를 막아 놓은 다음에 관모가 오거든 소장이 군사를 거느리고 나가서 저와 싸우다가 거짓 패해서 유인해 가지고 돌아올 터이니 그때 공은 미리 준비하고 계셨다가 암전으로 쏘아 맞히십시오. 그래서 관모가 말에서 떨어지거든 곧 묶어서 허도로 올려 보내면 반드시 중상(重賞)을 받으실 게 아닙니까."
하고 계책을 드린다.

이렇듯 의논이 정해졌을 때 마침 사람이 들어와서 관공의 일행 거마가 이미 당도하였다고 보하였다.

한복은 활에다 시위를 걸고 화살을 띤 다음에 일천 인마를 관어구에다 죽 늘어 세워 놓고 나서서

"게 오는 사람이 누구요."
하고 물었다.

관공은 마상에서 몸을 굽혀 인사를 하고

"나는 곧 한수정후 관모로서 감히 길을 빌려 이곳을 지나가고자 왔소이다."
하고 대답하였다.

"조 승상의 문빙을 가지고 계신가요."

"일이 번거로워서 얻지 못했소이다."

이 말이 떨어지자 한복이

"나는 승상의 균명을 받들어 이 지방을 진수하며 내왕하는 간세배들을 기찰하는 터인데 만약에 문빙이 없으시다면 곧 도타(逃躱)하는 것으로 볼 수밖에 없소."
한다.

그 말에 관공이 노하여

"동령관의 공수가 이미 내 손에 죽었는데 너도 죽고 싶어서 이러느냐."

하고 꾸짖으니, 한복은 곧

"누가 저 자를 사로잡을꼬."

하고 외쳤다.

맹탄이 쌍도(雙刀)를 휘두르며 말을 몰고 나와서 바로 관공을 바라고 달려들었다. 관공은 수레를 뒤로 물리고 나서 말을 달려 나가서 맞았다. 맹탄은 삼 합이 못 되어 바로 말을 돌려 달아났다. 관공이 그 뒤를 쫓았다. 맹탄은 그저 관공을 관 앞으로 가까이 끌어 들이자고 한 노릇인데, 뜻밖에도 관공이 탄 말이 걸음이 재서 어느 결에 따라 들어와 관공은 한 칼에 맹탄을 두 동강을 내고 말았다.

관공이 말머리를 돌려서 돌아오는데 이때 한복이 관문 곁에 있다가 관공을 겨누고 힘을 다해서 활을 쏘았다. 화살이 바로 관공의 왼팔에 들어맞는다.

관공은 입으로 화살을 뽑아내었다. 피가 그대로 줄을 지어 흘러내린다. 관공은 그 길로 나는 듯이 말을 달려 한복을 바라고 짓쳐 들어갔다.

군사들이 와 흩어지는데 한복은 재빨리 도망하려 하였으나 미처 몸을 피할 사이가 없었다. 관공은 그를 한 칼에 내리쳐서 머리얼러 어깨를 엇비슷 베어 말 아래 거꾸러뜨린 다음에 군사들을 쳐 물리치고 두 부인의 수레를 보호하였다.

관공은 헝겊을 쭉 찢어 상처를 붙들어 매고 누가 또 무슨 흉계를 꾸며 가지고 해치려 들는지 모르는 일이라 감히 그곳에 오래 머물러 있지 못하고 밤을 도와서 기수관(沂水關)을 바라고 나아갔다.

기수관을 지키는 사람은 병주 사람이니 성은 변(卞)이요 이름은 희(喜)라. 유성퇴(流星鎚)를 잘 쓰는데, 원래 황건적의 여당으로서 뒤에 조조에게 항복하자 조조가 그에게 명하여 이 관을 지키게 한 것이었다.

이날 관공이 장차 이르리라는 소식을 듣자 그는 한 계책을 생각하고 관 앞에 있는 진국사(鎭國寺) 안에 도부수 이백여 명을 매복해 놓은 다음 관공을 그 절 안으로 유인해 가지고 와서, 술잔을 던지는 것으로 군호를 삼아 그를 해치기로 작정하였다.

변희는 준비를 다 해 놓은 뒤 관에서 나가 관공을 영접해 들였다. 관공은 변희가 나와서 맞는 것을 보자 즉시 말에서 내려 그와 서로 보았다.

변희는 관공을 대하여

"장군의 위명이 천하를 진동하시니 어느 사람이라 우러러 사모하지 않사오리까. 더욱이 이번에 황숙에게로 돌아가시니 장군의 충의를 족히 알리로소이다."

하고 말하였다.

관공이 공수와 한복을 벤 이야기를 하니 변희는

"장군께는 조금도 허물이 없으십니다. 두 사람은 죽어 마땅하지요. 이 사람이 승상을 뵙고 장군의 충곡(衷曲)을 대신해서 품할 것이니 장군께서는 심려 마십시오."

하고 말한다.

관공은 심히 기뻐하며 그와 함께 말을 타고 기수관을 지나 진국사 앞에 이르러 말에서 내렸다. 절의 중들이 모두 종을 울리며 나와서 그들을 영접한다.

원래 이 진국사는 한 명제(明帝)의 어전 향화원(香火院)이니 이 절의 중이 모두 삼십여 명이다. 그런데 이 가운데 한 중이 공교롭게도 관공과 동향 사람이었으니, 그의 법명은 보정(普淨)이다. 이때 보정은 이미 변희의 흉계를 알고 있었던 터라, 앞으로 나와서 관공을 보고

"장군은 포동(蒲東)을 떠나신 지가 몇 해나 되십니까."
하고 말을 내었다.

관공이

"거의 이십 년이나 되어 오나 보오."
하고 대답하자, 보정은 다시

"장군은 소승을 알아보시겠습니까."
하고 물었다.

운장이

"고향을 떠난 지가 원체 오래 되어서 알아보지를 못하겠소."
하니, 보정이 말하기를

"소승의 집이 장군 댁하고는 단지 내 하나를 격했을 뿐이었지요."
한다.

이렇듯이 이야기를 하는데, 이때 변희는 보정이 고향 이야기를 꺼내는 것을 보자 혹시 일이 누설되지나 않을까 마음에 두려워서

"내가 곧 장군을 모시고서 연석에 나가려는 참인데 중놈이 무슨 잔 사설이 그리도 많으냐."
하고 보정을 꾸짖었다.

그러나 관공이

"그렇지 않소이다. 동향 사람이 서로 만나서 어찌 옛 정을 펴지 않겠소."

하고 말하여, 보정은 차를 대접하겠다고 관공을 방장(方丈)으로 들어가자 청하였다.

그러나 관공이

"두 분 부인께서 수레 위에 계시니 차를 부인들께 먼저 드리시오."

하여 보정은 차를 두 부인께 먼저 갖다 드리게 한 다음에 관공을 청해서 함께 방장 안으로 들어갔다.

들어가는 길로 보정은 곧 관공을 향하여 손으로 자기의 차고 있는 계도(戒刀)를 들어 보이고 슬쩍 눈짓을 하였다. 관공은 곧 그 뜻을 짐작하고 종인에게 명하여 청룡도를 들고 자기 곁을 바짝 따르게 하였다.

이윽고 변희는 관공을 법당 안에 차려 놓은 연석으로 청하였다. 관공은 그를 보고

"변군이 지금 관모를 이 자리에 청한 것이 호의에서 하는 일이요, 그렇지 않으면 악의에서 하는 일이오."

하고 물었다.

변희가 미처 그 말에 대답을 하지 못할 때 관공은 사면 벽에 둘러친 휘장 뒤에 도부수들이 숨어 있는 것을 재빨리 보고 곧 변희를 향하여

"나는 너를 좋은 사람으로만 여겼더니 네가 어찌 감히 이럴 법이 있단 말이냐."

하고 소리를 가다듬어 꾸짖었다.

  변희는 일이 탄로 난 것을 알자, 즉시

  "빨리 하수해라."

하고 외쳤다.

  수하의 무리들이 곧 손을 놀리려 하였으나 관공이 허리에 찬 칼을 빼서 치는 바람에 다들 맞고 쓰러졌다.

  변희는 법당에서 내려와 복도로 달아났다. 관공은 손에 들었던 칼을 버리고 종자에게서 청룡도를 받아들고 그 뒤를 쫓아갔다.

  변희는 번개같이 유성퇴를 날려서 관공을 쳤다. 그러나 관공은 날아드는 유성퇴를 청룡도로 막아 버리고 와락 쫓아 들어가서 한 칼에 변희를 베어 두 동강을 낸 다음 바로 몸을 돌려 두 분 형수께로 달려갔다.

  이때 군사들이 벌써 두 부인을 둘러싸고 있다가 관공이 오는 것을 보자 사면으로 흩어져 달아났다.

  관공은 군사들을 다 쫓아 버리고 나서 보정을 향하여

  "만약에 스님이 아니셨다면 내 벌써 도적의 손에 걸려 해를 보았을 것이오."

하고 사례하였다.

  보정이

  "소승도 이제는 이곳에 있기가 어렵게 되었으니 의발을 수습해 가지고 다른 곳으로 자리를 옮겨야 할까 보이다. 뒤에 다시 뵈올 때가 있으려니와 부디 장군께서는 보중하소서."

하고 말한다.

  관공은 그에게 칭사하기를 마지않으며 두 부인의 수레를 호송하여 형양을 바라고 나아갔다.

형양태수 왕식은 본래 한복의 친척이다. 관공이 한복을 죽였다는 소식을 듣고는 관공을 암해하려 좌우와 의논을 하고 사람을 내보내 관 어구를 지키게 하였다. 그리고 관공의 일행이 당도하자 왕식은 관에서 나가 웃는 낯으로 그를 영접하였다.

관공이 그를 보고 형님을 찾아가는 일을 일장 다 이야기하니, 왕식이 듣고 나자

"장군께서 먼 길을 오시느라 신고가 무던하시며 또 두 분 부인께서도 수레 위에서 곤하실 터이니 성으로 들어가셔서 오늘은 관역에서 하룻밤 편히 쉬시고 내일 떠나시는 것이 좋을까 보이다."

하고 말한다.

관공은 왕식이 하도 은근하게 권하는 것을 보고 마침내 두 분 형수와 함께 성내로 들어갔다. 관역 안은 포진(鋪陳)이 다 되어 있었다.

왕식은 연석을 배설해 놓고 관공을 청하였다. 그러나 관공이 이를 사양하고 가지 않았더니 왕식은 사람을 시켜서 잔치 음식을 관역으로 보내 왔다.

관공은 연일 길을 오느라 몸이 고달팠으므로 두 분 형수에게 저녁을 권한 다음 정방(正房)에서 쉬게 하고 종자들에게도 각자 편히 쉬도록 이르고 말도 배불리 먹이게 하고, 관공 자기도 또한 갑옷을 벗고 쉬기로 하였다.

이때 왕식이 가만히 종사 호반을 불러서 영을 내리는데

"관모가 승상을 배반하고 도망해서 여기까지 왔는데 중로에서

또 태수와 관 지키는 장교들을 죽였으니 그 죄가 참으로 가볍지 않으나 다만 이 사람이 무예가 출중해서 당할 도리가 없네그려. 그러니 자네는 오늘 밤에 일천 군을 거느리고 가서 관역을 둘러싸되 군사 하나에 홰 한 자루씩 준비하게 하고 삼경이 되기를 기다려서 일제히 불을 놓아 그가 누구거나를 물을 것이 없이 모조리 다 태워 죽이도록 하게."

하였다.

호반은 영을 받자 그 즉시 군사를 점고하여 은밀하게 마른 섶과 불 잘 댕기는 것들을 관역 문 밖에다 날라다 놓게 하고 시각이 되면 곧 거사하도록 짜 놓았다.

그런데 이때 호반은 문득 '내가 관운장의 이름을 들은 지는 오래나 어떻게 생긴 이인지 얼굴을 본 일이 없으니 어디 가서 먼빛으로나마 한 번 보아야겠다.' 하는 생각이 들었다.

그는 마침내 관역 안으로 들어가 역리(驛吏)를 보고

"관 장군이 어디 계시냐."

하고 물으니, 역리가

"정청 위에서 책을 보고 계신 분이 바로 그 어른입니다."

하고 대답한다.

호반은 발자취를 감추고 가만히 정청 앞으로 다가가서 살펴보았다. 관공이 왼손으로 수염을 쓱쓱 쓰다듬어 내리며 등불 아래 서안에 의지해서 책을 보고 있다.

호반은 이윽히 바라보다가 저도 모를 결에 소리를 내어

"참으로 신령 같으신 어른이로구나."

하고 감탄하였다.

관공이 그 소리를 듣고

"게 누가 있느냐."

하고 물어서, 호반은 곧 당상으로 올라가서 절을 한 다음에

"형양태수 수하에 종사로 있는 호반이올시다."

하고 아뢰었다.

관공은 곧

"그러면 자네가 바로 허도 성밖에 사는 호화 영감의 자제가 아니신가."

하고 묻고, 호반이

"바로 그러하외다."

하고 대답하자, 관공은 즉시 종자를 불러 행리 속에서 호화로부터 부탁받은 편지를 꺼내다 호반에게 내어주게 하였다.

호반은 편지를 보고 나서

"하마터면 충량하신 어른을 그만 오살(誤殺)하고 말 뻔했구나."

하고 탄식하며, 가만히 관공에게

"왕식이 불량한 생각을 품고 장군을 모해하려 가만히 군사를 풀어 관역을 사면으로 에워싸고 오늘 밤 삼경을 기약해서 불을 놓을 작정을 하고 있습니다. 이제 제가 먼저 가서 성문을 열어 놓을 터이니 장군께서는 급히 행장을 수습하시어 성에서 곧 나가십시오."

하고 일러 준다.

관공은 소스라쳐 놀라 황망히 갑옷 입고 투구 쓰고 칼 들고 말에 올라 두 분 형수를 수레에 태워 일행이 관역을 나서는데, 자세히 살펴보니 과연 군사들이 저마다 손에 홰를 들고 오직 영이 떨

어지기만 기다리고 있다. 관공은 급히 성 아래로 갔다. 보니 성문은 이미 열려 있다. 관공이 수레를 재촉하여 황황히 성에서 빠져나가자 호반은 불을 지르러 관역으로 돌아갔다.

관공이 성에서 나가 몇 마장도 못 갔을 때다. 등 뒤로부터 횃불이 환히 비치며 인마가 쫓아오는데, 왕식이 앞을 서서

"관모는 달아나지 마라."

하고 크게 외친다.

관공은 말을 멈추고 서서

"네 이 못된 놈아. 내가 너와 더불어 원수진 일이 없는 터에 어찌하여 사람을 시켜 나를 불에 태워 죽이려 하느냐."

하고 소리를 가다듬어 꾸짖었다.

왕식은 창을 꼬나 잡고 말을 급히 몰아 바로 관공에게로 달려들었다. 그러나 관공이 한 번 칼을 내두르자 왕식의 허리는 썽둥 잘려서 몸이 두 동강이 나고 말았다. 이것을 보고 수하 군사들은 다 도망쳐 버렸다.

관공은 수레를 재촉하여 길을 빨리 가며 호반을 생각하고 속으로 감탄하기를 마지않았다.

그의 일행이 길을 재촉하여 활주 지경에 이르자 누가 태수 유연에게 이것을 보해서 유연은 수십 기를 거느리고 성에서 나와 그를 영접하였다.

관공이 마상에서 흠신하며

"태수는 그간 평안하셨소."

하고 인사를 하니, 유연이

"공은 이제 어디로 가시려고 하십니까."

하고 묻는다.

"승상을 하직하고 가형을 뵈우러 가는 길이오."

"현덕은 원소에게 계시고 원소로 말하면 승상의 원수인데 어떻게 공을 가시게 하셨을까."

"그것은 전일에 이미 언약이 된 일이오."

"지금 황하 나루터의 관애(關隘)는 하후돈의 부장 진기가 지키고 있는데 아마도 장군을 건너가시게 아니 할 게요."

"그럼 태수가 배를 좀 내주면 어떻소."

"배는 있지마는 내드릴 수는 없소이다."

관공이

"내가 전자에 안량·문추를 베어서 또한 족하의 재액을 풀어 드렸는데, 오늘날 배 한 척 내 달라는 것을 못하겠다고 하니 그것은 무슨 경우요."

하고 따졌건만, 유연은

"하후돈이 알고 보면 필연 내게 죄를 물을 테니 그것이 걱정이거든요."

할 뿐이다.

관공은 유연이 아무 짝에 소용이 없는 사람임을 알고 드디어 그대로 수레를 재촉해서 앞으로 나아갔다.

일행이 황하 나루터에 다다르자 진기가 군사를 거느리고 나와

"오는 사람이 누군고."

하고 묻는다.

관공이

"한수정후 관모외다."

하고 대답하니,

"지금 어디로 가시려 하오."

묻는다.

"하북으로 가서 형님 유현덕을 찾아뵈러 길이니 강을 좀 건너게 해 주시오."

"승상의 공문을 가지셨소."

"내가 승상의 절제를 아니 받거니와 무슨 공문이 있겠소."

그 말이 떨어지자 진기가 곧

"내가 하후 장군의 장령을 받들어 이곳 관애를 지키고 있는 터이니, 네게 설사 날개가 돋쳤더라도 여기를 지나가지는 못할 줄 알아라."

하고 뇌까린다.

관공은 대로하였다.

"내가 길에서 막는 자들은 다 죽여 버린 것을 네 아느냐."

그러나 진기는

"네가 다만 무명 하장들을 죽였을 뿐이지 감히 나도 죽여 보겠느냐."

하니, 관공이 노하여

"네가 안량·문추에 비해서 어떠하냐."

라고 한마디 하니, 진기가 대로해서 칼을 꼬나들고 말을 놓아서 바로 관공에게로 달려든다.

두 필 말이 서로 어우러졌다. 그러나 단지 일 합에 관공의 청룡도가 번뜻하더니 진기의 머리가 떨어진다.

관공이 곧

"내게 대들던 놈은 이미 죽었으매 나머지 사람들은 구태여 달아날 게 없는 일이니 속히 배를 내서 나를 건너게 해라."
라고 한마디 이르니, 군사가 여공불급하게 노를 저어 언덕에 배를 갖다 댄다. 관공은 두 분 형수를 청해서 배에 올라 강을 건넜다.

황하를 건너고 나니 이제는 원소의 땅이다. 관공은 그간 관애 다섯 군데를 지나며 장수 여섯 명을 벤 것이다.

후세 사람이 감탄하여 지은 시가 있다.

괘인(掛印) 봉금(封金)하고 조 승상을 하직한 뒤
형님을 찾아뵈러 먼 길 떠나올 제
적토마에 높이 앉아 천리길 홀로 가며
청룡도 비껴들고 오관을 나왔구나.

장하여라 그의 충의 하늘을 찌르나니
영웅이 이로부터 강산을 뒤흔든다.
독행 천리 오관 참장 고금에 짝 없거니
문인들은 글을 지어 만고에 노래하네.

관공이 마상에서 '내가 역로에 사람들을 죽이고 싶어 죽인 것이 아니고 사세 부득이해서 한 일이지만, 조공이 알면 반드시 나를 배은망덕한 사람이라고 할 터이지' 하고 자탄하며 한창 가는 중에, 홀연 한 사람이 말을 타고 북쪽으로 달려오며
"운장은 거기 계십시오."
하고 큰 소리로 부른다. 관공이 말을 세우고 바라보니 바로 손건이다.

關公　　관공

神威能奮武　　천신 같은 위엄으로 무예를 떨치고
儒雅更知文　　고아한 선비 기질은 문장도 겸했구나
天日心如鏡　　하늘의 해 같은 마음은 거울 같고
千秋義薄雲　　천추의 의기는 하늘에 닿았네

"우리가 여남에서 서로 작별한 뒤로 일향 소식이 어떠하오."
하고 관공이 물으니, 손건이 이에 대답하여

"유벽과 공도가 장군이 회군하신 뒤에 다시 여남을 뺏고 나더러 하북에 가서 원소와 정의를 맺고 현덕을 청해다가 조조 깨칠 계책을 함께 의논하자고 한 것인데, 뜻밖에 하북 장수들이 서로 시기해서 전풍은 아직도 옥중에 갇혀 있고 저수는 내침을 받아서 쓰이지 못하며 심배와 곽도는 각자 권세를 다투는데, 원소는 의혹이 많아 주의를 정하지 못하는 형편이라 내가 유황숙과 의논하고 우선 탈신할 계책부터 구하기로 한 것입니다. 지금 황숙께서는 이미 여남으로 유벽을 만나러 가셨는데, 장군께서 이런 줄 모르시고 원소에게로 가셨다가 혹시나 해를 입으실까 염려가 되어, 내가 특히 분부를 받고 중로로 영접하러 나왔더니 다행히 여기서 만나뵈옵니다그려. 장군은 속히 여남으로 가서 황숙과 만나시도록 하시지요."
하고 말한다.

관공은 손건으로 하여금 두 부인을 뵙게 하였다. 두 부인이 황숙의 소식을 물어서, 손건이 그간 원소가 두 번이나 황숙을 베려고 한 일이며 이제 황숙이 다행히 몸을 벗어나서 여남으로 갔은즉 두 부인이 그리 가면 황숙과 만날 수 있으리란 말을 갖추 고하니, 두 부인은 모두 낯을 가리고 눈물을 흘렸다.

관공은 그의 말을 좇아서 하북으로 가지 않고 바로 여남으로 길을 잡았다. 한창 가는 중에 등 뒤에 티끌이 자욱하게 일어나며 한 떼의 인마가 뒤를 쫓아오는데, 앞을 선 하후돈이
"관모는 달아나지 마라."

하고 큰 소리로 외친다.

    관을 막다 여섯 장수 속절없이 죽었건만
    한 떼의 군사 길을 막고 다시 싸워 보자누나.

필경 관공이 어떻게 몸을 벗어나는고.

채양을 베어 형제가 의혹을 풀고
고성에 모여 군신이 의리를 세우다

| 28 |

 이때 관공이 손건과 함께 두 분 형수를 보호하여 여남을 바라고 나아가는데 뜻밖에도 하후돈이 삼백여 기를 거느리고 뒤를 쫓아왔다.
 손건은 수레를 보호하여 앞서가고 관공은 몸을 돌려 말을 세우고 칼을 어루만지며,
 "그대가 나를 쫓는 것이 승상의 너그러우신 도량을 더럽히는 일이나 아닐까 하오."
하고 말했다.
 하후돈이 이 말에 대답하여
 "승상께서 명문으로 전보하신 것이 없고 네가 길에서 사람을 죽였으며 더욱이 내 부장을 베었으니 무례하기 짝이 없구나. 내 너를 사로잡아다 승상께 바치고 처분을 기다리려 이처럼 온 길이다."

한다.

　말을 마치며 바로 말을 몰아 창을 꼬나 잡고 싸우려 드는데, 문득 뒤에서 한 사람이 나는 듯이 말을 달려오며

　"운장과 싸우셔서는 아니 됩니다."

하고 큰 소리로 외친다. 관공은 곧 고삐를 잡고 움직이지 않았다.

　사자는 품속에서 공문을 꺼내며 하후돈을 향하여

　"승상께서 관 장군의 충의를 가상히 여기시고 역로 관애에서 막는 사람이 있을까 저어하시어 특히 저를 하여 공문을 가지고 두루 각처로 돌게 하였소이다."

하고 말한다.

　하후돈은 한마디 물었다.

　"관모가 길에서 관 지키는 장수들을 죽였는데 승상께서 알고 계시는가."

　사자가 대답한다.

　"그것은 모르고 계십니다."

　"그렇다면 내가 저를 사로잡아 승상께로 가서, 저를 놓아 보내더라도 승상께서 놓아 보내시게 해야겠다."

　하후돈의 말에 관공은 노하여

　"내가 너를 두려워할 성싶으냐."

하고 칼을 들고 말을 몰아 바로 하후돈에게 달려들었다.

　하후돈이 다시 창을 꼬나 잡고 그를 맞아서 두 필 말이 서로 어우러져 싸우기 십 합이 못 되었을 때 홀연 또 한 사람이 나는 듯이 말을 달려 들어오며

　"두 장군은 잠시 멈추시오."

하고 크게 외친다.

하후돈은 창을 멈추고 사자에게 물었다.

"승상께서 관모를 사로잡으시더냐."

사자가 말한다.

"아니외다. 승상께서 관을 지키는 장수들이 관 장군을 막고 못 가게 할까 두려워하시어 다시 저를 보내서 공문을 돌리게 하신 것입니다."

"승상께서 그가 길에서 사람을 죽인 것을 알고 계시느냐."

"모르십니다."

"이미 그가 사람 죽인 것을 모르고 계시다면 놓아 보낼 수 없지."

하고 하후돈은 수하 군사를 지휘하여 관공을 에워싸게 하였다.

관공이 대로하여 칼을 춤추며 싸우러 나서서 두 사람이 바야흐로 병장기를 어우르려 들 때 진 뒤에서 한 사람이 나는 듯이 말을 달려오며 큰 소리로

"운장과 원양은 싸우지 마시오."

하고 외친다. 모든 사람이 바라보니 곧 장료다. 두 사람은 각기 말을 멈춰 세웠다.

장료가 앞으로 가까이 와서

"승상의 균지를 받들고 온 길이오. 승상께서 운장이 관을 깨뜨리고 장수들을 죽였단 말씀을 들으시고 중로에서 혹 장애가 있지나 않을까 염려하시어 특히 내게 각처 관애에 유고를 전하게 하신 터이니 그대로 가시게 하오."

하고 말한다.

하후돈은 그래도

"진기는 채양의 생질로서 그가 진기를 내게다 부탁해 둔 터에 이번에 관모의 손에 죽고 말았으니 어떻게 이냥 버려둔단 말이오."
라고 한마디 하였으나, 장료가

"그것은 내가 채 장군을 보고 잘 말하리다. 이미 승상께서 너그러우신 도량으로 관공을 놓아 보내라 하신 터이니 공들은 승상의 뜻을 저버려서는 아니 되오."
하고 말하여 하후돈은 하는 수 없이 군마를 뒤로 물렸다.

장료는 관공을 보고 물었다.

"운장은 이제 어디로 가시려 하십니까."

"형님께서 원소에게도 계시지 않다는 말을 들었으니 이제는 천하를 두루 돌아 찾을 생각이오."

"이미 현덕의 계신 곳을 모르신다면 다시 승상께로 돌아가시는 것이 어떠합니까."

장료의 말에 관공은 웃으며

"어찌 그럴 도리가 있겠소. 문원은 돌아가 승상을 뵙고 부디 나를 위해서 사죄하는 말씀을 드려 주오."
하고 말을 마치자 장료와 더불어 공수하고 헤어졌다.

장료는 하후돈과 함께 군사를 영솔하고 돌아가 버렸다.

관공은 수레 뒤를 쫓아가서 손건에게 이 일을 이야기하고 두 사람은 말머리를 나란히 하고 갔다.

길을 가기 수일은 해서 갑자기 큰비를 만나 행장이 다 젖었다. 멀리 바라보니 산언덕 아래 장원 하나가 있다. 관공은 수레를 모시고 그리로 가서 묵어 가기를 청했다.

장원 안에서 한 노인이 나와 맞는다. 관공이 찾아온 뜻을 자세

히 말하니 노인이

"이 사람의 성은 곽(郭)이요 이름은 상(常)으로, 대대로 이 고장에서 살아옵니다. 장군의 대명을 들은 지 오래더니 다행히 이렇듯 만나 뵙습니다그려."

하고 드디어 양을 잡고 술을 내어 대접하는데, 두 부인은 후당으로 청해 들여다가 쉬게 하고 곽상은 초당에서 관공과 손건에게 술대접을 하며, 일변 젖은 행리를 불에 말리고 일변 말도 배불리 먹이게 하였다.

그러자 황혼녘이 되어 홀연 한 젊은이가 사람 두엇을 끌고 장원으로 들어오더니 바로 초당으로 올라온다.

곽상은 그를 불러

"애야, 장군께 절하고 뵈어라."

하고 이르고, 관공을 대하여

"이것이 자식놈이올시다."

하고 말하였다.

관공이 어디서 오느냐고 물으니, 곽상이

"사냥질 나갔다가 돌아온 모양이올시다."

하고 대답하는데, 젊은이는 관공에게 인사를 하고 나자 그 즉시 초당에서 나가 버렸다.

곽상이 눈물을 흘리며

"이 늙은 사람이 밭 갈며 글을 읽어 가업을 전해 오는 터에 자식이라고 저것 하나 있는 것이 본업에는 힘쓰지 않고 오직 사냥질만 하러 다니니 참으로 가문의 불행이올시다."

하고 말한다.

관공이

"이런 난세에 만약 무예가 정숙하고 보면 또한 공명을 취할 수 있는데 어째 불행하다고 말씀을 하오."

라고 한마디 하였으나, 곽상은

"제가 행여 무예나 익히려 든다면 뜻이 있는 놈이라고 하게요. 이건 그냥 방탕하게 놀러 다니기만 하며 도무지 안 하는 짓이 없으니 늙은 사람이 이 까닭에 밤낮 근심이랍니다."

한다. 듣고 나서 관공도 한숨을 쉬었다.

이날 밤이 이슥해서야 곽상이 물러가서 관공이 손건과 더불어 바야흐로 잠을 청하려 하는데 갑자기 후원에서 말이 울고 사람의 고함소리가 들려왔다.

관공은 급히 종인을 불러 보았으나 아무도 대답을 하는 자가 없다. 마침내 손건과 함께 칼을 빼어들고 가서 보니, 곽상의 아들이 땅에 쓰러져서 소리를 꽥꽥 지르고 있고 종인들은 장객(莊客)들과 서로 치고 받고 싸우는 중이었다.

관공이 어찌 된 까닭을 물으니 종인이 아뢴다.

"이 사람이 적토마를 훔치러 왔다가 말에 차여 쓰러진 모양입니다. 저희가 아닌 밤중에 외치는 소리를 듣고 무슨 일인가 해서 보러 나왔는데, 장객들이 되레 쫓아 들어와 사람을 치는군요."

관공이 노해서

"쥐 같은 도적놈이 어딜 감히 내 말을 훔치려 든단 말이냐."

하고 막 버릇을 가르치려 드는데, 곽상이 허둥지둥 달려들더니

"불초한 자식놈이 이런 짓을 하였으니 죄가 만 번 죽어 마땅합니다마는, 다만 늙은 아내가 이놈을 가장 사랑하는 터이라 바라

건대 장군께서는 어지신 마음으로 너그러이 용서해 주십시오."
하고 애걸한다.

관공은

"영감 말씀마따나 이 아이가 과연 불초하니, '지자막여부(知子莫如父)'[1]로고. 내 영감 낯을 보아 용서해 주겠소."
하고, 드디어 종인에게 말을 잘 보살피라고 분부하고 장객들을 꾸짖어 쫓아 버린 다음에 손건과 함께 초당으로 돌아가서 쉬었다.

이튿날 곽상 부처가 나와서 초당 앞에 엎드려 절을 하며

"불초한 자식놈이 언감 장군님의 위엄을 범했건만 태산 같으신 은혜로 용서해 주시니 감축하기 그지없습니다."
하고 사례한다.

관공이

"그애를 불러 내오우. 내가 정당한 말로 타일러 주겠소."
하고 분부하니, 곽상이

"그놈이 사경 때쯤에 또 무뢰배 몇 놈을 끌고 어디론지 나가 버렸답니다"
하고 말한다.

관공은 곽상에게 치사를 하여 작별한 다음에 두 분 형수를 수레에 모시고 장원을 나서서 손건과 말을 나란히 하여 산길로 접어들었다.

그러나 일행이 삼십 리를 미처 못 갔을 때 산 뒤에서 백여 명의 무리가 우 몰려나오는데 우두머리 되는 말 탄 자가 두 명인데, 앞

---

[1] 아버지만큼 아들의 됨됨이를 아는 사람은 없다는 뜻.

에 선 자는 머리를 황건으로 싸고 몸에는 전포를 입었으며 뒤에 선 자는 바로 곽상의 아들이다.

황건으로 머리를 싸맨 자가

"나로 말하면 천공장군 장각의 부장이다. 거기 오는 자는 빨리 적토마를 내놓아라. 그러면 곱게 보내 줄 테다."

하고 말한다.

관공은 껄껄 웃었다.

"이 미친 도적놈아. 네가 이미 장각을 따라다니며 도적 노릇을 했다면 또한 유·관·장 형제 세 사람의 명자를 알겠구나."

황건이 말한다.

"나는 다만 얼굴이 붉고 수염 긴 사람이 이름이 관운장이라는 말만 들었지, 아직 얼굴은 본 일이 없다. 너는 대체 누구냐."

관공이 청룡도를 종인에게 주고 말을 세운 다음 수염 주머니를 끄르고 긴 수염을 내보이니, 그 사람이 바로 말에서 뛰어내리며 곧 곽상의 아들의 머리털을 덥석 움켜쥐고 관공의 말 앞으로 끌고 와서 배복한다.

관공이 그의 성명을 묻자, 그는

"저의 성은 배(裵)요 이름은 원소(元紹)라고 합니다. 장각이 죽은 뒤로 오늘까지 주인이 없이 제 손으로 도당을 모아 가지고 아직 이곳에 숨어 지내는 터입니다. 그런데 오늘 새벽에 이놈이 와서 '한 나그네가 천리마를 타고 와서 우리 집에 묵었소' 하고 일러 주며 저더러 그 말을 뺏으러 가자고 해서 왔더니 도리어 장군을 만나 뵈올 줄은 참말 뜻밖입니다."

하고 아뢰었다. 곽상의 아들이 땅에 엎드려서 목숨을 살려 달라고 빈다.

관공이

"내 너의 부친의 낯을 보아 목숨을 용서해 주마."

하고 말하니, 곽가의 아들은 머리를 싸고 쥐새끼처럼 도망을 쳐 버렸다.

관공은 배원소에게 물었다.

"그대가 내 얼굴을 모르며 어떻게 내 이름은 알고 있었느냐."

배원소가 아뢴다.

"예서 이십 리 떨어진 곳에 와우산이란 산이 있습니다. 이 산 위에 관서 사람 하나가 있어 성은 주(周)요 이름은 창(倉)이라 하는데 두 팔에 천근 무게를 들 힘을 가졌으며 가슴은 떡 벌어지고 곱실 수염이 나서 형용이 심히 괴위(魁偉)하답니다. 그는 본래 황건 장보 수하에서 장수로 있다가 장보가 죽자 도당을 모아 가지고 지내는데, 매양 저를 보고 장군의 위명을 이야기하며 만나 뵈올 길이 없는 것을 한탄해 오는 터입니다."

듣고 나자 관공이

"녹림 속은 호걸이 발을 붙이고 있을 곳이 아니니 공들은 앞으로 각기 악한 것을 버리고 바른 길로 돌아가서 스스로 자기 몸을 망치지 말도록 하오."

하고 타이르니 배원소가 절을 하여 사례한다.

이렇듯이 이야기하는 중에 문득 멀리 바라보니 한 떼의 인마가 이편을 바라고 온다.

"저것이 필시 주창일 겝니다."

하고 배원소가 말하여 관공이 말을 세우고 기다리려니까, 과연 얼굴이 검고 기골이 장대한 사람 하나가 창 들고 말 타고 무리들을 거느리고 오더니 관공을 보자 놀라고 기뻐서

"바로 이 어른이 관 장군이셔."

하고 황망히 말에서 내려 길가에 부복하며

"주창이 현신합니다."

하고 아뢴다.

관공은 물었다.

"장사는 어디서 관모를 알았는가."

주창이 아뢴다.

"제가 전에 황건 장보를 따를 때 일찍이 존안을 알았으나 적당에게 실신(失身)해서 따를 수 없는 것이 한이더니 오늘 다행히 만나 뵈웠소이다. 원컨대 장군께서는 버리지 마시고 수하에 거두어 보졸이라도 삼아 주십시오. 밤낮으로 장군의 거마를 모시며 죽어도 마음에 달갑게 알겠소이다."

관공은 그 뜻이 심히 간절한 것을 보고

"그대가 만약 나를 따른다면 그대 수하 사람들은 어떻게 할 생각인가."

하고 물으니, 주창이

"따라가기를 원하면 다 데리고 가고, 따라가기를 원하지 않는 자는 보내면 되지 않습니까."

하고 말한다. 그 말에 여러 사람들은 모두

"저희들도 따라가기를 원합니다."

하고 말하였다.

마침내 관공은 말에서 내려 수레 앞으로 가서 두 분 형수에게

이 일을 품하였다.

그러나 감 부인은 하는 말이

"아주버님께서 허도를 떠나신 뒤로 여기까지 오시는 길에 허다한 환난을 겪으시면서도 일찍이 군사들이 따르는 것을 허락하지 않으셨지요. 앞서 요화가 따라오려 하는 것도 아주버님은 물리쳐 버리시더니 이번에는 어째서 유독 주창의 무리들은 용납하려고 하십니까. 그러나 이것은 저희들 여자의 옅은 소견에서 여쭙는 말씀이니 아주버님께서 짐작해 하세요."

한다.

관공은

"아주머님 말씀이 옳습니다."

하고, 드디어 주창을 대하여

"관모가 박정해서 그러는 게 아니라 두 부인께서 들어주시지를 않으니 어쩌겠나. 그대들은 아직 산중에 돌아가 있게. 그러면 내가 형장을 찾아 뵈옵는 대로 반드시 데려가도록 함세."

하고 말하였다.

그러나 주창은 주먹으로 머리를 두드리며

"주창이 본래 사람이 변변치 못해서 그만 몸을 그르쳐 도적이 되었다가 이제 장군을 만나 뵈니 마치 천일(天日)을 다시 우러른 듯한 터에 어떻게 또다시 몸을 버리겠소이까. 만약에 여러 사람이 따르는 것을 불편하다고 생각하셔서 그러시는 것이라면 이 사람들을 모조리 배원소를 딸려 보내고 다만 주창이 하나만 걸어서 장군을 따라 비록 만 리라 할지라도 사양하지 않겠소이다."

하고 간절히 고한다.

관공은 다시 이 말로 두 분 형수에게 고하였다. 그제는 감 부인이

"한두 사람 따르는 것이야 무방하겠지요."

하고 말한다.

관공이 곧 주창에게 그의 수하 사람들을 배원소에게 딸려 보내라고 분부하니, 배원소가 있다가

"나도 관 장군을 따라가고 싶소."

하는 것을, 주창이

"자네가 만약 따라오면 사람들이 다 흩어져 버릴 게니 아직 그대로 거느리고 있게. 내가 관 장군을 따라가서 어디고 자리만 잡게 되면 곧 데리러 옴세."

하고 타일러서 배원소는 앙앙한 마음으로 무리를 이끌고 떨어져 갔다.

주창이 관공을 따라서 여남을 바라고 가는데, 길을 가기 수일 만에 멀리 산성(山城)이 하나 바라다보인다.

관공이 그 지방 사람에게

"이곳이 어딘가."

하고 물으니, 대답해 하는 말이

"이 성 이름은 고성(古城)입니다. 수월 전에 성은 장이요 이름은 비라고 하는 장군 한 분이 수십 기를 데리고 이곳에 이르러 현관(縣官)을 쫓아 버리고 고성을 차지해 든 뒤에 군사를 초모하고 말을 사들이며 마초를 준비하고 군량을 쌓아 놓았습니다. 지금 수하에 인마가 사오천이나 있어서 원근에 감히 대적할 사람이 없답니다."

한다.

　관공이 듣고 크게 기뻐하여

"서주서 각산(各散)한 뒤로 내 아우의 거처를 일향 모르고 지냈는데 도리어 이곳에 있을 줄을 누가 생각이나 했을꼬."
하고 즉시 손건을 시켜서 먼저 성에 들어가 통보하고 장비더러 두 분 아주머니를 모시러 나오라고 이르게 하였다.

　이보다 앞서 장비는 망탕산 속에서 월여를 지낸 끝에 현덕의 소식을 알려고 밖에 나왔다가 우연히 고성을 지내게 되었는데, 고을로 들어가서 군량을 좀 꿔 달라고 하였더니 현관이 듣지를 않는다. 장비는 노해서 곧 현관을 쫓아 버리고 현인(縣印)을 빼앗아 성지를 점거하고 일시 몸을 붙이고 있기로 한 것이었다.

　이날 손건이 관공의 분부를 받아 성에 들어가서 장비를 보고 인사를 마치자

"현덕께서는 원소에게서 떠나셔서 여남으로 가셨고, 지금 운장이 허도로부터 두 분 부인을 모시고 바로 이곳까지 오셔서 장군께 나와서 영접하시라고 청하십니다."
하고 말하니, 장비는 듣고 나자 아무런 대꾸도 없이 곧 갑옷 입고 투구 쓰고 창 들고 말에 올라 군사 일천여 명을 거느리고 바로 북문으로 나간다.

　손건은 마음에 놀라고 의아하였으나 그렇다고 감히 물어보지도 못하고 다만 그 뒤를 따라 성에서 나왔다.

　이때 관공은 장비가 오는 것을 바라보고 스스로 기쁨을 이기지 못하여 청룡도를 주창에게 맡기고 말을 몰아 맞으러 나갔다. 그러나 장비는 고리눈 부릅뜨고 범의 나룻을 거스르고 벽력같이 호

통 치며 장팔사모를 휘둘러 바로 관공을 향해서 내지른다.

관공은 깜짝 놀라 황망히 몸을 피하며

"현제(賢弟)는 어째서 이러는가. 도원결의를 잊었단 말인가."

하고 외쳤다.

장비가 꾸짖는다.

"네 의리 없는 놈이 무슨 낯짝으로 나를 와서 보느냐."

관공은 물었다.

"내가 어째서 의리가 없다고 그러느냐."

장비가 말한다.

"네가 형님을 배반하고 조조에게 항복해서 관작을 받고는 이제 또 나를 속이러 왔지. 내 오늘 너하고 사생결단을 하고야 말겠다."

듣고 나자 관공이

"그는 자네가 모르고 하는 말일세. 내 입으로는 이야기하기가 어렵고 지금 두 분 아주머님께서 여기 계시니 자네가 친히 여쭈어 보게."

하고 말하니, 두 부인이 이 말을 듣자 발을 쳐들고

"셋째 아주버니. 왜 이러십니까."

하고 장비를 불렀다.

그러나 장비는

"아주머니, 가만히 계십쇼. 내 이 의리부동한 놈을 죽여 버린 다음에 아주머니를 성 안으로 청해 드려 말씀을 들을 테니까요."

하고 말한다.

감 부인이 있다가

"둘째 아주버니께서 두 분의 가신 곳을 아시지 못했기 때문에 잠시 조씨에게 가 계셨던 거예요. 그러다가 이번에 형님이 여남에 계신 것을 알고 특히 위험을 무릅쓰고 우리를 여기까지 호송해 오신 터이니 셋째 아주버니는 잘못 아시고 행여 그러지 마세요."
하고 말하고, 미 부인이 또한

"둘째 아주버니께서 이때까지 허도에 가 계셨던 것은 실상 어쩔 수 없는 사정에서 나오신 일이랍니다."
하고 말하였건만, 장비는 그대로

"두 분 아주머니, 저놈한테 속지 마십시오. 충신은 차라리 죽으면 죽지 욕을 보지 않는 법인데 대장부가 어찌 두 주인을 섬길 도리가 있단 말씀이오."
한다.

관공은 오직
"현제는 나를 가지고 너무 그러지 말게."
할 뿐인데, 손건이 나서서
"운장은 특히 장군을 찾아오신 길입니다."
하고 한마디 거들었지만, 장비가
"그게 무슨 당치 않은 수작이야. 저놈에게 그럴 마음이나 있으면 제법이게. 필시 나를 잡으러 왔겠지."
하고 말하여, 관공이
"내가 만약 자네를 잡으러 왔으면 으레 군사를 데리고 왔을 것이 아닌가."
하고 한마디 하니, 장비가 문득 손을 들어 가리키며
"저기서 오는 게 군사가 아니고 무엇이냐."
하고 말한다.

관공이 돌아다보니 과연 티끌이 자욱하게 일어나며 한 떼의 인마가 짓쳐 들어오는데 바람에 나부끼는 기호가 바로 조조의 군사였다.

장비는 대로하여

"이제도 할 말이 있느냐."

하고 장팔사모를 꼬나 잡고 바로 찌르려 든다.

관공은 급히 손을 들어 그를 멈추며

"현제는 잠깐만 참게. 내 이제 저기 오는 장수를 베어서 내 진심을 보여 줌세."

하니, 장비가 있다가

"네게 과연 진심이 있다면 내가 북을 세 번 치기 전에 저 오는 장수를 죽여야 한다."

하고 말한다. 관공은 응낙하였다.

그로써 얼마 지나지 않아서 조조의 군사가 들이닥쳤는데 앞선 장수는 곧 채양이다.

채양이가 칼을 꼬나 잡고 말을 놓아 나오면서

"네놈이 내 생질 진기를 죽이고는 이리로 도망해 왔구나. 내가 승상의 분부를 받들고 바로 네놈을 잡으러 오는 길이다."

하고 큰 소리로 꾸짖는다.

관공이 잡담 제하고 칼을 들고 나서니 장비는 친히 북채를 들고 북을 친다. 한 번 친 북소리가 미처 끝나기 전에 관공의 청룡도가 한 번 번뜻하더니 채양의 머리는 벌써 땅에 떨어지고 말았다. 수하 군사들이 모두 도망친다.

관공은 인기(認旗)[2]를 들고 있던 군사를 사로잡아 가지고 와서

여기까지 온 까닭을 물어 보니, 그 군사가 하는 말이

"채양이 장군께서 자기 생질을 죽였단 말을 듣고 대단히 노해서 곧 하북으로 가서 장군과 싸우려 드는 것을 승상께서 들어주지 않으시고 그더러 여남에 가서 유벽을 치라고 하셨던 것인데, 뜻밖에 여기서 장군을 만난 것이랍니다."

하고 아뢴다.

관공은 듣고 나자 그더러 장비 앞에 가서 이 일을 이야기하게 하였다.

장비가 관공이 허도에서 지낼 때 일을 그에게 자세히 캐물어서, 그 군사가 처음부터 끝까지 일장 이야기를 다하고 나니 장비는 그제야 겨우 의혹이 풀렸다.

이러고 있을 때 홀연 성중에서 군사가 달려 나와

"성 남문 밖으로 장수 둘이 십여 기를 거느리고 풍우같이 몰려오는데 어떤 사람들인지는 모르겠소이다."

하고 보한다.

장비는 마음에 의아하여 곧 남문으로 나가서 바라보았다. 과연 경장(輕裝)을 한 십여 기가 몸에 궁전(弓箭)을 띠고 말을 달려오더니 장비를 보자 황망히 말에서들 뛰어내린다. 자세히 보니 곧 미축과 미방이라 장비도 말에서 내려 서로 보았다.

"서주에서 뿔뿔이 흩어진 뒤로 우리 형제는 몸을 피해 고향에 돌아가 있었는데 사람을 내보내 사면 알아보았더니 운장은 조조에게 항복을 하고 주공께서는 하북에 가서 계시며 또 간옹도 하

---

2) 기폭에다 통솔하는 장수의 관호(官號)나 성명을 써놓은 기.

북으로 갔다는 말을 들었습니다. 그러나 다만 장군이 여기 계신 줄은 알지 못했는데 어제 노상에서 한 떼의 나그네를 만났더니, 그들 말이 '장씨 성 가진 장군 하나가 용모는 이러이러하게 생겼는데 여차여차하여 지금 고성을 점거하고 있다오' 하기에 우리 형제는 필시 장군이시리라 생각하고 찾아왔더니 다행히 만나 뵈었습니다그려."

듣고 나서 장비가

"운장 형님이 손건하고 방금 두 분 아주머니를 모시고 여기를 오셨고, 형님 계신 곳도 이제는 알았네."

하고 일러 주니, 미축과 미방은 크게 기뻐하여 곧 함께 와서 관공도 만나보고 두 분 부인도 뵈었다.

장비는 드디어 두 분 형수를 성중으로 모셔 들였다. 아중에 이르러 좌정한 후 두 부인이 그간 관공의 지내 온 일을 낱낱이 이야기해 들려주니 장비가 그제야 통곡을 하며 운장에게 절하여 뵈고, 미축과 미방도 비감해하기를 마지않는다. 장비는 자기도 헤어진 뒤의 일을 호소하며 일변 잔치를 차려 서로 만난 기쁨을 하례하였다.

이튿날 장비는 관공과 함께 여남으로 현덕을 보러 가려 하였다. 그러나 관공이 있다가

"자네는 두 분 아주머님을 모시고 잠시 여기 남아 있게. 그러면 내가 손건하고 먼저 가서 형님 소식을 알아 가지고 오겠네."

하고 말하여 장비는 그러기로 하였다.

관공은 손건과 군사 사오 명만 거느리고 말을 달려 여남으로 갔다. 유벽과 공도가 나와서 맞는다.

관공이 즉시

"황숙께서 어디 계시오."

하고 물으니, 유벽이

"황숙께서 여기 오셔서 수일 계시다가 군사가 적은 것을 보시고는 다시 하북 원본초에게로 의논을 하러 가셨소이다."

하고 대답한다.

관공은 마음에 앙앙불락하였으나

"근심할 것 없습니다. 수고 한 번 더 하기로 하고 하북에 가서 황숙께 소식을 알려 드리고 함께 고성으로 가면 되지 않습니까."

하는 손건의 말을 좇아서, 유벽·공도와 작별하고 함께 고성으로 돌아가 장비에게 이 말을 하였다.

장비가 곧 저도 함께 하북으로 가겠다고 해서 관공이

"이 성 하나가 바로 우리들의 몸 붙여 있을 곳이니 경솔하게 버려서는 아니 되겠네. 내가 손건과 함께 원소에게로 가서 형님을 찾아뵈옵고 이리 와서 모이기로 할 것이니 자네는 이 성을 잘 지키고 있도록 하게"

하고 말하니, 장비가

"형님이 원소가 아끼던 안량·문추를 죽인 터에 어떻게 가시려오."

하고 묻는다.

그러나 관공은

"그것은 상관없네. 내가 그곳에 가 가지고 수기응변할 테니까."

하고, 드디어 주창을 불러

"와우산 배원소에게 인마가 모두 얼마나 있는가."

하고 물었다.

주창이

"한 사오백 명 될 겝니다."

하고 대답한다.

이에 관공은

"내 이제 지름길로 해서 형님을 찾아뵈러 갈 터이니, 자네는 와우산으로 가서 그들 인마를 거느리고 대로상으로 나와서 나를 기다리도록 하여라."

하고 분부하였다. 주창은 영을 받고 떠났다.

관공이 손건과 함께 다만 이십여 기를 거느리고 하북을 바라고 가는데, 하북 지경에 거의 다 와서 손건이 그를 보고

"장군이 경솔히 들어가실 것이 아니라 이곳에서 잠시 머물러 계시면 내가 먼저 들어가서 황숙을 뵙고 달리 의논을 하겠습니다."

하고 말한다.

관공은 그 말을 좇아서 우선 손건만 떠나보내 놓고 멀리 바라보니 앞마을에 장원 하나가 있다. 그는 곧 종인들과 그리로 가서 숙소를 빌리기로 하였다.

장원 안에서 한 노인이 지팡이를 짚고 나와서 관공에게 인사를 하여 관공도 답례하고 실상대로 모두 이야기를 하니, 그 노인이

"이 사람의 성도 역시 관(關)인데 이름은 정(定)이라고 합니다. 장군의 성화를 듣자온 지 오래더니 다행히 이렇게 만나 뵙니다그려."

하고 드디어 두 아들을 불러내어 인사를 드리게 한 다음에, 간곡하게 관공을 대접하며 그 종인들도 모두 장원 안에 유숙하게

하였다.

한편 손건이 필마로 기주에 들어가서 현덕을 보고 지난 일을 자세히 이야기하니, 현덕은

"간옹도 여기 있으니 가만히 청해다가 같이 의논하기로 하지."

하고 말하였다.

조금 있다가 간옹이 이르러 손건과 서로 보기를 마치자 세 사람은 함께 몸을 빼쳐 나갈 계책을 의논하였다.

간옹이 계책을 말한다.

"주공께서 내일 원소를 보고 말씀하시되, 형주로 가서 유표를 달래 가지고 함께 조조를 치도록 하자고 그렇게만 말씀하시고, 원소가 허락을 할 터이니 곧 그 김에 떠나 버리도록 하십시오."

현덕이 듣고

"이 계책이 대단히 묘한데 다만 공도 나를 따라 함께 떠날 수가 있겠소."

하고 물으니, 간옹은

"저는 또 저대로 탈신할 계책이 있습니다."

하고 대답하여 의논이 정해졌다.

이튿날 현덕이 원소를 들어가 보고

"유경승이 형양 구군(九郡)을 지키고 앉아서 병정량족(兵精糧足)한 터이니 그와 서로 약조하고 함께 조조를 치도록 하시지요."

하고 말하니, 원소가

"내 일찍이 사자를 보내서 말을 해 보았건만 제가 즐겨 들으려고 아니 하니 어쩌오."

한다.

그러자 유비가 다시

"그 사람이 저와 동종이라 제가 가서 말을 하면 필시 마다고는 아니 할 겝니다."

하고 말하자, 원소는

"만약에 유표를 얻는다면 유벽보다 훨씬 낫지."

하고 드디어 현덕더러 가 보라고 분부한 다음에, 다시 말을 이어

"근자에 들으매 관운장이 이미 조조에게서 떠나 하북으로 오려고 한다니 내 저를 죽여 안량·문추의 원한을 풀겠소."

한다.

현덕이

"앞서 명공께서 쓰시겠다고 해서 제가 일부러 부른 것인데 이제 와서 왜 또 죽이겠다고 하십니까. 그뿐이랴 안량·문추는 이를 비유하자면 두 마리 사슴일 따름이나 운장으로 말씀하면 한 마리 호랑이이니 사슴 둘을 잃고 호랑이 하나를 얻으시는 터에 무슨 원한이 있다고 그러십니까."

하고 말하니, 원소가 웃으며

"내가 실은 관우를 사랑하는 까닭에 농으로 한 말씀이오. 공은 다시 사람을 보내서 부르되 속히 좀 오라고 이르시오."

한다.

"그럼 손건이 마침 여기 왔으니 그를 보내서 부르도록 하시면 좋겠습니다."

하고 말하니, 원소는 크게 기뻐하여 그의 말을 좇았다.

현덕이 밖으로 나가자 간옹이 원소 앞으로 나서며

"현덕이 이번에 가면 반드시 돌아오지 않을 겝니다. 제가 함께

가서 첫째는 한 가지로 유표를 달래 보기로 하고 둘째는 현덕을 감시할까 합니다."

하고 말한다.

원소는 그 말을 옳게 생각해서 즉시 간옹에게 명하여 현덕과 함께 가게 하였다.

이때 곽도가 원소를 보고

"유비가 앞서 유벽을 달래러 가서도 성사하지 못했는데 이제 또 간옹하고 함께 형주로 가게 하시니 제가 반드시 돌아오지 않을 것입니다."

하고 간하였으나, 원소가

"괜히 의심을 하지 말게. 간옹에게 생각이 있을 게니."

하고 듣지 않아서, 곽도는 한숨을 지으며 나가 버렸다.

한편 현덕은 손건에게 먼저 분부하여 성에서 나가 관공에게 회보하게 하고, 일변 간옹과 함께 원소를 하직한 다음 말 타고 성을 나섰다. 지경 밖에 이르자 손건이 영접하여 함께 관정의 장상으로 갔다.

관공은 문 밖에 나와 현덕을 맞아 절을 하고 손을 붙잡고 통곡하기를 마지않았다.

관정이 두 아들을 데리고 초당 앞에 와서 절을 한다. 현덕이 그의 성명을 물어서 관공이

"이 분이 바로 저와 동성으로 아들 형제를 두셨는데 큰 자제는 관녕(關寧)이라 하여 글을 배우고 있고 둘째 자제는 관평(關平)이라 하여 무예를 배우고 있답니다."

하고 대답하니, 관정이 있다가

"이 사람의 어리석은 생각에는 작은 아이로 관 장군을 따라가게 했으면 합니다마는 용납해 주시겠습니까."

하고 말한다.

현덕이

"자제 나이 몇 살이오니까."

하고 물으니, 관정이

"열여덟 살이올시다."

하고 대답한다.

"주인장이 그처럼 호의로 말씀하시니 말이지만, 내 아우가 아직 아들이 없으니 이제 자제로 아들을 삼게 하면 어떻습니까."

현덕의 말에 관정은 크게 기뻐하여 즉시 관평에게 명해서 관공에게 절하여 아버지라 하고 현덕을 큰아버지라 부르게 하였다.

현덕은 원소가 혹시나 뒤를 쫓을까 두려워서 급히 떠날 채비를 차렸다. 관평은 관공을 따라서 함께 나서고 관정은 일행을 멀리 배웅하고 돌아갔다.

관공이 길을 와우산으로 잡아 일행이 같이 가는 중에 문득 보니 주창이 수십 명 사람을 데리고 오는데, 어인 까닭인지 몸에 수삼 처나 상처를 입고 있다.

그를 불러서 현덕에게 뵙게 한 다음, 관공이

"네 상처는 웬일이며, 어찌하여 이 사람들만 데리고 왔느냐."

하고 물으니, 주창의 대답이

"제가 와우산 앞에 이르기 전에 한 장수가 단기로 와서 배원소와 싸워 단지 일 합에 배원소를 찔러 죽인 다음에 수하 무리들을 모조리 항복받고 산채를 차지해 버렸습니다. 그래 제가 그곳에 가서 무리들을 불렀으나 이 몇 사람만 내려올 뿐이고 나머지 무리는 모두 두려워서 감히 산채를 떠나지 못하는 형편이었습니다. 저는 분함을 이기지 못해서 그 장수와 싸웠습니다마는 몇 차례를 연달아 져서 몸에 세 군데나 창을 맞고 이로 인해 주공께 말씀을 올리려고 오는 길입니다."

한다. 듣고 나자 현덕이

"대체 그 사람이 어떻게 생겼으며 성은 무엇이고 이름은 누구라고 하던가."

하고 물으니, 주창은

"생긴 모양은 극히 웅장하고 성명은 알지 못합니다."

하고 아뢴다.

이에 관공은 앞을 서고 현덕은 뒤를 따라 바로 와우산으로 갔다. 주창이 산 아래 이르러 욕설을 퍼붓자 그 장수가 갑옷과 투구하고 창 들고 말을 달려 무리들을 거느리고 산에서 내려온다.

이때 현덕은 채찍을 휘둘러 말을 앞으로 내며

"오는 장수가 혹시 조자룡이 아니시오."

하고 큰 소리로 외쳤다.

그 장수가 현덕을 보자 황망히 말에서 뛰어내려 길가에 배복하니 그는 과연 조자룡이었다.

현덕과 관공이 모두 말에서 내려 그와 서로 보고 어떻게 해서 여기를 왔느냐고 물으니 조운이 말한다.

"제가 사군을 작별한 뒤에 뜻밖에도 공손찬이 남의 말을 듣지 않다가 마침내는 싸움에 패해서 스스로 불에 타 죽고 말았습니다. 원소가 누차 저를 불렀습니다마는 저는 원소가 역시 사람을 쓸 위인이 못 되는 줄을 아는 까닭에 가지 않았습니다. 뒤에 서주로 가서 사군 휘하에 몸을 두려 하였으나 또 들으니 서주는 함몰하고 운장은 이미 조조에게로 가셨고 사군께서는 원소에게 가 계시다고 합니다. 그래 제가 몇 번이나 가 뵈려 하였지만 원소가 괴이하게 알까 두려워서 못하고 사해로 떠돌아다니며 일신을 용납할 곳이 없어 하던 중에 요 앞서 우연히 이 앞을 지나려니까 배원소가 산에서 내려와 저의 말을 뺏으려 들기에 제가 죽여 버리고 우선 이곳에 몸을 붙이고 있었던 것입니다. 근자에 들으니 익덕이 고성에 있다고 해서 찾아갈까 하면서도 참말인지 알 수 없어 그냥 지내 오는데 오늘 천행으로 사군을 만나 뵌 것입니다."

현덕은 크게 기뻐서 그간 지내 온 일을 이야기하고 관공도 또한 지난 일을 호소하였다.

현덕이

"나는 처음으로 자룡을 보았을 때에 바로 놓고 싶지 않은 마음이 있었는데 이제 다행히 서로 만났소그려."

하고 말하니, 조운이 또한

"제가 사방으로 다니며 주인을 가려서 섬겨 보았습니다마는 아직까지 사군 같으신 분이 없었는데 이제 모시고 지내게 되었으니 평생의 원을 이루었다고 하겠습니다. 비록 간뇌도지(肝腦塗地)[3]하기로 다시 무슨 한이 있겠습니까."

하고 말하였다.

조운은 그날로 곧 산채를 불살라 버린 다음 수하의 무리들을

---

3) 무참한 죽음을 당해서 간이며 뇌가 땅바닥에 헤어진다는 말이니, 곧 일신을 돌보지 않고 국사에 진력한다는 뜻이다.

모조리 거느리고 현덕을 따라서 고성으로 갔다.

장비와 미축·미방이 일행을 영접하여 성으로 들어가서 각기 서로 지난 일을 호소하는데, 두 부인이 운장의 일을 낱낱이 말하여 현덕은 감탄하기를 마지않았다.

현덕은 형제들이 다시 모이고 장좌(將佐)에 빠진 이가 없으며 또 새로이 조운을 얻었고 관공이 또한 관평·주창 두 사람을 얻은 것을 보고 기쁘기가 측량없어 수일을 두고 연하여 술을 마시며 즐겼다.

후세 사람이 이 일을 칭찬해서 지은 시가 있다.

> 형제와 주종이 하루아침 흩어진 채
> 소식이 아주 끊겨 생사조차 모르더니
> 오늘날 빠짐없이 한자리에 다 모이니
> 용과 범이 바람과 구름을 만난 듯도 하구나.

이때 현덕, 관우, 장비, 조운, 손건, 간옹, 미축, 미방, 관평, 주창 등의 거느리는 마보군교(馬步軍校)가 모두 사오천 명이다. 현덕이 고성을 버리고 여남을 가서 지킬까 생각을 하는 차에 마침 유벽과 공도가 사람을 보내서 청한다. 그는 마침내 군사를 거느리고 여남으로 가서 주둔하고 군사를 초모하며 말을 사들여 서서히 나아가 싸울 준비를 하였는데, 이 이야기는 더 하지 않기로 한다.

한편 원소는 현덕이 돌아오지 않는 것을 보고 크게 노해서 군사를 일으켜 그를 치려 하였다.

그러나 곽도가 나서서

"유비는 족히 근심할 것이 못 되고 조조야말로 강적이니 불가불 없애야 하겠는데, 유표가 비록 형주를 웅거하고 있다 하나 형세가 강하진 못하고, 강동의 손백부는 그 위엄이 삼강(三江)을 누르고 땅이 육군(六郡)에 연했으며 모사와 장수들이 극히 많으니 사람을 보내서 그와 언약을 맺고 함께 조조를 치도록 하시는 것이 좋을까 보이다."

하고 권하니 원소는 그 말을 좇아서 즉시 글을 닦아 진진으로 사자를 삼아서 손책에게로 보냈다.

하북 영웅이 가 버리매
강동 호걸을 끌어낸다.

이 일이 어찌 되려는고.

소패왕이 노하여 우길(于吉)을 베고
벽안아(碧眼兒)가 앉아서 강동을 거느리다

| 29 |

이때 손책은 스스로 강동의 패왕이 되어 군사는 정예하고 군량은 넉넉하매, 건안 사년에는 여강을 엄습하고 유훈(劉勳)은 격파하며 우번을 시켜서 예장에다 격문을 띄우게 하니 예장태수 화흠(華歆)이 항복을 드린다. 이로부터 성세가 크게 떨쳐서 손책은 이에 장굉을 허창으로 보내 첩서(捷書)를 올리게 하였다.

조조는 손책의 강성함을 알자

"사자 같은 아이와는 더불어 싸우기가 어렵거든."

하고 탄식하며, 드디어 조인의 딸을 손책의 막내동생 손광(孫匡)에게 시집보내 두 집이 사돈을 맺게 하고 장굉을 허창에 머물러 있게 하였다.

그러나 손책이 대사마 되기를 원했는데 조조가 들어 주지 않아 손책은 이에 원혐을 품고 매양 허도를 엄습할 마음을 가지고 있었다.

이것을 알고 오군태수 허공(許貢)은 몰래 사자를 보내서 허도에 올라가 조조에게 글을 올리게 하니 그 사연은 대강 다음과 같다.

　　손책이 효용(驍勇)해서 흡사 항적[1]과 같사오니 조정에서 마땅히 경사로 불러올리시어 밖으로 영총(榮寵)을 보이시고, 행여나 외진(外鎭)에 두어 두시어 후환이 되게 마옵소서.

그러나 사자는 그 글월을 가지고 장강을 건너다가 강을 수비하고 있는 장수에게 붙들리어 손책에게로 끌려갔다.

손책은 그 글을 보고 크게 노해서 사자의 목을 벤 다음, 사람을 보내서 의논할 일이 있다고 속이고 허공을 청하였다.

허공이 오자 손책은 그 글월을 내어 보이며

"네가 나를 죽을 땅으로 보내려 하느냐."

하고 소리를 가다듬어 꾸짖고, 곧 무사에게 명해서 그를 목매어 죽이게 하였다.

이때 허공의 가속들은 모두 도망해 버렸는데, 그의 문객 세 사람만이 남아 있어 주인 허공을 위해서 원수를 갚으려고 마음을 먹었으나 다만 그럴 기회가 없는 것이 한이었다.

그러자 어느 날이다.

손책이 군사들을 데리고 단도(丹徒) 고을 서산(西山)에서 사냥을 하는데 큰 사슴 한 마리를 튀겨 놓고 손책은 말을 놓아서 산 위로

---

[1] 초패왕 항우.

쫓아 올라갔다.

　한창 사슴을 쫓는 중에 문득 보니 숲속에 사람 셋이 창 들고 활 메고 서 있어서, 손책이 말을 멈추고

"너희들이 웬 사람들이냐."

하고 물으니,

"한당 수하의 군사들이올시다. 예서 사슴을 잡고 있소이다."

하고 대답한다.

　손책은 바야흐로 고삐를 채쳐서 가려 들었다. 이때 그중의 하나가 창을 꼬나들고 손책의 왼편 넓적다리를 겨누고 바로 내질렀다.

　손책이 깜짝 놀라 부리나케 허리에 찬 칼을 뽑아 마상에서 내리 찍는데 칼날이 쑥 빠져 떨어지며 손에 칼자루만 남았다.

　이때 또 한 사람이 활에다 살을 먹여 들고 쏘아서 바로 손책의 뺨에 가 들어맞았다.

　손책이 곧 면상에 박힌 화살을 뽑아 자기 활에다 먹여 활을 쏜 사람을 겨누고 되쏘니 그 사람이 시위 소리를 응해서 쓰러진다. 남은 두 사람은 창을 들어 손책을 향해서 어지러이 내지르며

"우리는 바로 허공의 문객들로서 특히 주인을 위하여 원수를 갚으러 온 길이다."

하고 큰 소리로 외쳤다.

　손책이 수중에 딴 무기라고는 가진 것이 없어서 오직 활을 들어 막으면서 달아나는데 두 사람은 죽기로써 싸우며 물러가지를 않는다.

　손책이 몸에 서너 군데나 창을 맞고 그의 말이 역시 상처를 입어서 한창 위급할 즈음에 정보가 군사 사오 명을 데리고 왔다.

손책은 큰 소리로

"이 도적놈들을 죽여라."

하고 외쳤다.

정보가 무리들을 거느리고 일제히 올라와서 허공의 문객들을 난도질해 죽인 다음에 손책을 보니 피가 흘러 면상에 가득하고 입은 상처가 심히 중하다. 곧 전포 자락을 칼로 베어 상처를 싸매고 구호해 가지고 오회(吳會)로 돌아가 치료를 받게 하였다.

후세 사람이 허씨 집의 세 문객을 칭찬해서 지은 시가 있다.

> 손랑의 지용이 강동에 으뜸인데
> 산중에서 사냥하다 곡경을 치르었네.
> 허씨 집 세 문객이 의리 지켜 죽었으니
> 그 옛날 예양(豫讓)이 신기할 바 없다.

이때 손책이 상처를 입고 돌아오자 화타에게 치료를 받으려고 사람을 보내 청해 오게 하였더니, 뜻밖에도 화타는 이미 중원으로 가 버리려 없고 오직 그의 제자만 오(吳) 땅에 남아 있어서 그에게 치료를 받게 되었는데, 그 제자의 말이

"살촉에 약이 있어서 독이 이미 뼈에 들어갔으니 모름지기 백일 동안을 정양하셔야만 바야흐로 무사하실 것이요, 만약에 노기가 충격(衝激)하면 이 전창(箭瘡)은 고치기가 어렵습니다."

한다.

본래 손책이란 사람이 성미가 대단히 급해서 당장 그날로 낫지 못하는 것을 한하며 이십여 일을 조리해 오는데, 홀연 장굉의 사

자가 허창으로부터 돌아왔다는 말을 듣고 손책이 불러들여 물어보니 사자가 아뢰는 말이

"조조가 주공을 심히 두려워하고 그 장하의 모사들도 다들 경복하고 있는데 오직 곽가만은 불복하고 있소이다."

하고 고한다.

"곽가가 그래 어떻게 말을 하더냐."

하고 손책이 물었으나, 사자는 감히 선뜻 말을 못한다.

손책이 노하여 굳이 물으니, 사자가 그제야

"일찍이 곽가가 조조를 대해서 말하기를 '주공은 족히 두려울 것이 없으니 위인이 경솔해서 방비가 없고 성미는 급한 데다 꾀는 적어서 곧 필부의 용맹이라 후일에 반드시 소인의 손에 죽고 말리이다' 하였다나 보이다."

하고 바른 대로 고한다.

손책이 그 말을 듣고 대로하여

"제깟 놈이 어딜 감히 나를 가지고 그리 말하누. 내 맹세코 허창을 취하고야 말겠다."

하고 드디어 상처가 낫기를 기다리지 않고 곧 출병할 일을 의논하려 드니, 장소가 나서서

"의원이 주공께 백 일 동안 동하시지 말라고 경계하였는데 어째서 한때의 분함을 참지 못하시고 만금 같은 몸을 이처럼 경하게 구십니까."

하고 간한다.

이렇듯 이야기하고 있을 때 문득 원소에게서 진진을 사자로 보내 왔다는 보도가 있었다.

손책이 불러들여 온 뜻을 물어보니 진진이 갖추 고하는데, 원소가 동오와 언약을 맺고 외응을 삼아 한 가지로 조조를 치려 한다고 한다. 손책은 마음에 크게 기뻐 그날로 장수들을 성루 위에 모으고 연석을 베풀어 진진을 극진히 대접하였다.

그러자 한창 술들을 마시고 있는 중에 홀연 여러 장수들이 서로 수군거리며 분분히 누 아래로들 내려가는 것이다. 손책이 마음에 괴이하여 어인 까닭을 물으니, 좌우가 고하되

"우신선(于神仙)이란 분이 지금 누 아래로 지나가시는 까닭에 장수들이 가서 참배하려고들 저럽니다."

하고 고한다.

손책이 자리에서 몸을 일어 난간을 의지하고 내려다보니 한 도인이 몸에 학창의(鶴氅衣)2)를 입고 손에 청려장을 짚고 길 한복판에 서 있는데 백성이 모두 향을 피우며 길에 엎드려서 절들을 하고 있다.

손책이 노하여

"이게 웬 요인(妖人)인고. 빨리 잡아 오너라."

하고 분부하니, 좌우가 아뢰는 말이

"이 사람의 성은 우(于)요 이름은 길(吉)입니다. 동방에 거접하고 오회(吳會)로 왕래하며 널리 부적과 약수를 나누어 주어 사람의 만병을 고쳐 주는데, 효험을 아니 보는 자가 없는 까닭에 세상에서 모두 신선이라고 부르는 터이니 너무 홀대하셔서는 아니 됩니다."

한다.

---

2) 두루미의 깃으로 만든 웃옷.

손책은 더욱 노하여

"냉큼 잡아 오지 못하느냐. 영을 어기는 자는 참하겠다."
하고 꾸짖었다.

좌우는 하는 수 없이 누 아래로 내려가서 우길을 옹위하고 누상으로 올라왔다.

손책이

"미친 도인 놈이 언감생심 인심을 현혹한단 말이냐."
하고 꾸짖으니, 우길이 대답하여

"빈도(貧道)[3]는 낭야궁의 도사로서 순제 때 산에 들어가서 약을 캐다가 양곡 샘물가에서 신서(神書)를 얻었는데 이 책의 이름은 태평청령도(太平靑領道)니 무릇 백여 권이 모두 사람의 질병을 고치는 방술이라, 빈도가 이를 얻어 오직 하늘을 대신해서 덕을 베풀며 널리 만백성을 구하려 힘쓰는 터이니, 일찍이 남의 물건은 털끝만치도 취한 것이 없는데 어떻게 인심을 현혹한다고 말씀하십니까."
한다.

듣고 나자 손책은

"네가 털끝만치도 남의 물건을 취하지 않았다니 그러면 의복과 음식은 어디서 난 것이냐. 너는 곧 황건 장각과 같은 무리라 이제 만약 죽이지 않으면 반드시 후환이 될 것이다."
하고 좌우를 꾸짖어 참하라고 하니, 장소가 나서서

"우 도인이 강동에 있은 지 수십 년에 도무지 죄를 범한 것이

---

3) 도사(道士)가 제 자신을 낮추어 부르는 자칭 대명사.

없으니 죽이서서는 아니 됩니다."

하고 간한다.

　손책은 그대로

"이런 요인을 내가 죽이는 것이 개나 돼지를 잡는 것과 다를 게 무에 있소."

하고 말하는데, 여러 관원들이 모두 굳이 간하고 진진이 또한 죽이지 말라고 권한다.

　손책은 그래도 노여움이 풀리지 않아서

"아직 옥에다 가두어 두어라."

하고 영을 내렸다. 모든 관원들이 다 흩어지고 진진도 관역으로 돌아가서 편히 쉬었다.

　손책이 부중으로 돌아가니, 이때 벌써 내시가 이 일을 이야기해서 손책의 모친 오(吳) 태부인(太夫人)이 알고 있었다. 태부인은 손책을 후당으로 불러들여

"내 들으매 네가 우 신선을 옥에다 가두었다더구나. 이 사람이 이제까지 허다한 사람의 병을 고쳐 주어서 군사나 백성이나 모두들 우러러 받드는 터이니 그를 해치지 마라."

하고 일렀다.

　그러나 손책이

"이 자는 요인으로서 능히 요술을 가지고 사람들을 혹하게 하니 불가불 죽여야만 합니다."

하고 말해서 태부인은 재삼 그러지 말라고 타일렀다.

　손책은

"어머님은 외인들의 종작없는 말을 믿지 마십시오. 제가 잘 알

아서 조처하겠습니다."

하고 밖으로 나와서 옥리를 불러, 우길을 문초하겠으니 데려오라고 일렀다.

　원래 옥리들도 모두 우길을 숭상하고 있는 터이라 우길이 옥중에 있을 때는 항쇄족쇄를 모조리 벗겨 주었는데 손책이 불러 내오라고 하자 비로소 칼을 씌우고 오라를 지워서 데리고 나왔다.

　손책은 이런 속을 알자 크게 노해서 옥리를 징치한 다음에 우길을 단단히 칼 씌우고 차고 채워서 그대로 옥에다 가두어 두게 하였다.

　장소의 무리 수십 명이 연명하여 손책에게 부디 우 신선의 목숨을 살려 달라고 정(呈)하여 왔다.

　손책은 그들을 대하여 말하였다.

"공들은 다 글을 읽은 사람들인데 어찌하여 그만 도리를 모르고 있소. 예전에 교주자사 장진(張津)이 사교(邪敎)를 믿어 거문고를 타고 향을 피우며 매양 붉은 수건으로 머리를 싸매고 앉아서, 이렇게 하면 가히 출군(出軍)하는 위엄을 도울 수 있다고 떠벌리더니 그 후 마침내는 적군에게 죽고 말았소. 이러한 일들은 심히 무익한 것인데 공들이 다만 깨닫지를 못하고 있소그려. 내가 우길이를 죽이려고 하는 것도 바로 사교를 금하고 미신을 깨우쳐 주자고 생각하기 때문이오."

　이때 여범이 나서서

"저는 전부터 우 도인이 하늘에 빌어서 능히 바람을 불게 하고 비를 내리게 하는 줄을 잘 알고 있습니다. 지금 날이 가물었으니 그더러 한 번 비를 빌어 자기 죄를 속하도록 하게 해 보시지요."

하고 말한다. 손책은

"내 이제 이 요인이 어떻게 하나 꼴을 좀 봐야지."

하고 드디어 영을 내려, 우길을 옥에서 끌어내어 항쇄족쇄를 풀고 단 위에 올라 비를 빌게 하였다.

우길이 분부를 받자 즉시 목욕재계하고 옷 갈아입은 다음에 제 손으로 몸을 결박하고 뙤약볕 아래가 서니 백성이 들끓어 구경을 나와서 길이 미어질 지경이다.

우길은 모인 사람들을 보고 말하였다.

"내 이제 삼척감우(三尺甘雨)를 빌어 만백성을 구하려 하거니와 끝끝내 한 번 죽음은 면하지 못할 것이오."

여러 사람이

"만약에 영험만 있으시고 보면 주공께서 필연 경복하실 것입니다."

하고 말하니, 우길은

"기수가 이에 이르매 도망할 도리가 없을 것이오."

하였다.

그로부터 조금 지나 손책은 친히 단을 모아 놓은 데로 나오자

"만약 오시에 비가 오지 않거든 곧 우길을 불에 태워 죽여라."

하고 사람을 시켜 마른 나무를 쌓아 놓고 대령하게 하였다.

오시가 가까워지자 광풍이 갑자기 일어나더니 바람이 지나며 사면에서 검은 구름이 점점 모여들었다. 손책은

"이미 낮때가 가까웠는데 그대로 구름만 끼었을 뿐이지 비는 내리지 않으니 참말 요인이다."

하고 좌우를 꾸짖어 우길을 나뭇더미 위에다 떠메어 올리고 사면

에서 불을 지르게 하였다.

　불꽃이 바람을 따라서 일어나자 문득 한 줄기 검은 연기가 하늘을 찌르더니 한 소리 크게 울리며 우레는 우루루, 번개는 번쩍, 큰비가 퍼붓듯이 쏟아져 잠깐 사이에 거리는 강이 되고 시내들은 모두 물이 창일해서 그만하면 삼척감우가 넉넉하다.

　그러다 우길은 나뭇더미 위에 번듯이 누워서 한 소리 크게 외쳤다. 금시에 구름이 걷고 비가 멎으며 다시 해가 나왔다. 이것을 보자 모든 관원과 백성이 다 나서서 우길을 나뭇더미 위에서 부축해 내려 그 묶은 줄을 끌러 주고 재배하여 칭사한다.

　손책은 관원과 백성이 모두 물속에 엎드려서 절들을 하며 옷들이 온통 젖는 것도 돌보려 안 하는 것을 보자 그만 발연대로해서

　"개고 비 오는 것은 천지의 정수(定數)로서 요인이 우연하게 그때를 만났을 뿐인데 너희들은 어찌하여 이처럼 혹해서 경망되게 구는고."

하고 큰 소리로 꾸짖고는, 보검을 손에 들고 좌우에 영을 내려 빨리 우길을 베라고 하였다.

　모든 관원들이 굳이 간하였으나, 손책은 더욱 노하여

　"너희들은 모두 우길이를 따라서 모반하려고 하는 게냐."

하는 바람에 그들은 감히 다시 두 번 말들을 못하였다.

　손책은 재차 무사를 꾸짖어 한 칼에 우길의 머리를 자르게 하였다. 머리가 땅에 떨어지며 한 줄기 푸른 기운이 동북편을 바라고 사라졌다. 손책은 그 시체를 저자에 내어다 호령하여 요망한 죄를 다스리게 하였다.

　이날 밤 바람이 들이 불고 비가 퍼붓더니 새벽이 되어 우길의

시수(屍首)가 간 곳이 없다.

　시체를 지키고 있던 군사가 손책에게 보하자 손책이 노해서 그 군사를 죽이려고 하는데 홀연 한 사람이 당 앞으로 천천히 걸어 들어온다. 자세히 보니 바로 우길이다.

　손책이 대로하여 바로 칼을 빼어 찍으려고 하다가 홀지에 그는 까무러쳐 땅에 쓰러져 버렸다. 좌우가 급히 구호하여 내실로 안아 들여다 뉘었더니 한동안이 지나서야 그는 비로소 깨어났다.

　오 태부인이 와서 그의 병을 보고

　"내 아이가 함부로 신선을 죽인 까닭에 이 화를 당하는구나."

하고 말하니, 손책은 웃으며

　"제가 어려서부터 아버님을 따라서 싸움터에 나가 사람 죽이기를 삼대 베듯 하였건만 아무 화도 당한 적이 없습니다. 이번에 요인을 죽여 바로 큰 화를 끊어 버린 터에 어찌 도리어 제게 화가 될 까닭이 있겠습니까."

하였다.

　태부인은 다시 그에게

　"네가 종시 믿지를 않아서 이처럼 된 일이니 이제 치성이라도 드려서 빌어야 할까 보다."

하고 일렀다.

　그러나 손책은

　"제 명이 하늘에 매였으니 요인이 결단코 화를 주지 못할 것인데 구태여 빌 일이 무엇입니까."

하고 듣지 않는다.

　태부인은 아무리 권하여도 듣지 않을 줄 짐작하고 마침내 자기가 좌우에 분부하여 가만히 치성을 드려 재앙을 풀게 하였다.

이날 밤 이경이다. 손책이 내실에 누워 있으려니까 홀연 음산한 바람이 갑자기 일어나며 등불이 꺼졌다가 다시 밝아지더니 우길이가 평상 앞에 서 있는 양이 불빛에 보인다.

손책은 소리를 가다듬어

"내가 평생에 요망한 무리를 죽여 천하를 편안하게 하려고 맹세한 터이다. 네가 이미 음귀(陰鬼)가 된 터에 어딜 감히 내게 범접하느냐."

하고 꾸짖으며 평상 머리에 놓인 칼을 집어서 던지니 홀연 간 곳이 없다.

태부인이 듣고 근심하기를 마지않으니 손책은 병을 무릅쓰고 짐짓 아닌 체하며 모친의 마음을 편안하게 하려 힘썼다.

태부인은 손책을 보고

"성인께서도 '귀신의 덕 됨이 성하기도 하고나' 하셨고 또 '너를 상하신기(上下神祇)에 빈다'고도 하셨으니, 귀신의 일을 믿지 않을 수가 없는데 네가 함부로 우 선생을 죽였으니 어찌 보응(報應)이 없겠느냐. 내가 이미 사람을 시켜서 고을 안 옥청관(玉淸觀)에서 초제(醮祭)4)를 지내게 하였으니 네가 친히 가서 절하고 빌면 자연 일신이 편안할 것이다."

하고 일렀다.

손책은 감히 모친의 분부를 어길 수가 없어 마음에 내키지 않는 것을 억지로 교자를 타고 옥청관으로 갔다. 도사가 맞아들여 그

---

4) 별에다 지내는 제사.

에게 분향하기를 청해서 손책은 분향만 하고 절은 안 했는데, 홀지에 향로 가운데 연기가 흩어지지 않고 한데 엉기어 화개(華蓋)⁵⁾ 모양을 이루더니 그 위에 우길이 단정하게 앉아 있는 것이다.

　손책이 노해서 침을 뱉고 욕을 한 다음에 전각에서 내려오니까 우길이 또 전각문에 서서 눈을 부릅뜨고 그를 노려보고 있다. 손책은 좌우를 돌아보며

"너희들에게도 요귀가 보이느냐."

하고 물었다.

　좌우가 모두들 말하는데

"보이지 않습니다."

한다.

　손책은 더욱 노하여 허리에 찬 칼을 뽑아 들자 우길을 바라고 내쳤다. 한 사람이 그 칼에 맞아서 쓰러지는데 모든 사람이 보니 곧 전일에 손을 놀려 우길을 죽인 군사다. 칼이 뇌대(腦袋)에 박혀 칠규(七竅)⁶⁾로 피를 흘리고 죽었다.

　손책이 그를 끌어내어다가 장사를 지내 주라고 분부한 다음 막 옥청관을 나서려는데, 또 우길이 문에서 들어오는 것이다. 손책은

"이곳이 또한 요귀들의 소굴이로구나."

하고 드디어 옥청관 앞에 자리 잡고 앉아서 무사 오백 명에게 명하여 헐어 버리게 하였다.

　그러나 무사들이 지붕에 올라가서 바야흐로 기왓장을 벗기려 할 때 문득 보니 우길이 지붕 위에 서서 기왓장을 들어 땅에 팽개

---

5) 천자가 받는 일산(日傘).
6) 사람의 얼굴에 있는 일곱 구멍, 즉 두 눈, 두 콧구멍, 두 귀, 입 하나.

于吉　우길

來往東吳數十年	동쪽 오나라로 왕래한 지 수십 년
盡知于吉是神仙	우길이 신선이란 것을 알겠도다
英雄不信虛無事	영웅은 헛된 일을 믿지 않으니
顯化猶然氣觸天	신선되어 하늘로 올라갔네

치고 있는 것이다.

　손책은 대로하여 영을 전해서 옥청관 도사들을 다 쫓아내고 불을 질러 전각을 살라 버리게 하는데, 불길이 일자 화광 가운데 우길의 서 있는 양이 또 보였다.

　손책이 노하여 부중으로 돌아오니 우길이 또 부문 앞에 서 있는 것이다.

　그는 마침내 부중으로 들어가지 않고 곧 군사를 점고하여 거느리고 성 밖으로 나가 하채한 다음, 여러 장수들을 불러서 장차 군사를 일으켜 원소를 도와 조조를 협공할 일을 의논하니 모든 장수가 다들

　"주공의 옥체가 미령하신데 경하게 동하시는 것이 옳지 않으니 평복되시기를 기다려서 출병하심이 늦지 않을까 합니다."
하고 말하였다.

　이날 밤 손책이 영채 안에서 쉬는데 우길이 또 머리를 풀어 산발을 하고 나타났다. 손책은 장중에서 밤새도록 꾸짖기를 마지않았다.

　이튿날 태부인으로부터 손책에게 부중으로 들어오라는 분부가 있어서 손책이 곧 들어가 모친을 뵈니, 태부인은 그의 형용이 초췌한 것을 보자

　"내 아이가 아주 못쓰게 되었구나."
하고 울었다.

　손책이 곧 거울을 가져오라 해서 들여다보니 과연 얼굴에 살이 쏙 빠져서 말이 아니다. 그만 저도 모르게 깜짝 놀라 좌우를 돌아보며

"내가 어떻게 해서 이처럼 초췌해졌단 말인고."

하고 말하는데, 그 말을 미처 다 못해서 문득 다시 보니 거울 가운데 우길이가 서 있는 것이다. 손책은 거울을 치며 한마디 크게 외치자 금창(金瘡)[7]이 찢어지며 그대로 정신을 잃고 땅에 쓰러져 버렸다. 태부인은 그를 안아다가 내실에 눕히게 하였다.

손책이 조금 뒤에 깨어나자

"내가 다시 살지는 못하겠구나."

하고 자탄하고, 즉시 장소 등 여러 사람과 아우 손권(孫權)을 와상 앞으로 불러들여서

"천하가 바야흐로 어지러운 이때 오월(吳越)의 무리를 거느리고 삼강의 험고(險固)함을 의지해서 한 번 크게 해 볼 만하니 자포(子布, 장소의 자) 등은 부디 내 아우를 잘 도와주오."

라고 당부하고, 마침내 인수(印綬)를 손권에게 주면서

"만약에 강동의 무리들을 데리고 양진(兩陣) 사이에 승패를 결단해서 천하로 더불어 경중을 다투기로 말하면 이것은 그대가 나만 못하고, 어진 사람을 쓰며 능한 이에게 일을 맡겨 그들로 하여금 각기 자기 힘을 다하게 해서 강동을 보전하기로 말하면 이것은 내가 그대만 못하니, 그대는 부디 부형이 창업한 간난신고를 생각하여 스스로 잘 도모하도록 하라."

하고 이르니 손권이 통곡하며 절하고 인수를 받는다.

손책은 모친에게 고하였다.

"저의 수명이 이미 다해서 어머님을 더 모시지 못합니다. 이제

---

7) 칼이나 창, 화살 등으로 인한 상처.

인수를 아우에게 물려주었으니 어머님은 부디 조석으로 교훈을 내리시되 부형이 부리던 사람들을 삼가 소홀히 대함이 없게 하여 주십시오."

오 태부인이 울면서

"그러나 네 아우가 나이 어려서 큰일을 감당하지 못하겠으니 이를 어찌하면 좋으냐."

하고 말하니, 손책은

"아우의 재주가 저보다 열 배나 나으니 이 큰일을 족히 감당해 냅니다. 만약에 안의 일에 결단 못할 것이 있거든 장소에게 묻고, 바깥일에 결단 못할 것이 있거든 주유에게 묻게 하십시오. 주유가 이곳에 없어서 제가 바로 부탁하지 못하는 것이 한입니다."

하고, 또 여러 아우들을 불러서 부탁하는 말이

"나 죽은 뒤에 너희들은 다 같이 중모(仲謀, 손권의 자)를 돕되, 종족 가운데 감히 딴 마음을 품는 자가 있거든 여럿이 함께 죽이고 골육 간에 역모하는 자는 선산에 묻히지 못할 줄 알라."

하니, 여러 아우들이 다 울며 그 유명(遺命)을 받았다.

손책은 또 자기 아내 교(喬) 부인을 불러서

"내가 그대와 불행히 중도에서 서로 헤어지거니와 그대는 부디 어머님을 효도로써 부양하오. 조만간 처제가 들어와 보거든 주랑(周郎, 주유)에게 내 뜻을 전해 달라고 당부하되, 부디 마음을 다해서 내 아우를 보좌하여 우리가 평일에 서로 알고 지내던 정을 저버리지 말라고 하여 주오."

하고 말을 마치며 눈 감고 세상을 떠나니 나이 겨우 이십육 세였다.

후세 사람이 그를 칭찬해서 지은 시가 있다.

동남 땅에 홀로 싸우매 사람이 불러 '소패왕'이라
범같이 도사리고 매처럼 날며
위엄은 삼강(三江)을 누르고 이름은 사해(四海)에 들리더니
임종시 모든 일을 주랑에게 당부하다.

손책이 죽자 손권은 그대로 침상 앞에 엎드러져 통곡하였다. 그러나 장소가
"지금은 장군께서 울고 계실 때가 아니외다. 어서 한편으로 상사를 치르시며 또 한편으로 군국대사(軍國大事)를 다스리도록 하시지요."
하고 권해서 손권은 마침내 눈물을 거두었다.

장소는 손정(孫靜)을 시켜서 상사를 주장케 하고, 다시 손권을 청해서 당에 나와 문무 관원들의 하례를 받게 하였다.

손권이 생김생김은 턱이 모지고 입이 크며 눈은 푸르고 수염은 붉었다. 전에 한나라 사신 유완(劉琬)이 오 땅에 왔다가 손씨 집의 여러 형제들을 보고, 남에게 말하기를
"내가 손씨 형제들을 다 보았는데 비록 재기는 저마다 뛰어나도 복록과 수명은 다들 길지는 못하겠는데 유독 중모만은 형모가 괴오(魁梧)하고 골격이 비상해서 대귀(大貴)할 상인 데다 또한 장수를 누리겠으니 이는 여러 사람이 다 미치지 못하는 바요."
하고 말하였다 한다.

당시에 손권이 손책의 유명을 받아 스스로 강동의 주인이 되었

으나 아직 대계(大計)를 정하지 못하고 있는데 문득 사람이 보하되, 주유가 파구(巴丘)로부터 군사를 거느리고 오로 돌아왔다고 한다.

　손권은 듣고
"공근이 이미 돌아왔으니 이제는 내가 마음을 놓았다."
하고 말하였다.
　원래 주유가 파구를 지키고 있다가 손책이 화살에 맞아 상처를 입었다는 소문을 들어 알고는 문안차 돌아오던 중에, 오군에 이르러 손책이 이미 죽었다는 말을 듣고 밤을 도와 와서 분상(奔喪)한 것이다.
　주유가 손책의 영구 앞에 절하고 곡을 할 때 오 태부인이 나와서 손책의 유촉(遺囑)을 주유에게 전하였다. 주유는 땅에 배복하여
"제가 어찌 감히 죽기로써 충성을 다하지 않사오리까."
하고 말하였다.
　조금 있다 손권이 들어왔다. 주유가 절하여 뵙고 나자 손권이
"바라건대 공은 선형(先兄)의 유명을 잊지 말아 주오."
하고 말하니, 주유는 머리를 조아리며
"원컨대 간뇌도지하여 삼가 지기지은(知己之恩)에 보답하오리다."
하였다.
　손권은 그에게 물었다.
"내가 이제 부형의 업을 이었으니 장차 무슨 계책으로 강동을 지켜야 하겠소."
　주유가 대답한다.
"예로부터 '사람을 얻는 자는 흥하고 사람을 잃는 자는 망한다'

고 하였소이다. 장군이 지금에 하실 일은 모름지기 고명원견(高明遠見)한 사람을 구하셔서 보좌하게 하시는 것이니 그런 연후에야 가히 강동이 완정될 것이외다."

"선형 유언에, 안의 일은 자포에게 부탁하고 바깥일은 모두 공근에 의뢰하라 하셨소."

"자포는 현달지사(顯達之士)라 족히 중임을 감당해 낼 것이외다. 그러나 저는 용렬하여 모처럼 부탁하신 바를 다하지 못할까 두려우니 한 어진 이를 천거하여 장군을 도울까 하오이다."

손권이 어떤 사람이냐고 물어서 주유는 대답하였다.

"그의 성은 노(魯)요 이름은 숙(肅)이요 자는 자경(子敬)인데 임회(臨淮) 동천(東川) 사람이니 가슴에는 도략(韜略)[8]을 품고 배에는 기모를 감추고 있는 인재입니다. 젊어서 부친을 여의고 모친을 효도로 봉양하며 집이 심히 가멸한데 매양 재물을 흩어 어려운 사람들을 구제해 왔소이다. 일찍이 제가 거소장(居巢長)으로 왔을 때 수백 명 사람을 데리고 임회를 지나다가 양식이 떨어졌는데, 노숙의 집 두 곳간에 각각 삼천 곡의 쌀이 쌓여 있다는 말을 들었기에 찾아가 도움을 청했더니, 노숙이 곧 손으로 곳간 하나를 가리키며 갖다가 쓰라고 하였으니 그 강개(慷慨)하기가 이 같소이다. 그는 평생에 칼 쓰기와 말 타고 활쏘기를 좋아하는데 곡아에 거접해 있다가 그 조모가 세상을 떠나서 동성(東城)으로 돌아가 장사를 지냈소이다. 근자에 그의 벗 유자양(劉子揚)이 그와 약조하고 소호(巢湖)로 가서 정보 수하에 몸을 두자고 하였는데, 노숙이 아직 주

---

8) 군사(軍事)의 책략, 곧 병략(兵略).

저하고 그대로 있으니 이 기회에 주공께서 속히 부르시는 것이 좋을까 보이다."

손권은 크게 기뻐하여 즉시 주유더러 가서 그를 청해 오라고 명하였다. 주유가 명을 받고 친히 가서 노숙을 보고 인사를 마친 다음에 손권의 사모하는 뜻을 그에게 전하니, 노숙이

"근자에 유자양이 나더러 소호로 가자는 언약이 있어서 내가 장차 그리로 갈 작정을 하고 있는 터입니다."

하고 말하였다.

주유가 그에게

"옛적에 마원(馬援)이 광무제께 말씀하기를 '지금 세상에서는 단지 임금만 신하를 택할 것이 아니라 신하도 또한 임금을 택해야 합니다'라고 하였거니와, 우리 손 장군으로 말씀하면 어진 이를 예로써 대접하며 재능 있는 사람을 널리 용납하시기로 세상에 짝이 없는 터이니 족하는 구태여 다른 생각 마시고 나와 함께 동오로 가시는 것이 좋을까 봅니다."

하고 권하였다.

노숙은 드디어 주유의 말을 좇아서 그와 함께 손권을 와서 보았다. 손권은 노숙을 심히 공경하며 그와 함께 앉아 하루 종일 이야기를 하여도 도무지 물릴 줄을 몰랐다.

하루는 여러 관원들이 다 흩어져 돌아간 뒤에 손권이 노숙을 붙들고 함께 술을 마시다 밤이 되어 한자리에 같이 누웠는데, 밤이 이슥하여서 손권이 노숙을 보고

"지금 한실이 기울어져 하마 위태롭고 천하가 심히 소란하니 내가 부형의 남기신 업을 이어 환(桓)·문(文)[9]의 패업을 본받아 볼까

하는데 그대는 장차 무엇을 가지고 나를 가르쳐 주시려오."
하고 물으니, 노숙이

"옛적에 한 고조께서 의제(義帝)[10]를 추존해서 섬기려 하시면서도 그 뜻을 이루지 못하기는 항우가 곧 이를 방해했기 때문입니다. 지금의 조조를 가히 항우에 비할 것이니, 장군께서 무슨 수로 제 환공이나 진 문공이 되어 보시겠습니까. 제가 가만히 요량해 보오매 한실은 아무래도 다시 일으키지 못하겠고 조조는 졸연히 제해 버릴 수 없을 것 같습니다. 따라서 장군을 위하여 계책을 세운다면, 오직 강도에 세 개의 솥발처럼 서서 천하 형세를 관망하는 것뿐이니, 이제 북방이 다사한 틈을 타서 먼저 황조(黃祖)를 멸하고 다음에 나아가 유표를 쳐서 마침내 장강이 끝나는 데까지를 웅거하시어 지키시며, 그런 연후에 제왕이 되시어 천하를 도모하도록 하십시오. 이것이 바로 고조의 창업이십니다."
하고 말한다.

손권은 듣고 나자 마음에 크게 기뻐서 곧 옷을 입고 자리에서 일어나 그에게 사례하였다. 그리고 이튿날 그는 노숙에게 후히 예물을 내리며 또한 노숙의 모친에게도 의복과 휘장 등속을 보내 주었다.

노숙은 또한 사람 하나를 손권에게 천거하니, 그 사람이 박학다재하고 모친에게 효성이 지극하니, 성은 제갈(諸葛)이요 이름은

---

9) 춘추시대의 제(齊) 환공(桓公)과 진(晋) 문공(文公)을 말한다. 그들은 주왕(周王)을 존숭한다고 표방하며 자기들의 세력을 확장하였다.

10) 초(楚) 회왕(懷王) 손심(孫心). 처음에 민간에 있었는데 항량(項梁)이 데려다가 초 회왕을 삼았고, 뒤에 항우가 함곡관에 들어가자 그는 추존을 받아 의제가 되었으나 뒤에 항우 손에 죽고 말았다.

근(瑾)이요 자는 자유(子瑜)라 낭야 남양 사람이다.

손권은 그를 맞아들여서 상빈을 삼았는데, 제갈근이 손권을 보고 원소와 통하지 말고 아직 조조에게 순종하면서 뒤에 기틀을 보아 도모하도록 하라고 권해서, 손권은 그 말을 좇아 진진을 돌려보내는데, 글을 주어 원소를 아주 끊어 버렸다.

이때 조조는 손책이 이미 죽었다는 말을 듣자 곧 군사를 일으켜 강남으로 내려가려 하였다. 그러나 시어사 장굉이 나서서

"남의 상사를 타서 친다는 것은 이미 의로운 일이 아닐뿐더러 만일에 싸워서 이기지 못하고 보면 도리어 원수만 맺게 되는 것이니 이 김에 잘 대접해 주느니만 같지 못할까 합니다."

하고 간해서, 조조는 그 말을 그러이 여겨 즉시 천자에게 상주하고 손권으로 장군을 봉하여 회계태수를 겸령하게 하고 곧 장굉으로 회계도위를 삼아서 인(印)을 가지고 강동으로 가게 하였다.

손권은 크게 기뻐하였다. 또한 장굉이 돌아왔으므로 즉시 그에게 명해서 장소와 함께 정사를 다스리게 하였다.

장굉이 또한 사람 하나를 손권에게 천거하니 그의 성은 고(顧)요 이름은 옹(雍)이요 자는 원탄(元歎)이라 곧 중랑 채옹의 문도(門徒)이다. 그의 사람됨이 말이 적고 술을 마시지 않으며 엄격하고 정대하였다. 손권은 고옹으로 승(丞)을 삼아 태수의 일을 행하게 하였다.

이로부터 손권의 위명이 강동에 떨치어 깊이 민심을 얻었던 것이다.

한편 진진이 돌아가서 원소를 보고

"손책이 이미 죽고 손권이 대를 이었는데 조조가 손권으로 장군

을 봉해서 외응을 삼았소이다."
하고 이야기하니, 원소는 크게 노하여 드디어 기주·청주·유주·병주 등 고을의 인마 칠십여 만을 일으켜 다시 허창을 치러 나섰다.

    강남에 난리가 끝났는가 하였더니
    기북(冀北)에서 군사들이 또다시 일어난다.

    승부가 어찌 될꼬.

관도에서 싸워 본초는 싸움에 패하고
오소를 들이쳐서 맹덕은 군량을 불사르다

| 30 |

이때 원소가 군사를 일으켜 관도를 바라고 나아가니 하후돈이 글을 띄워서 위급함을 고한다. 조조는 군사 칠만을 거느리고 적을 맞으러 나가며 순욱을 남겨 두어 허도를 지키게 하였다.

원소가 군사를 거느리고 막 떠나려는데 전풍이 옥중에서 글을 올려

"지금은 마땅히 고요히 지키고 앉아서 천시(天時)를 기다릴 것이지 망령되이 대병을 일으키는 것이 옳지 않으니 두렵건대 싸워 이로움이 없을까 하나이다."

하고 간하였다. 이때 봉기가 있다가 그를 참소해서

"이제 주공께서 인의(仁義)의 군사를 일으키시는 터에 전풍이 어찌하여 이렇듯 상서롭지 않은 말을 합니까."

하고 말해서, 원소는 노하여 전풍을 죽이려 하였다.

여러 관원들이 나서서 그를 위하여 용서를 빌었다.

원소는 그래도 한을 품고

"내가 조조를 파한 뒤에 그 죄를 밝혀 보겠다."

하고 드디어 군사를 재촉해서 나아가니 정기는 들을 덮고 검극은 수풀을 이룬다. 양무에 이르러 원소는 영채를 세웠다.

이때 저수가 나서서

"우리 군사가 비록 많다고는 해도 용맹하기가 저의 군사만 못하고, 저의 군사가 비록 정예하다고는 해도 양초가 우리 군사만 못합니다. 저의 군사는 군량이 없으매 급히 싸우는 것이 이롭고 우리 군사는 군량이 넉넉하매 느긋하게 차리고 앉아서 지키는 것이 마땅하니, 만약 이대로 오래 끌기만 한다면 저의 군사가 싸우지 않고 제풀에 패하고 말 것입니다."

하고 계책을 드렸다.

그러나 원소는 노하여

"전풍이 군심을 해이하게 하기에 내가 돌아가는 날 반드시 참하려 마음먹고 있는데 네 어찌 감히 또 이럴 수가 있단 말이냐."

하고, 곧 좌우를 꾸짖어

"저수를 잡아서 군중에 가두어 두고 내가 조조를 파하기를 기다려서 전풍과 한 가지 죄를 다스리게 하여라."

라고 분부하고, 이에 영을 내려서 대군 칠십만을 동서남북으로 뻥 둘러 영채를 세우게 하니 영채가 구십여 리에 연이었다.

세작이 허실을 탐지하여다가 관도에 보하자 조조의 군사가 막 당도하여 이 말을 듣고 모두 두려워한다.

조조가 여러 모사들과 의논하니 순유가 나서서

"원소의 군사가 비록 많기는 하나 족히 두려울 것이 없습니다. 우리는 모두가 정예한 군사라 하나로써 열을 당할 수 있습니다. 그러나 다만 속히 싸우는 것이 이로우니, 시일을 천연하다가는 양초가 뒤를 대지 못할 것이니 근심입니다."
하고 말한다.

조조는

"그 말이 내 뜻과 꼭 같소."
하고 드디어 군중에 영을 전해서 북치고 고함지르며 나아가게 하였다.

원소의 군사가 마주 나와 양편이 진을 벌이는데, 심배는 노수(弩手) 일만을 좌우에 매복하고 궁전수(弓箭手) 오천을 문기 안에다 깔아 두어 호포(號礮) 소리가 일어나는 대로 일제히 쏘게 하였다.

북소리가 세 번 울리자 원소가 금괴금갑(金盔金甲)에 금포옥대(錦袍玉帶)로 말 타고 진전에 나와 서니, 그의 좌우에 늘어서는 것은 장합·고람·한맹·순우경 등 여러 장수다. 정기와 절월(節鉞)이 심히 엄정하였다.

한편 조군 진상의 문기가 열리며 조조가 말을 타고 나왔다. 허저·장료·서황·이전의 무리들이 각기 병장기를 손에 들고 전후로 그를 옹위한다.

조조는 채찍을 들어 원소를 가리키며 꾸짖었다.

"내가 천자께 너를 보주(保奏)해서 대장군을 삼아 주었는데 이제 어찌하여 모반하느냐."

원소는 마주 소리쳤다.

"너는 이름이 한나라 승상이지 실은 한나라 역적이다. 네 죄가 하늘에까지 차서 왕망·동탁보다도 심한 터에 도리어 남더러 모반한다느냐."

조조가 다시

"내 이제 조서를 받들어 너를 친다."

하고 호령하니, 원소가 역시

"나는 의대조를 받들어 역적을 치는 것이다."

하고 호령한다.

조조는 노하여 장료를 내보내서 싸우게 하였다. 장합이 말을 달려 나와서 맞는다. 두 장수는 어우러져 싸웠으나 사오십 합에 이르도록 승부가 나뉘지 않는다.

조조가 이를 보고 속으로 은근히 칭찬할 때 허저가 칼을 휘두르며 말을 놓아 바로 나가서 싸움을 도왔다. 이것을 보고 고람이 창을 꼬나 잡고 내달아 그를 맞았다. 네 장수는 한데 어우러져 어지러이 치고 찔렀다.

이때 조조는 하후돈과 조홍에게 영을 내려 각기 삼천 군을 거느리고 일시에 적진을 들이치게 하였다.

심배는 조조의 군사가 진을 들이치려 짓쳐 드는 것을 보자 곧 영을 내려 호포를 놓게 하였다. 좌우 양익의 일만 명 노수가 일시에 쇠뇌를 쏘며 중군 안으로부터 궁전수들이 일제히 진전으로 몰려나와서 화살을 어지러이 쏜다.

조조의 군사가 어찌 이것을 당해 내겠느냐. 그대로 남쪽을 바라고 급히 달아나는데 원소가 군사를 몰아 그 뒤를 엄습해서 조조의 군사는 마침내 크게 패하여 모조리 관도까지 물러가 버렸다.

원소는 군사를 옮겨서 관도 가까이 하채하였다. 심배는

"이제 군사 십만을 내서 관도를 지키게 하되 바로 조조의 영채 앞에다 토산을 쌓아 올리고 군사들을 시켜 그 위에서 적의 영채 안을 빤히 내려다보며 활을 쏘게 하십시오. 조조가 만일 이것을 버리고 가서 우리가 이 애구를 얻게만 되면 허창을 쉽게 깨뜨릴 수 있을 것입니다."

하고 계책을 드렸다.

원소는 그 말을 좇아 각 채에서 정장군(精壯軍)을 뽑아내어 괭이와 삼태기들을 가지고 일제히 조조의 영채 앞으로 가서 흙을 쌓아 산을 만들게 하였다.

조조의 영채에서 원소의 군사가 토산을 쌓는 것을 보고 곧 내달아 충돌하려 하였으나 심배가 궁노수를 거느리고 딱 길목을 지키고 있어 앞으로 나아갈 수가 없었다.

열흘이 채 못 되어 원소 편에서는 토산 오십여 개를 쌓아 올리고 그 위에다 높다랗게 망대를 세운 다음, 궁노수들을 그 위에 벌려서 활들을 쏘게 하였다.

조조의 군사들이 크게 두려워서 모두 머리에 차전패(遮箭牌)를 쓰고 방어하는데, 토산 위에서 대통 목탁소리가 한 번 울리며 화살이 비 오듯 쏟아진다. 조조의 군사들이 모두 방패를 들쓰고 땅에가 엎드려 버리자 이 꼴을 보고 원소의 군사들은 고함을 지르며 크게 웃었다.

수하 군사들이 이렇듯 황겁해하는 것을 보고 조조가 여러 모사들을 모아 놓고 계책을 물으니, 유엽이 나서며

"발석거(發石車)를 만들면 가히 칠 수 있습니다."

하고 말한다.

조조는 유엽더러 그 수레의 제도를 이르라고 하여 밤을 도와 발석거 수백 채를 만들어 영채 담 안에 배치하되 바로 토산 위의 망대와 마주서게 하였다.

토산 위에서 궁전수들이 활을 쏘자 조조의 영내에서 일제히 발석거를 발동시키니 포석(礮石)들이 공중을 날아 위로 올라가서 어지러이 친다. 사람들이 몸을 피할 곳이 없어 궁전수들이 죽는 자가 무수하였다. 원소의 군사들은 모두 그 수레를 '벼락수레'라고 불렀는데, 이로 말미암아 그들은 다시는 감히 높은 데 올라가서 활을 쏘지 못하였다.

심배는 또 계책 하나를 내어 군사들을 시켜서 가만히 괭이로 땅 밑에다 굴을 파고 바로 조조의 영채 안까지 뚫고 들어가도록 하였다. 이 군사들을 '굴자군(掘子軍)'이라고 불렀다.

조조의 군사들은 원소의 군사가 산 뒤에서 굴을 파고 있는 것을 보고 조조에게 보하였다.

조조가 또 유엽에게 계책을 물으니, 유엽의 말이

"이것은 원소의 군사가 밝은 데서 칠 수가 없으니까 어두운 데서 쳐 보려는 것이라 복도(伏道)를 파고 지하로부터 우리 영내로 들어와 보자는 것입니다."

한다.

"그러면 어떻게 막아야 하오."

하고, 조조가 다시 물으니

"우리 영채를 뺑 둘러 해자를 깊게 파 놓으면 저들의 복도도 아무짝에 소용없을 것입니다."

하고 유엽은 대답하였다.

조조는 그 밤으로 군사를 풀어 해자를 파게 하였다. 원소의 군사들이 복도를 파 오다가 해자 가에 이르러서는 물이 들어 더는 파들어 갈 수가 없어 부질없이 군력(軍力)만 허비하고 말았다.

이때 조조가 관도를 지키는데 팔월부터 시작해서 구월까지 이르매 군력은 점점 쇠하고 양초는 뒤를 이을 수가 없게 되어, 그만 관도를 버리고 군사를 물려 허창으로 돌아갈까 하고 생각하였다. 그러나 종시 결단을 내릴 수가 없어 생각다 못해 글을 써서 사자에게 주고 허도로 올라가 순욱의 의견을 물어보게 하였다.

순욱은 곧 답서를 보내 왔다. 그 사연은 대강 다음과 같다.

존명을 받들어 진퇴의 의혹을 결단해 볼까 하나이다. 제가 생각하옵기에 원소가 군사를 모조리 일으켜 관도에 모아 놓고 명공으로 더불어 승부를 결하려 하는 터에, 공께서 지극히 약한 형세로 지극히 강한 적을 대하셨으니 만일에 적을 능히 제어하시지 못한다면 반드시 적에게 제어당하는 바 될 것이라 이는 천하의 큰 기틀이로소이다. 원소의 군사가 비록 많기는 하나 능히 힘을 쓰지 못할 것이니 공의 신무명철(神武明哲)로써 어디를 향하신들 공을 거두시지 못하오리까. 이제 군사가 실로 적다고는 하나 그래도 초한이 형양(滎陽)과 성고(成皐) 사이에 있을 때 같지는 않사외다. 공께서 이제 땅을 그어 지키시며 그 목을 졸라 능히 나오지 못하게 하신다면, 허실이 드러나고 형세가 다한 때에 반드시 무슨 변이 있사오리다. 이는 곧 기이한 계책을 쓸 때라 결단코 놓쳐서는 아니 되니 바라옵건대 명공께서는 이를 살피시어 판단하옵소서.

조조가 순욱의 답서를 받고 크게 기뻐하여 장병에게 영을 내려 힘을 다하여 죽기로써 지키게 하니, 원소의 군사는 삼십여 리를 물러났다. 조조는 장수들을 시켜 영채에서 나가 순초(巡哨)하게 하였다.

그러자 서황의 수하 장수 사환(史渙)이 원소 군중의 세작을 잡아서 묶어 가지고 서황에게로 데리고 왔다. 서황이 그 군사에게 원소 군중의 허실을 물어보니

"이제 머지않아서 대장 한맹이 양초를 운반해 가지고 군전(軍前)으로 오게 되어 저희들이 영을 받고 길을 살피러 나온 터입니다."

하고 대답한다.

서황은 즉시 이 일을 조조에게 보하였는데, 순유가 있다가

"한맹은 필부지용(匹夫之勇)일 뿐이니 만일 장수 하나만 내셔서 경기(輕騎) 수천을 거느리고 가서 중로에서 들이치고 그 양초를 불살라 버리게 하신다면 원소의 군사는 스스로 혼란에 빠지고 말 것입니다."

하고 말해서, 조조가

"누구를 보내는 것이 좋겠소."

하고 물으니, 순유는

"서황을 보내시는 것이 좋겠습지요."

하고 대답하였다.

조조는 드디어 서황더러 사환과 자기 수하 군사들을 영솔하고 먼저 가라 이르고, 다시 뒤에 장료와 허저를 시켜서 군사를 거느리고 가서 구응하게 하였다.

이날 밤 한맹은 양초를 실은 수레 수천 채를 영거하고서 원소

의 영채를 바라고 왔다.

 한창 오는 중에 문득 산골짜기에서 서황과 사환이 군사를 이끌고 뛰어나와 길을 막으니 한맹은 말을 달려 싸우러 나섰다.

 서황은 곧 그를 맞아서 어우러져 싸우고 사환은 수레 모는 군사들을 함부로 쳐서 다 쫓아 버리고 불을 놓아 양초 실은 수레들을 태웠다.

 한맹이 당해 내지 못하고 말머리를 돌려서 달아나자 서황은 군사들을 재촉해서 적의 치중을 모조리 불살라 버렸다.

 이때 원소 군중에서는 서북방에 불이 일어나는 것을 바라보고 바야흐로 놀라고 의심하던 중에 패군이 돌아와서

 "양초가 겁략을 당했소이다."

하고 보한다.

 원소는 급히 장합과 고람을 보내서 큰 길을 막게 하였는데 바로 서황이 양초를 불사르고 돌아오는 것과 마주쳐서 막 서로 어우러져 싸우려는 판에 등 뒤로부터 장료와 허저가 군사를 거느리고 들이닥쳐서 앞뒤로 협공하여 원소 군사를 물리쳐 버리고 네 장수는 군사를 한데 합해 관도의 영채로 돌아왔다.

 조조는 크게 기뻐하여 후하게 상을 내려 위로하고 또 군사를 나누어 영채 앞에다 다시 영채를 세워서 의각지세를 삼았다.

 한편 한맹이 패군을 수습해 가지고 영채로 돌아오자 원소는 대로하여 한맹을 베려 하였으나 여러 관원들이 만류하여 용서해 주었다.

 심배가 있다가

 "행군에는 양식이 가장 중한 터이니 불가불 마음을 써서 막아야

하는데 오소(烏巢)로 말하면 우리 양초를 쌓아 둔 곳이라 반드시 많은 군사를 보내서 지켜야 하겠습니다."
하고 말한다.

원소는
"내 이미 계책을 정한 터이니 그대는 업군으로 돌아가서 양초를 감독하도록 하되 뒤가 달리는 일이 없게 하오."
하고 분부하였다.

심배가 영을 받고 떠난 뒤에 원소는 대장 순우경으로 하여금 자기 수하의 독장(督將) 휴원진(眭元進)·한거자(韓莒子)·여위황(呂威璜)·조예(趙叡) 등과 함께 군사 이만을 거느리고 가서 오소를 지키게 하였는데, 이 순우경이란 장수는 성미가 독한 데다 술을 좋아해서 군사들이 다 두려워하는 터이다. 그는 오소에 가자 그저 하루 종일 여러 장수들과 모여 앉아 술타령만 하였다.

이때 조조는 군량이 다 떨어져서 급히 사자를 내어 허창에 가서 순욱더러 속히 양초를 변통해서 밤도와 군전에 보내오도록 이르게 하였다.

사자는 글을 가지고 떠났다. 그러나 삼십 리를 못 다 가서 원소 군사에게 붙잡혀 그는 묶여서 모사 허유(許攸)한테로 끌려갔다.

이 허유란 사람의 자는 자원(子遠)이니 소시에는 조조와 벗하고 지낸 일도 있었는데 이때에는 도리어 원소 수하에서 모사로 지내던 것이다.

이날 허유는 사자의 몸을 뒤져서 그가 가지고 가던 조조의 군량 재촉하는 서신을 찾아내자, 곧 원소를 와 보고
"조조가 관도에 군사를 둔쳐 놓고 우리와 상대치하고 있은 지

이미 오래라 허창이 반드시 텅 비었을 것이니, 만일 군사를 나누어 밤도와 허창을 엄습한다면 허창도 뺄 수 있고 조조도 사로잡을 수 있을 것이외다. 이제 조조의 양초가 이미 다 떨어졌다니 바로 이 기회를 타서 두 길로 나누어 들이치도록 하시지요."
하고 계책을 드렸다.

그러나 원소는

"조조는 궤계가 극히 많은 사람이야. 이 글은 바로 유적하는 계책이오."
하고 듣지 않는다.

허유가 다시

"이번에 만일 취하지 않았다가는 뒤에 도리어 우리가 그 해를 받게 되고 말 것이외다."
하고 말하여, 바야흐로 이야기를 하고 있는 판에 홀연 업군에서 사자가 와서 심배의 글을 올렸다.

그 글에는 먼저 양초 운반하는 데 대한 말이 씌어 있고, 다음에는 허유가 기주에 있을 때 일찍이 민간의 재물을 함부로 받아먹었고, 또 자기의 자질(子姪)들을 시켜 백성에게 턱없이 세를 물려 가지고는 전량을 다 제 배를 불려 버린 게 들통 나서 이번에 자기가 허유의 자질들을 이미 옥에 잡아 가두어 버렸다는 사연이 적혀 있었다.

원소는 글월을 보고 나자 발끈 노해서

"이 더러운 놈 같으니. 그리고 네가 오히려 무슨 면목이 있어 내 앞에서 바로 계책을 드리는 것이냐. 네가 예전에 조조와 친했으니 아마 이번에도 그의 뇌물을 받아 처먹고 그를 위해 농간을 부려 우리 군사를 속여서 낭패를 보이려고 하는가 보다. 본래 같으면 마땅히 참할 것이지만 아직 머리를 그대로 목에다 붙여 두는 터이니 네 냉큼 물러 나가고 앞으로는 다시 나를 보려 마라."
하고 호령하였다.

허유는 밖으로 나오자 하늘을 우러러 탄식하며

"충성된 말이 귀에 거슬리니 이런 자와 무슨 일을 도모해 본단 말인고. 내 자질들이 이미 심배 손에 걸렸다니 무슨 낯으로 내가 다시 기주 사람들을 보겠느냐."
하고 드디어 그는 칼을 빼어 스스로 목을 찌르려 하였다.

그러나 좌우는 그에게서 칼을 뺏고

"공은 어찌하여 목숨을 이처럼 우습게 버리려고 하십니까. 원소가 바른말을 받아들이려고 하지 않으니 뒤에 반드시 조조에게 사로잡히고 말 것입니다. 공은 이미 전부터 조공과 아시는 터이니 왜 어두운 곳을 버리고 밝은 데로 나가려 아니 하십니까."
하고 권하였다.

이 두 마디 말이 허유에게 갈 길을 가르쳐 주었다. 이에 허유는 그 길로 바로 조조를 찾아갔다.

후세 사람이 이를 탄식해서 지은 시가 있다.

원소의 장한 의기 천하를 덮는 터에
어이하여 관도에서 한숨은 내쉬는고.
허유의 좋은 계책 그가 만일 들었던들
강산이 조조에게 속할 법이 있었으랴.

이때 허유가 가만히 영에서 나가 바로 조조의 본채를 바라고 찾아가는데 길에 매복하고 있던 군사가 그를 붙들었다.

허유는 군사를 보고

"나는 조 승상의 옛 친구다. 네 빨리 들어가서 남양 허유가 뵈러 왔다고 여쭈어라."

하고 말하였다. 군사는 황망히 영채 안으로 들어가서 그대로 보하였다.

이때 조조는 막 옷을 벗고 쉬려던 참에 허유가 몰래 도망하여 영채에 이르렀다는 말을 듣고 크게 기뻐서 미처 신을 찾아 신을 사이도 없이 버선발로 그를 맞으러 뛰어나갔다. 그리고 멀리서 허유를 보자 그는 손뼉을 치고 웃으며 손을 잡고 장중에 들어와 먼저 땅에 엎드려 절을 하였다.

허유는 황망히 그를 붙들어 일으키며 물었다.

"공은 한나라 승상이시요 나로 말하면 한낱 포의(布衣)인데 어째서 이렇듯 겸공(謙恭)하시오."

조조가 대답한다.

"공은 곧 내 옛 친구인데 어찌 감히 작위를 가지고 위아래를 논하리까."

"이 사람이 주인을 가릴 줄 몰라서 그릇 원소를 섬기다가 말을 하여도 듣지 않고, 계교를 일러도 받지 않으매 이제 특히 그를 버리고 고인을 찾아온 터이니 부디 이 사람을 수하에 거두어 주시오."

"자원이 이처럼 내게로 와 주시니 이제 내 일은 다 되었소. 바라건대 원소 깨칠 계책을 곧 좀 일러 주오."

허유가

"내 일찍이 원소더러 경기(輕騎)로 허한 틈을 타 허도를 엄습해서 수미상공(首尾相攻)[1]하라고 일러 주었소."

하고 말하니, 조조가 크게 놀라며

"만약 원소가 그대 말씀대로만 한다면 내 일은 아주 낭패요."

한다.

허유는 한마디 물었다.

"공은 지금 군량이 얼마나 있으시오."

"한 일 년 먹을 것은 있소."

허유는 웃었다.

"그렇게는 없을걸."

"실은 반 년 먹을 것밖에는 없소."

허유는 소매를 떨치고 일어나자 빠른 걸음으로 장막을 나서며

"나는 진정에서 찾아온 것인데 공이 이처럼 속이려만 드니 내가 다시 무얼 바라겠소."

하니, 조조는 그의 소매를 잡았다.

"자원은 노여워 마오. 내 바른대로 말씀 드리리다. 군중의 양식이 실은 석 달 먹을 것이 있을 뿐이외다."

허유가 웃으며

"세상 사람들이 모두들 맹덕을 간웅이라고 하더니 이제 보매 과연 그렇구먼."

하니, 조조가 또한 웃으며

---

1) 머리와 꼬리를 일시에 치는 것.

"병불염사(兵不厭詐)[2]란 말도 못 들었소."

하고, 드디어 그의 귀에다 대고

"군중에 오직 이달 먹을 양식이 있을 뿐이오."

하고 가만히 일러 주는 것을 허유가 소리를 버럭 질러

"거짓말 마라. 군량이 다 떨어졌지."

하니, 조조가 소스라쳐 놀라며

"어떻게 아오."

한다. 허유는 곧 조조가 순욱에게 보낸 글월을 꺼내서 보이며

"이 글은 대체 누가 쓴 것이오."

하니, 조조가 놀라서

"이것을 어디서 얻었소."

하고 묻자, 허유는 사자를 잡은 이야기를 그에게 하였다.

조조는 그의 손을 잡으며

"자원이 이미 옛 정의를 생각하고 찾아왔으니 제발 내게 방도를 좀 일러 주오."

하고 간곡히 말하니, 허유는

"명공이 고군(孤軍)으로 대적(大敵)을 항거하는 터에 급히 이길 방도를 구하지 않으니 이는 바로 죽음을 취하는 길이외다. 지금 나에게 불과 사흘이면 원소의 백만 대군을 싸우지 않고 제풀에 무너지게 할 계책이 있는데 명공은 그대로 해 보시겠소."

묻는다.

조조가 좋아라고

---

[2] 병법에서는 속이는 것을 꺼리지 않는다는 뜻.

"어디 그 좋은 계책을 좀 들려주오."

하니, 허유가 마침내 계책을 드리되

"원소의 군량과 치중이 모조리 오소에 쌓여 있는데 지금 순우경이 가서 지키고 있소이다. 순우경은 술을 좋아하며 방비가 없는 사람이니 공은 정병을 뽑아 원소의 장수 장기가 군사를 거느리고 양초를 지키러 가는 길이라 사칭하고 그곳에 가서 틈을 보아 그 양초와 치중을 모조리 불살라 버리고 보면 원소의 군사가 사흘이 못 가서 저절로 어지러워질 것이외다."

한다.

조조는 대단히 기뻐서 허유를 후대하여 영채 안에 머물러 있게 하였다.

그 이튿날이다.

조조가 몸소 마보군 오천 명을 뽑아내어 오소로 양초를 겁략하러 갈 준비를 하니, 장료가 있다가

"원소가 양초를 둔 곳에 어찌 방비가 없을 리 있겠습니까. 승상께서는 경홀히 가려고 마십시오. 허유의 말에 거짓이나 있지 않을까 두렵소이다."

하고 말한다.

그러나 조조는

"그렇지 않아. 허유가 내게로 온 것은 하늘이 원소를 망하게 하시는 게야. 지금 우리가 군량이 달려서 오래 부지하기가 어려운 터에 만약 허유의 계책을 쓰지 않는다면 이는 사서 고생을 하는 거라. 제가 만약 거짓이 있다면 우리 채 중에 그대로 머물러 있으려고 할 리가 있나. 더구나 나 역시 겁채하려 생각한 지가 오래라

이번에 겁량하러 가는 일은 반드시 행해야 할 계책이니 그대는 의심하지 마라."
하고 말하였다.

장료가 듣고 나서
"그러나 역시 원소가 우리의 허한 틈을 타서 내습할 것은 미리 방비를 하셔야 하오리다."
하니, 조조는 웃으며
"그건 내게 다 생각이 있다."
하고, 곧 순유·가후·조홍에게 분부하여 허유와 함께 대채를 지키고 있게 하고, 하후돈과 하후연으로는 일군을 거느려 좌편에 매복하고, 조인과 이전으로는 일군을 거느려 우편에 매복해서 불우지변(不虞之變)을 방비하게 한 다음, 장료와 허저로 전대를 삼고 서황과 우금으로 후대를 삼고 조조 자기는 여러 장수들을 거느리고 중대가 되어 도합 오천 인마가 원군(袁軍)의 기호(旗號)를 달고 군사들은 모두 풀단과 섶을 지고 가는데, 사람은 입에 재갈을 물고 말 주둥이에는 망을 씌워 황혼녘에 오소를 바라고 나아가니 이날 밤 하늘에 별빛이 가득하였다.

한편 저수는 원소에게 죄를 입고 군중에 구금되어 있던 중에 이 날 밤 하늘에 별이 총총히 나온 것을 보고 마침내 감수(監守)더러 뜰로 데리고 나가 달라고 해서 하늘을 우러러 천상(天象)을 살폈다.

그러자 문득 보니 태백금성(太白金星)이 역행해서 우성(牛星)과 두성(斗星)의 분야를 범하고 있다. 그는 깜짝 놀라 '화가 장차 이르는구나' 짐작하고 마침내 그 밤으로 원소에게 뵙기를 청하였다.

때에 원소는 술이 취해서 이미 자리에 누워 있다가 저수가 비

밀히 아뢸 일이 있다고 한다는 말을 듣고 불러들여 물으니, 저수가 고하는 말이

"바로 지금 천상을 살펴보았사온데 태백이 유성(柳星)과 귀성(鬼星) 사이를 역행해서 그 흐르는 빛이 우성과 두성의 분야를 범하고 있으니 아마도 적병이 겁략하러 오는 재화가 있을 듯하외다. 오소는 우리의 양초를 쌓아 둔 곳이라 방비를 아니 할 수 없으니 속히 정병과 맹장을 보내셔서 간도(間道)와 산길을 순초하게 하여 조조의 도모하는 바가 되지 않게 하소서."

한다.

원소는 노하여 꾸짖었다.

"너는 죄를 지은 놈이 언감 허망한 수작으로 군심을 어지럽게 하느냐."

하고, 다시 감수를 향하여

"내가 너더러 단단히 가두어 두라고 일렀는데 어찌하여 네 마음대로 내어 놓았느냐."

라고 꾸짖고 드디어 감수를 참형에 처하게 한 다음, 따로 사람을 불러서 저수를 끌어내니 저수는 밖으로 나오자 낯을 가리고 울면서

"우리 군사가 망하는 것이 조석에 달려 있으니 내 시체도 어디가서 떨어질지를 모르겠구나."

하고 한숨을 지었다.

후세 사람이 이를 탄식해서 지은 시가 있다.

충성된 말 귀에 거슬려 도리어 원수만 맺었구나.

혼자 뽐내는 원소가 본래 꾀는 적었더라.
오소 양초가 다 타버려 뿌리는 이미 뽑혔거니
기주는 구구하게 지켜 무엇 하자느냐.

한편 조조가 군사를 거느리고 밤길을 가는데 원소의 별채 앞을 지나노라니 영채 지키는 군사가 어디 군마냐고 묻는다. 조조는 사람을 시켜서
"장기가 명을 받들어 오소로 양초를 지키러 가는 길이오."
하고 대답하게 하였다.

원소의 군사가 보니 바로 자기편의 기호라 드디어 의심을 두지 않아서, 그 뒤 몇 곳을 지나는 데도 모두 장기의 군사라고 사칭하여 아무 거침이 없었다.

오소에 당도하니 사경이 이미 지났다. 조조는 군사들로 하여금 가지고 온 풀단으로 주위에 불을 놓게 하고 모든 장교들이 북 치고 고함지르며 바로 쳐들어가게 하였다.

이때 순우경은 막 여러 장수들과 술을 먹고 나서 취하여 장중에 누워 있다가, 북소리·고함소리를 듣고 황망히 뛰어 일어나며
"왜 이리 소란하냐."
하고 묻는데, 말끝도 미처 맺기 전에 쇠갈퀴가 들어오며 그의 몸을 찍어 당겨서 그는 뒤재주를 치고 나가 떨어졌다.

때마침 휴원진과 조예가 양초를 운반해 가지고 돌아오다가 둔상에 불이 일어나는 것을 보고 황급히 구응하러 달려왔다.

군사가 나는 듯이 조조에게 와서 보하며
"적병이 뒤에 있으니 군사를 나누어서 막도록 하시지요."

하고 말하자, 조조는 큰 소리로

"제장은 오직 힘을 다해서 앞으로 나갈 것만 생각하고 적병이 등 뒤에 들이닥치거든 그때에 비로소 몸을 돌려 싸우도록 하라."

하고 호령하였다.

모든 장수와 군사들이 다들 나서서 앞을 다투어 들이쳤다. 삽 시간에 화염은 사면에서 일어나고 연기는 하늘을 덮었다.

그러자 휴원진과 조예 두 장수가 군사를 몰고 구응하러 달려들 었다. 그러나 조조가 말머리를 돌려서 싸우자 두 장수는 당해 낼 길이 없어서 다들 조조 군사 손에 죽고 양초도 모조리 불에 타 버 렸다.

순우경이 사로잡혀서 조조 앞으로 끌려왔다. 조조는 그의 귀와 코를 베고 손가락을 잘라 버리게 한 다음 말 위에다 붙들어 매어 원소의 영채로 돌려보내서 욕을 보이게 하였다.

한편 원소는 장중에서 정북편 하늘에 화광이 충천한단 말을 듣 자 오소에 일이 난 것을 알고 급히 나와 문무 관원들을 불러 놓고 군사를 내서 구응하러 보낼 일을 의논하였다.

이때 장합이 나서서

"제가 고람과 함께 가서 구응하오리다."

하고 말하는데, 곽도가 있다가

"그는 불가하오. 조조 군사가 겁량하러 왔다면 반드시 조조가 몸소 왔을 것이오. 조조가 이미 나왔다면 영채가 반드시 비어 있 을 것이라 우리는 군사를 놓아 먼저 조조의 영채를 쳐야만 하오. 조조가 들으면 제가 반드시 속히 돌아오고야 말 것이니 이것이 손 빈(孫臏)[3]의 '위나라를 에워 조나라를 구하는 계책'이외다."

한다.

　듣고 나자 장합이

"그렇지 않소. 조조는 꾀가 많아 제가 밖에 나왔다면 반드시 안에는 준비가 되어 불우지변을 막도록 해 놓았을 것이오. 이제 만약 조조의 영채를 치러 갔다가 빼지 못하는 때에는 우리 군사들도 적에게 잡히고 우리도 모두 생금당하고 말 것이외다."

하고 말하였건만, 곽도는

"조조가 오직 겁량할 생각만 하고 있을 텐데 무슨 군사를 영채에다 남겨 두었겠소."

하며 재삼 원소에게 조조의 영채를 기습하자고 청해서, 원소는 마침내 장합과 고람에게 영을 내려 군사 오천을 거느리고 관도로 가서 조조의 영채를 치게 하고 장기에게 군사 일만을 주어 오소를 구하러 가게 하였다.

　이때 조조는 순우경의 수하 군사들을 죽이고 그 의갑과 기치를 모조리 뺏어서 순우경의 수하 패군으로 꾸며 가지고 영채로 돌아오는데 궁벽한 산길에서 바로 장기의 군마와 딱 마주쳤다.

　장기의 군사가 묻는 말에 오소의 패군이 돌아가는 길이라 대답하자 장기가 드디어 의심하지 않고 말을 몰아 그대로 지나가는데 홀지에 장료와 허저가 달려들며

---

3) 전국시대 제나라 사람으로 병법의 대가. 일찍이 방연(龐涓)과 더불어 귀곡자(鬼谷子)에게 병법을 배웠다. 뒤에 제나라 위왕(威王)의 군사(軍師)가 되었는데, 위나라 군사가 조나라 서울 한단을 포위하여 조나라에서 제나라에 구원병을 청하였을 때, 손빈은 한단을 구하러 가지 않고 군사를 거느려 위나라로 쳐들어가니 위나라의 출정군은 저의 본국이 위태로운 것을 보고 황황히 본국으로 회군해서 한단의 포위는 저절로 풀어지고 말았다. 이것이 유명한 '위위구조지계(圍魏救趙之計)', 즉, 위나라를 에워 조나라를 구하는 계책이다.

"장기는 도망하지 마라."

하고 큰 소리로 외쳤다.

장기는 미처 손을 놀려 볼 사이도 없었다. 장료는 한 칼에 그를 베어 말 아래 떨어뜨리고 그 수하 군사들을 모조리 죽여 버렸다.

조조는 또 사람을 원소에게로 보내서

"장기가 이미 오소에 쳐들어 온 적병을 다 무찔러 버렸소이다." 하고 거짓 보하게 하였다.

이로 인해서 원소는 다시 사람을 오소로 보내서 접응하게 하지 않고 오직 군사를 더 내어 관도로 가게 하였던 것이다.

한편 장합과 고람이 가서 조조의 영채를 치니 좌편의 하후돈과 우편의 조인과 중로의 조홍이 일제히 달려 나와 삼면으로 공격해서 원소의 군사는 크게 패하였는데, 접응하는 군사가 당도했을 무렵에는 조조가 또 배후로부터 군사를 몰고 짓쳐 들어와서 사면에서 에워싸고 함부로 치는 통에 장합과 고람은 가까스로 혈로를 뚫고 벗어 나왔다.

이때 원소의 본채에는 오소에서 패하고 남은 군사들이 돌아왔는데, 보니 순우경의 귀와 코가 다 없고 수족이 다 떨어졌다.

원소가

"어떻게 해서 오소는 잃었느냐."

하고 묻자, 패한 군사가

"순우경이 술이 취해 자고 있어서 그만 적을 당해 낼 수가 없었던 것이외다."

하고 아뢰어서 원소는 노하여 그 자리에서 순우경을 베어 버렸다.

곽도는 장합과 고람이 돌아와서 시비를 따지러 들 것이 두려워

서 앞질러 원소를 보고

"장합과 고람은 주공께서 이번에 패하신 것을 보고 마음속으로 반드시 기뻐할 겝니다."

하고 참소하였다.

"어째서 그런 말을 하느냐."

하고 원소가 묻는 말에, 곽도가

"두 사람이 본래 조조에게 항복할 뜻을 품고 있는 터이라 이번에 영채를 치러 가서도 고의로 힘을 쓰지 않아 마침내 군사들을 많이 잃게 한 것이외다."

하고 말해서, 원소는 대로하여 마침내 사자를 보내서 급히 두 사람을 영채로 돌아오라고 하여 죄를 물으려 하였다.

곽도는 다시 앞질러 사람을 그들에게 보내서

"주공은 장차 그대들을 죽이려 하고 있소."

하고 말하게 하였다.

그러자 원소에게서 사자가 이르렀다.

"주공께서 우리들은 무엇 하러 부르시는 게냐."

하고 고람이 물으니,

"무슨 일인지 모르겠소이다."

하고 사자가 대답한다. 고람은 곧 칼을 빼어 사자를 베어 버렸다.

장합이 깜짝 놀라는 것을 보고 고람은 말하였다.

"원소가 참소하는 말을 곧이들으니 반드시 조조에게 사로잡히고 말 텐데 우리가 왜 앉아서 죽기를 기다린단 말인가. 그러느니 조조에게로 가 버리지."

그 말에 장합이 곧

"나도 그럴 생각을 가진 지가 오래라네."

하고 두 사람은 자기 수하의 병마들을 거느리고 그 길로 조조의 대채를 찾아가서 항복을 드렸다.

하후돈이 있다가

"장합·고람 두 사람이 항복을 한다고 왔지만 아직 허실을 알 수 없지 않습니까."

하였으나, 조조는

"내가 은혜로써 대접만 하고 보면 저희가 설사 딴 생각을 품었더라도 변하게 되지."

하고 드디어 영문을 열고 두 사람을 들어오라 분부하였다.

두 사람이 창대를 거꾸로 쥐고 갑옷을 벗고 땅에 배복하자, 조조는

"만약에 원소가 두 분 장군의 말씀대로만 좇아서 했다면 이처럼 패를 보진 않았을 것이오. 이제 두 분 장군이 즐겨 나를 찾아오신 것이 마치 미자(微子)[4]가 은나라에서 떠나고 한신(韓信)[5]이 한나라로 돌아온 것과 같소이다."

하고, 드디어 장합을 봉해서 편장군 도정후(都亭侯)를 삼고 고람으로 편장군 동래후(東萊侯)를 삼았다. 두 사람은 크게 기뻐하였다.

이때 원소는 이미 허유가 떠나고 또 장합과 고람이 가 버린 데

---

4) 은나라 주왕(紂王)의 서형(庶兄)이다. 주왕이 황음무도(荒淫無道)하매 여러 차례 간하였으나 종시 듣지 않으므로 마침내 그를 버리고 떠나 버렸다.

5) 한 고조의 공신. 소하·장량과 함께 삼걸(三傑)이라 불린다. 그는 처음에 항우 수하에 있었으나 뜻을 얻지 못하고 마침내 한 고조에게로 간 것이다.

다가 오소의 양초까지 잃어서 군심이 황황하였다.

허유가 다시 조조더러 속히 진병하라고 권하는데 장합과 고람이 선봉 되기를 자청해 나서서 조조는 그대로 좇아 즉시 장합과 고람으로 하여금 군사를 거느리고 가서 원소의 영채를 기습하게 하였다.

이날 밤 삼경에 군사가 세 길로 나가서 겁채를 하여 한바탕 혼전 끝에 날이 밝을 녘에 각자 군사를 거두었는데 이 통에 원소는 그 군사의 태반을 잃고 말았다.

순유가 또 계책을 드렸다.

"이제 거짓 소문을 퍼뜨리되 우리가 군사를 내어 한편으로는 산조(酸棗)를 취해서 업군을 치고 한편으로는 여양을 취해서 원소의 돌아갈 길을 끊으려 한다고 하면 원소가 듣고 반드시 놀라고 당황해서 군사를 나누어 우리를 막으려 들 것이니, 그 군사가 동할 때를 타서 우리가 들이친다면 원소를 가히 깨뜨릴 수 있을 것입니다."

조조는 그 계책을 써서 대소 삼군을 시켜 사면으로 헛소문을 퍼뜨리게 하였다.

원소의 군사가 이 소문을 얻어 듣고 채 중에 와서

"조조가 군사를 두 길로 나누어 일군은 업군을 취하고 일군은 여양을 취하러 갔다고 합니다."

하고 보하였다.

원소는 소스라치게 놀라 급히 원담(袁譚)에게 군사 오만을 나누어 주어 업군을 구하러 가게 하며, 신명(辛明)에게 역시 군사 오만을 떼어 주어 여양을 구하러 가게 하되 밤을 도와 떠나게 하였다.

조조는 원소의 군사가 동한 것을 탐지하자 즉시 대대 군마를 나누어 팔로로 일제히 짓쳐 나가서 바로 원소의 영채를 들이치게 하였다.

원소의 군사들이 모두 싸울 마음이 없어서 사면으로 흩어져 도망들을 해 버려 그대로 무너지고 말았다.

원소는 갑옷을 입을 사이도 없이 홑옷에 복건을 쓰고 말에 오르니 막내아들 원상(袁尙)이 그의 뒤를 따른다. 장료·허저·서황·우금의 네 장수가 군사를 거느리고 원소의 뒤를 쫓았다.

원소는 급히 황하를 건너 도서(圖書)·거장(車仗)·금백(金帛)을 모조리 내버리고, 단지 수행인 팔백여 기만을 데리고 달아났다.

조조의 군사는 쫓다가 잡지 못하고 그가 버리고 간 물건들만 모조리 얻었는데, 이 싸움에 원소 군사에 죽은 자가 팔만여 명이라 피는 흘러서 개울에 가득 차고 물에 빠져 죽은 자는 그 수효를 이루 셀 수가 없었다. 조조는 이 싸움에 온전히 이겨 노획한 금은보배와 주단 등속을 군사들에게 상으로 나누어 주었다.

이때 도서들 가운데서 편지 한 뭉텅이가 나왔는데 들추어 보니 모두가 허도와 군중에 있는 여러 사람들이 원소와 비밀히 주고받은 서신들이다.

좌우가

"일일이 성명을 밝혀 가지고 잡아서 죽이시지요."

하고 말하였으나, 조조는

"원소가 한창 강성하였을 때는 나도 역시 스스로 보전할 수가 없었는데 항차 다른 사람들이야 말해 무엇 하겠나."

하고 드디어 그 서신들을 모조리 불살라 버리게 하고 다시 두 번 물으려 하지 않았다.

한편 원소가 패해서 달아날 때 저수는 군중에 갇혀 있는 몸이라 갑자기 벗어날 수가 없어서 조조 군사에게 사로잡혀 조조 앞으로 끌려왔다. 조조는 전부터 저수와는 지면이 있는 사이였는데, 저수는 조조를 보자 곧

"나는 항복하지 않소."

하고 큰 소리로 외쳤다.

조조는

"본초가 꾀가 없어 그대 말씀을 듣지 않은 것인데 그대는 왜 그것을 깨닫지 못하고 이제도 오히려 고집을 부리오. 내가 만약 족하를 일찍 얻기만 했던들 천하를 근심할 것이 없었으리다."

하고 후히 대접하여 군중에 머물러 있게 하였다.

그러나 저수는 끝끝내 영채 안의 말을 훔쳐내어 타고서 원씨에게로 돌아가려 하였다. 조조가 노해서 그를 죽였는데 저수는 죽을 때까지 신색이 변하지 않았다.

조조는

"내가 충의지사를 잘못 죽였구나"

하고 탄식하며 예를 후하게 해서 염습하여 주고 황하 나루터에 묘를 써서 안장을 하되 무덤에 비를 세워 '충렬저군지묘(忠烈沮君之墓)'라고 하게 하였다.

후세 사람이 칭찬하여서 지은 시가 있다.

　　하북 명사 많다 해도 충성은 저수로다
　　그는 진법 환히 알고 천문에도 통했거니

죽는다 맘 변하랴 그 의기가 구름 같다
　　조공조차 그를 흠모해 비를 세워 표했다네.

조조는 영을 내려서 기주를 치게 하였다.

　　형세가 약해도 계책 쓰면 이기고
　　군사가 강해도 꾀 없으면 망하나니.

승부가 어찌 될 것인고.

조조는 창정에서 본초를 깨뜨리고
현덕은 형주로 가서 유표에게 의지하다

| *31* |

이때 조조는 원소를 패주시키고 승세하여 군마를 정돈해 가지고 줄기차게 그 뒤를 쫓았다.

원소가 홑옷에 복건 바람으로 팔백여 기를 데리고 말을 달려 여양 북쪽 언덕에 이르니 대장 장의거(蔣義渠)가 영채에서 나와 영접한다. 원소가 지난 일을 그에게 호소하자 장의거는 곧 이산한 무리들을 두루 불러 모았다. 군사들이 원소가 있다는 말을 듣고는 다시들 개미 떼처럼 모여 들어서 형세가 다시 떨쳤다.

기주로 돌아가기로 작정을 하고 길을 떠나오다가 황산(荒山)에서 밤을 지내는데 원소가 장중에 누워 있으려니 멀리서 곡성이 들려온다. 소리 나는 곳으로 가만히 찾아가 보니 패잔한 군사들이 서로 모여 앉아 형 잃고 아우 없애고 동무 버리고 어버이 여읜 슬픔을 하소연하여 저마다 주먹으로 가슴을 쾅쾅 치고 통곡을 하

며 모두들

"만일 전풍의 말만 들었다면 우리가 이 재난을 겪을 까닭이 어디 있어."

하고 말하는 것이다.

원소는 마음에 크게 뉘우쳐

"내가 전풍이 하는 말을 듣지 않다가 군사들을 죽이고 장수를 잃었으니 이제 돌아가면 무슨 면목으로 그를 대할 것이랴."

하였다.

그 이튿날 원소가 말을 타고 다시 길을 가는데 봉기가 군사를 거느리고 와서 그를 맞는다.

원소가 봉기를 보고

"내가 전풍의 말을 듣지 않아 이처럼 싸움에 패했으니 이제 돌아가도 그 사람을 볼 낯이 없구면."

하고 말하니, 봉기는 곧

"전풍이 옥중에서 주공이 싸움에 패하셨단 말을 듣고는 손뼉을 치며 '그려 내가 그렇다고 했지' 하고 크게 웃더랍니다."

하고 그를 참소하였다.

원소는 크게 노하여

"썩어 빠진 선비 놈이 언감생심 나를 비웃어. 내 이놈을 죽이고 말겠다."

하고 드디어 사자에게 보검을 주어 기주 옥중에 가서 전풍을 죽이라고 분부하였다.

한편 전풍이 옥중에 있노라니 하루는 옥리가 와서 그를 보고

"별가(別駕) 어른께 하례 말씀을 드립니다."

하고 말한다.

"무슨 하례할 일이 있다고 그러나."

하고 전풍이 물으니, 옥리가

"원 장군께서 크게 패하시고 돌아오시니 필연 별가 어른을 중하게 쓰실 게 아닙니까."

한다. 전풍은 호젓하게 웃고

"내가 이제는 죽었구나."

하였다.

"사람들은 모두 별가 어른을 위해서 기뻐들 하던데 어째서 죽는다 하십니까."

옥리가 묻는 말에, 전풍은

"원 장군이 겉으로는 너그러운 체하여도 속으로는 남을 미워해서 충정을 알아주지 않는 사람이라, 만일 이기기나 했다면 마음에 좋아서 내게 사(赦)를 내리기도 하겠지만 이제 싸움에 패했다니 나를 볼 낯이 없어할 게라 나는 살기를 바랄 수가 없게 되었네."

하고 대답하였다.

그래도 옥리는 믿지 않았는데 갑자기 사자가 검을 들고 와서 원소의 명령을 전하며 전풍의 머리를 취하려고 해서 그제야 옥리는 놀랐다.

"나는 벌써 내가 꼭 죽을 줄을 알고 있었네."

하는 전풍의 말에 옥리들은 모두 눈물을 흘렸다.

전풍은

"대장부가 천지간에 나서 그 주인을 모르고 섬기다니 이것은 참으로 어리석은 일이다. 오늘 내 죽는다고 무엇이 아까울 게 있단 말이냐."

하고 마침내 옥중에서 제 목을 찔러 죽었다.

　후세 사람이 지은 시가 있다.

　　　저수가 어제 아침 군중에서 죽더니만
　　　오늘은 전풍이 옥중에서 가는구나.
　　　하북 동량이 모두 다 부러지니
　　　본초가 제 무슨 수로 나라 보전하여 보리.

　전풍이 이미 죽자 이 소문을 들은 사람들은 모두 그를 위해서 탄식하며 애석해하였다.

　원소는 기주로 돌아온 뒤 심사가 산란해서 정사도 다스리지 못하는 형편이었는데, 그의 아내 유씨는 그에게 빨리 후사를 정하라고 권하였다. 본래 원소가 세 아들을 두었으니, 맏아들 원담의 자는 현사(顯思)라 나가서 청주를 지키고 있고, 둘째 아들 원희(袁熙)의 자는 현혁(顯奕)이라 나가서 유주를 지키고 있는데, 막내아들 원상의 자는 현보(顯甫)로서 원소의 후처 유씨의 소생이니 상모가 영특하게 생겨서 원소가 유달리 사랑하는 까닭에 곁에다 두고 지내 오던 것이다.

　관도 싸움에 패한 뒤로 유씨가 원상을 후사로 정하라고 졸라서 원소는 마침내 심배·봉기·신평·곽도 등 네 사람과 이 일을 의논하게 되었는데, 원래 심배·봉기 두 사람은 원상을 돕고 신평·곽도 두 사람은 원담을 도와서 네 사람이 각각 저의 주인을 위해 도모하는 터였다.

이때 원소가 네 사람을 대하여

"지금 외환이 끊이지 않으니 안의 일을 불가불 빨리 정해야겠어서 후사 세울 일을 의논하자는 것인데, 장자 담은 위인이 성품이 강해서 죽이기를 좋아하고 차자 희는 위인이 나약해서 되기 어렵고, 삼자 상은 영웅의 상이 있는 데다 어진 이를 예로써 대하고 선비들을 공경하는 터이라 내가 저를 후사로 세울까 하거니와 공들의 의향은 어떠하오."

하고 물으니, 곽도가 있다가

"삼형제분 중에서 담이 맏이시요, 또한 지금 밖에 계신 터에 주공께서 만약 폐장립유(廢長立幼)하신다면 이는 분란이 일어날 근원을 만들어 놓으시는 것입니다. 지금 우리 군사의 위엄이 적이 꺾이고 적병은 지경 밖에 와 있는데 어찌 부자·형제간에 다시 서로 다투게 하실 법이 있겠습니까. 주공께서는 우선 적을 막을 계책을 정하시도록 하고 후사 세우는 일은 여러 말씀 마시는 것이 좋겠습니다."

하고 말한다.

원소는 마음에 주저하여 결단을 내리지 못하였다.

그러자 문득 보도가 들어오되, 원희는 군사 육만을 거느리고 유주에서 오고, 원담은 군사 오만을 거느리고 청주에서 오고, 생질 되는 고간(高幹)이 또한 군사 오만을 거느리고 병주로부터 오는데, 다들 기주로 와서 싸움을 돕겠다는 것이다.

원소는 마음에 기뻐서 다시 인마를 정돈하여 조조와 싸우러 나갔다.

이때 조조는 승전한 군사를 거느리고서 황하 가로 나가 진을 쳤는데 그 지방 사람들이 단사호장(簞食壺漿)¹⁾으로 나와서 그를 맞았다.

  조조는 그들 가운데 노인 사오 명이 수염과 머리가 모두 하얗게 센 것을 보고, 마침내 장중으로 불러 들여서 자리를 준 다음에
"노인장들은 연세가 얼마나 되셨소."
하고 물으니,
"다들 거의 백 살이나 되었습니다."
하고 대답한다.
  조조가 다시
"내 군사가 그대들 고장을 소요하게 해서 내 마음이 심히 불안하오."
하고 한마디 하니, 그들의 말이
"환제 시절에 누른 별이 초(楚)·송(宋) 분계에 나타난 일이 있었소이다. 그때 요동(遼東) 사람으로 은규(殷馗)라고 천문에 밝은 이가 있었는데 밤에 여기 와서 자며 이 사람들을 보고서 '누른 별이 천상에 나타나 바로 이곳을 비추니 이 뒤 오십 년에 반드시 진인(眞人)²⁾이 양(梁)·패(沛) 사이에서 일어날 것이오' 하더니, 이제 햇수를 헤아려 보매 에누리 없는 오십 년이올시다. 원본초는 백성에게서 뜯어 가는 것이 많아 모두들 원망을 해 오는 터인데, 승상께서는 인의(仁義)의 군사를 일으키시고 백성을 위해서 무도한 이를 치시되 관도 한 번 싸움에 원소의 백만 대병을 깨뜨려 버리셨으니 바로 전날에 은규가 하던 말과 맞아떨어져 만백성이 이제야

---
  1) 도시락에 담은 밥과 항아리에 넣은 술.
  2) 큰 도(道)를 깨달은 사람. 여기서는 '진명천자(眞命天子)'의 뜻이다.

태평을 누리게 되었나 봅니다."
한다.

조조는 웃으며

"노인장 말씀이 어찌 내게 당하겠소."

하고 드디어 주식과 피륙을 노인들에게 주어서 돌려보낸 다음에, 삼군에 호령하여 만일 마을에 내려가서 인가의 닭이나 개를 잡는 자가 있다면 살인한 죄와 똑같이 다스리리라고 하니 군사나 백성이 모두 두려워서들 복종한다. 조조는 이것을 보고 마음에 은근히 기뻐하였다.

그러자 사람이 보하되 원소가 네 고을의 군사 이삼십만을 모아 가지고 창정에 이르러 하채하였다고 한다. 조조는 군사를 거느리고 앞으로 나가서 영채를 세웠다.

이튿날 양군이 서로 대하여 각기 진세를 벌리고 나자, 조조가 여러 장수들을 거느리고 진에 나서니 원소가 또한 세 아들과 생질이며 문관·무장들을 이끌고 진 앞에 나섰다.

조조가

"본초는 계궁력진(計窮力盡)[3] 했으면서 어째서 아직도 항복할 생각을 아니 하는가. 바로 목에 칼이 들어가는 날에는 뉘우쳐도 미치지 못하리라."

하고 꾸짖자, 원소는 대로해서 수하 장수들을 돌아보며

"뉘 감히 나가서 싸울꼬."

하고 외쳤다.

---

3) 수단과 방법이 다 없어진 것.

원상이 아비 앞에서 저의 능한 것을 한 번 보이려고 곧 말에 뛰어올라 쌍도를 춤추며 진을 나서자 말을 달려 왕래하였다.

조조가 손으로 그를 가리키며 장수들에게

"저게 누군고."

하고 물으니, 아는 자가 있다가

"저것이 원소의 셋째 아들 원상이랍니다."

하고 아뢰는데 말이 미처 끝나기 전에 한 장수가 창을 꼬나 잡고 내달았다. 조조가 보니 곧 서황의 부장 사환이다.

두 장수는 곧 어우러져 싸웠다. 그러나 삼 합이 못 되어 원상은 홀지에 말머리를 돌려서 달아났다. 사환이 그의 뒤를 쫓는데 원상은 활에다 살을 먹여 들자 홱 몸을 돌리며 힘껏 쏘았다. 화살이 바로 왼편 눈에 들어맞자 사환은 말에서 떨어져 죽어 버렸다.

아들이 이긴 것을 보고 원소가 채찍을 들어서 한 번 가리키니 대대 인마가 일시에 와 몰려나가서 혼전이 벌어졌다. 양군은 한바탕 크게 싸우고 나자 각기 징을 쳐서 군사를 거두어 영채로 돌아갔다.

조조가 수하 장수들과 원소를 파할 계책을 의논하니, 정욱이 있다가 '십면매복지계(十面埋伏之計)'를 드리는데

"군사를 황하 가로 물려서 십 대로 나누어 매복해 놓은 뒤에 원소를 유인해서 강가까지 따라오게 하는 것이니 우리 군사들이 물러가려 해도 물러갈 길이 없고 보면 반드시 죽기로써 싸워 원소를 이기고 말 것입니다."

하고 말한다.

조조가 그 계책을 그러이 여겨서 좌군·우군을 각각 오 대로

나누니, 좌군의 일대는 하후돈이요, 이대는 장료요, 삼대는 이전이요, 사대는 악진이요, 오대는 하후연이요, 우군의 일대는 조홍이요, 이대는 장합이요, 삼대는 서황이요, 사대는 우금이요, 오대는 고람이며, 중군은 허저로 선봉을 삼았다.

그 이튿날 십 대 인마가 먼저 나가서 좌우에 모조리 매복하고 나자 야반(夜半)에 이르러 조조는 허저를 시켜서 군사를 거느리고 앞으로 나아가 짐짓 겁채하는 형세를 보이게 하였다.

이를 보고 원소의 오채 인마가 일제히 다 일어났다. 허저는 곧 군사를 돌려서 달아났다.

원소가 군사를 거느리고 쫓아오는데 함성이 끊이지 않는다. 날이 밝을 무렵에 강가까지 다다르니 조조 군사가 이제는 더 갈 곳이 없다.

이때 조조는 큰 소리로 외쳤다.

"앞에는 더 나아갈 길이 없는데 모든 군사들은 어찌하여 한 번 죽기로써 싸우지 않겠는고."

이 소리가 떨어지자 모든 군사들은 몸을 돌쳐 서며 힘을 뽐내서 앞으로 향하였다. 허저가 나는 듯 말을 달려 앞장서서 힘을 다해 장수 십여 명을 연달아 칼로 베니 원소의 군사는 대혼란에 빠지고 말았다.

원소가 퇴군령을 놓아서 급히 군사를 물리자 등 뒤에서 조조의 군사가 쫓아온다.

한창 달아나는 중에 북소리가 한 번 크게 울리며 좌편의 하후연, 우편의 고람이 군사를 몰아 나온다. 원소는 세 아들 생질을 모아 함께 죽기로써 혈로를 뚫고 달아났다.

그러나 다시 가기 십 리를 못 다하여 좌편에서 악진과 우편에서 우금이 짓쳐 나와서 원소의 군사를 어지러이 들이치니 쓰러진 시체는 들을 덮고 흐르는 피는 내를 이루었다.

 구사일생 적의 예봉을 피하여 다시 가기 사오 리도 못 되어서다. 좌편은 이전, 우편은 서황 양군이 길을 막고 한바탕 몰아친다. 원소 부자는 혼비백산해서 가까스로 도망하여 구채(舊寨)로 뛰어 들어갔다. 군사를 수습하여 삼군에 영을 내려 밥들을 짓게 하였다.

 그러나 바야흐로 장수들과 더불어 막 밥들을 먹으려 할 때 좌편으로부터 장료가 뛰어나오고 우편으로부터 장합이 뛰어나와 영채를 엄습한다. 원소가 황망히 말에 뛰어올라 창정을 바라고 한참을 도망하다 사람과 말이 모두 지칠 대로 지쳐서 잠시 쉬어 숨을 돌리려 하는데, 뒤에서 조조의 대군이 다시 닥쳐 들어 원소는 목숨을 내어 놓고 달아났다.

 한창 달아나는 중에 우편에서 조홍과 좌편에서 하후돈이 또 나서서 길을 가로막는다.

 원소는

 "제장들은 들어라. 우리가 만약 죽기를 결단하고 싸우지 않는다면 반드시 모두 사로잡히고 말 것이다."

하고 큰 소리로 외치니 군사들이 죽을힘을 다해서 좌충우돌도 한다.

 한바탕 격전에 겹겹으로 둘린 포위는 간신히 벗어났으나, 원희와 고간이 모두 화살에 맞아 상처를 입었고 군사들은 다 죽고 거의 남아 있지 않았다.

원소는 세 아들을 얼싸안고서 한바탕 통곡을 하다가 저도 모를 결에 그대로 기절하여 땅에 쓰러져 버렸다.

여러 사람이 급히 구원해서 깨어나자, 원소는 입으로 선지피를 끊임없이 토하고 길이 한숨 쉬며

"내가 그간 수십 차를 싸워 왔어도 오늘처럼 이렇게까지 낭패를 본 적이 없으니, 이는 하늘이 나를 버리시는 것이라. 너희들은 각각 자기 고을로 돌아가서 맹세코 조조 도적놈과 더불어 자웅을 한 번 결하도록 하여라."

하고, 즉시 신평과 곽도더러 조조가 혹시 지경을 범할까 두려우니 속히 원담을 따라 청주로 가서 군사를 정돈하라 이르고, 원희는 유주로 돌아가고 고간은 병주로 돌아가서 각기 인마를 수습하여 준비를 갖추라고 이른 다음, 원소는 원상의 무리를 거느리고 기주로 들어가서 병을 조리하며 원상을 시켜서 심배·봉기와 함께 잠시 군사 일을 맡아 보게 하였다.

한편 조조는 창정에서 크게 이기자 삼군에 상을 후하게 내리고 사람을 시켜서 기주의 허실을 알아보게 하였는데, 세작이 돌아와서 보하는 말이

"원소는 병으로 자리에 누워 있고 원상과 심배는 성을 굳게 지키고 있으며 원담·원희·고간은 모두 저희 고을로들 돌아갔소이다."

한다.

수하의 무리들은 조조에게 권하여

"즉시 군사를 나아가 기주를 치소서."

하였으나, 조조가

"기주로 말하면 양식이 극히 많은데다 심배가 또한 기모가 있으니 졸연히 함몰할 수 없을뿐더러, 지금이 바로 농사철이라 백성이 생업을 폐하게 될 것이 걱정이니 아직 두었다가 추수나 끝난 뒤에 취하더라도 늦을 것은 없으리라."

하여, 바야흐로 의논들을 하고 있는 중에 문득 순욱에게서 글월을 올라 왔는데

"유비가 여남에서 유벽·공도 수하의 수만 명을 얻어 승상께서 군사를 거느리시고 하북으로 출정하셨다는 소문을 듣고 마침내 유벽으로 하여금 여남을 지키게 한 다음, 유비가 친히 군사를 이끌고 허한 틈을 타서 허창을 치러 오니 승상께서는 속히 회군하시어 저를 막도록 하옵소서."

하는 사연이다.

조조는 소스라쳐 놀라 조홍을 남겨 두어 황하 가에 군사를 둔치고 앉아 허장성세하게 하고, 자기는 몸소 대군을 거느리고 여남으로 가서 유비를 맞기로 하였다.

이때 현덕은 관우·장비·조운 등과 함께 군사를 거느리고 허도를 엄습하러 떠났는데 양산 땅 가까이 이르러 바로 조조의 군사들이 짓쳐 오는 것과 서로 만나서, 현덕은 곧 양산 아래 하채하고 군사를 삼대로 나누어 운장으로는 군사를 동남각 위에 둔치게 하고 장비로는 군사를 서남각 위에 둔치게 하며 현덕 자기는 조운과 함께 정남방에다 영채를 세웠다.

조조의 군사가 이르자 현덕이 북치고 고함지르며 나아가니, 조조가 진세를 벌리고 나서 군사를 시켜 현덕더러 이를 말이 있으

니 나오라 외치게 한다.

 현덕이 말 타고 문기 아래로 나가니, 조조는 채찍을 들어 그를 가리키며

 "내가 너를 상빈으로 대접한 터에 네 어찌하여 의리를 저버리고 은혜를 잊는단 말인고."
하고 꾸짖는다.

 현덕은 이에 대꾸하여

 "너는 이름은 비록 한나라 승상이나 실은 한나라 도적이라, 내가 한실 종친으로서 천자의 밀조를 받들어 역적을 치러 온 길이다."
하고, 뒤이어 마상에서 의대조를 낭송하였다.

 조조가 대로하여 허저를 시켜서 싸우게 하니 현덕의 배후에서 조운이 창을 꼬나 잡고 말을 몰아 나갔다.

 두 장수가 서로 어우러져 싸워서 삼십 합에 이르도록 승부를 나뉘지 못할 때 홀지에 함성이 크게 진동하더니 동남각 위에서 운장이 짓쳐 나오며 서남각 위에서 장비가 군사를 거느리고 풍우같이 몰려나와 삼면에서 일제히 들이친다.

 조조의 군사는 멀리 와서 사람과 말이 모두 지친 끝이라 대적할 도리가 없어 크게 패하여 달아났다. 현덕은 승전하고 영채로 돌아왔다.

 이튿날이다. 현덕은 또 조운을 시켜서 싸움을 돋우게 하였다. 그러나 조조의 군사는 하루 종일 나오지를 않는다.

 그 다음날은 장비를 시켜서 싸움을 돋우게 하여 보았다. 그러나 조조의 군사는 역시 나오지 않았다. 그러기를 열흘이나 하여 현덕이 마음에 은근히 의아해할 때 난데없이 보도가 들어오는데,

공도가 군량을 운반해 오다가 조조의 군사에게 포위를 당하였다고 한다.

현덕은 급히 장비를 시켜서 구하러 가게 하였는데, 갑자기 또 보도가 들어오되 하후돈이 군사를 거느리고 배후로 돌아서 곧장 여남을 취하러 간다고 하는 것이다.

현덕은 깜짝 놀라

"만약 그렇다면 나는 앞뒤로 적을 받아 돌아갈 데가 없지 않으냐."

하고 급히 운장을 보내서 여남의 급한 것을 구하게 하였는데, 양군이 모두 떠난 지 하루가 못 되어 탐마가 나는 듯이 달려 들어와 보하는 말이 하후돈이 이미 여남을 쳐 깨뜨려서 유벽은 성을 버리고 달아났으며 운장은 지금 적의 포위 속에 들어 있다고 한다.

현덕이 크게 놀라는데 또 보도가 들어 왔다. 장비가 공도를 구하러 갔다가 그도 포위를 당하고 말았다는 것이다.

현덕은 급히 회군하고 싶으나 또한 조조의 군사가 뒤를 엄습할까 두려워 못하고 있을 때 문득 보하되 영채 밖에 허저가 와서 싸움을 돋우고 있다고 한다.

현덕은 감히 나가서 싸우지 못하고 날이 어둡기를 기다려서 군사들을 배불리 먹인 다음에 보군이 먼저 일어나고 마군이 뒤를 따라 소리 소문 없이 떠나는데, 영채 안에는 경점군(更點軍)[4]만 남겨 두어 시각을 알리게 하였다.

---

4) 하룻밤을 5경(更)으로 나누고 1경을 다시 5점(點)으로 나누어 경에는 북을 치고 점에는 징을 쳐서 시각을 알리는데, 이 소임을 맡은 군사를 경점군이라 한다. 전루군(傳漏軍)이라고도 한다.

현덕의 무리가 영채를 떠나 사오 리나 갔을까 해서 토산을 지나가는데 횃불이 낮같이 밝으며 산머리에서
"현덕을 놓아 보내지 마라. 승상께서 전위해 여기서 기다리고 계시다."
하고 큰 소리로 외친다.
현덕이 황망히 도망할 길을 찾을 때, 조운이
"주공은 근심 마시고 제 뒤만 따라오십시오."
하고 창을 꼬나 잡고 말을 몰아서 길을 뚫고 나갔다. 현덕은 쌍고검을 들고 그 뒤를 따랐다.
한창 싸우며 나가는 중에 허저가 뒤미처 쫓아와서 조운과 힘껏 싸우는데 배후에 우금과 이전이 또 달려들었다.
현덕은 형세가 위태로운 것을 보고 당황망조해서 말을 놓아 달아났다. 등 뒤에 함성이 점점 멀어진다. 현덕이 심산 벽로(僻路)를 바라고 필마로 도망해 가는데 차차로 날이 밝아 올 무렵에 옆으로부터 한 떼의 군사가 뛰쳐나왔다.
현덕이 깜짝 놀라 바라보니 곧 유벽이 패잔한 군사 천여 기를 거느리고 현덕의 가권을 호송해 가지고 오는 것이었다. 뒤미처 손건·간옹·미방이 또한 이르렀다.
그들은 모두
"하후돈의 군세가 심히 날카로워 성을 버리고 도망한 것인데 조조의 군사가 쫓아오는 것을 다행히 운장이 막아 주어서 벗어날 수가 있었습니다."
하고 말하였다.
현덕이

"그래 운장이 지금 어디 있는지 모르오."
하고 물으니, 유벽은
"장군은 우선 길이나 가시고 그것은 다시 알아보기로 하시지요."
하고 말하였다.

그러자 몇 리를 못 가서 북소리가 퉁 하고 울리더니 앞에서 한 떼의 인마가 몰려나오는데 앞을 선 대장은 장합이다.

"유비는 빨리 말에서 내려 항복을 드려라."
하고 큰 소리로 외쳐서, 현덕이 막 뒤로 말을 물리려 할 때 산마루로서 붉은 기가 휘날리며 산골짜기로부터 또 한 떼의 군사가 나오는데 거느리는 대장은 곧 고람이다.

현덕은 앞뒤로 다 길이 막혔다. 현덕이 하늘을 우러러 큰 소리로
"창천은 어이하여 나로 하여금 이런 곡경을 치르게 하시는가. 사세가 이에 이르렀으니 죽을밖에는 도리가 없도다."
하고 부르짖으며 칼을 빼어 스스로 목을 찌르려 하니, 유벽이 급히 만류하며

"내가 죽기로 싸워서 길을 앗아 사군을 구하오리다."
하고 말을 마치자 곧 나가서 고람과 싸웠다.

그러나 그는 고람의 적수가 아니다. 삼 합이 못 되어 그는 고람의 칼을 맞고 말 아래 거꾸로 떨어졌다.

현덕이 착급해서 바야흐로 몸소 나서서 싸우려 할 때 고람의 후군이 홀연 제풀에 어지러워지며 한 장수가 적군 속을 뚫고 나오더니 창끝이 번쩍 빛나는 곳에 고람이가 뒤재주를 쳐서 말 아래 떨어진다. 보니 바로 조운이다. 현덕은 크게 기뻐하였다.

조운은 말을 놓아 창을 꼬나 잡고 후군을 물리친 뒤에 다시 전

군 쪽으로 달려들어 홀로이 장합과 싸웠다. 장합은 조운과 삼십여 합을 싸우다가 패해서 말을 돌려 달아났다.

조운이 승세해서 그대로 몰아치는데 장합의 군사가 골 어귀를 딱 막고 있어서 길이 좁아 빠져나갈 수가 없다.

한창 길을 트려고 싸우는 중에 문득 운장·관평·주창이 삼백 군을 거느리고 당도하여 앞뒤로 서로 쳐서 장합을 물리치고 각기 골 어귀를 빠져나가 험한 곳을 가려 하채한 다음, 현덕은 운장을 시켜서 곧 장비를 찾아보게 하였다.

원래 장비가 공도를 구하러 가 보니 공도는 이미 하후연의 손에 죽은 뒤라, 장비가 힘을 다해서 하후연을 물리치고 다시 그 뒤를 쫓아가던 중에 악진이 군사를 거느리고 달려와서 장비는 도리어 포위를 당하고 말았던 것이다.

운장은 길에서 패군을 만나 그의 종적을 알고 찾아가서, 형세가 심히 위태롭던 차에 악진을 물리치고 장비와 함께 돌아와서 현덕을 보았다.

그러자 조조의 대대 인마가 뒤를 쫓는다는 보도가 있어서 현덕은 손건의 무리더러 가권을 보호해서 먼저 가라 이르고, 관우·장비·조운과 뒤에 처져서 일변 싸우며 일변 달아났다. 조조는 현덕이 멀리 가 버린 것을 보자 군사를 거두고 더 쫓지 않았다.

현덕의 패군이 천 명에도 차지 못하는데 천방지축 도망을 해서 어느 강가에 다다라, 그곳 사람을 불러 물어보니 한강(漢江)이라고 한다. 현덕은 그곳에다 임시로 영채를 세웠다.

그곳 사람들이 그가 바로 현덕임을 알자 술과 고기를 갖다가 바쳐서 모두들 강가 모래톱에가 앉아서 술들을 마시는데, 현덕이

문득 한숨을 지으며

"제군이 모두들 왕좌지재(王佐之才)[5]를 가지고 있으면서 다만 유비를 따르기가 불행이라, 내 명도(命途)가 군색해서 누가 제군에게까지 미쳤소그려. 오늘날 유비는 송곳을 꽂을 만한 땅조차 없으니 참으로 제군의 앞길을 그르칠까 두렵소. 제군은 왜 유비를 버리고 영명한 주인을 찾아가서 공명을 취하려 아니하오."

하고 말하니, 모든 사람이 다 낯을 가리고 운다.

운장이 있다가

"형님 말씀이 옳지 않습니다. 옛적에 고조께서 항우와 천하를 다투실 때 여러 차례 항우에게 패하셨으나, 뒤에 구리산(九里山) 한 번 싸움에 공을 이루시어 사백 년 기업을 열어 놓으셨던 것입니다. 승패(勝敗)는 병가지상사(兵家之常事)[6]인데 이처럼 낙심하셔서야 될 일입니까."

하고 위로하는데, 손건이 나서며

"성패(成敗)는 때가 있는 것이니 뜻을 상하셔서는 아니 됩니다. 이곳은 형주와 상거 멀지 않은데, 유경승이 앉아서 구군(九郡)을 거느리며 병정양족(兵精糧足)할뿐더러 또한 주공과 더불어 같은 한실 종친인데 주공께서는 왜 가서 의지해 보려 아니 하십니까."

하고 말한다.

현덕이

"다만 용납해 주지 않을 것이 염려될 뿐이오."

하니, 손건이

---

5) 능히 임금을 보좌할 만한 재주.
6) 싸움에 이기고 지는 것은 병가에 항용 있는 일이라는 뜻.

"제가 먼저 찾아가 경승을 잘 달래서 그로 하여금 지경 밖에 나와 주공을 모셔 들이도록 해 보겠습니다."

하고 말한다.

현덕은 크게 기뻐하여 즉시 손건을 시켜서 밤을 도와 형주로 가게 하였다. 손건이 형주에 이르러 유표를 들어가 보니, 인사가 끝나자 유표가 한마디 묻는다.

"공이 현덕을 따르더니 어찌하여 이곳에 오셨소."

손건이 말하였다.

"유 사군은 천하의 영웅이시니 비록 군사가 많지 못하고 장수가 적으나 뜻만은 사직을 붙들어 세우려 하고 계십니다. 그러므로 여남의 유벽과 공도가 일찍이 친교가 있었던 것도 아니건만 또한 죽음으로써 갚았던 것입니다. 명공께서는 유 사군과 다 같으신 한실 종친이십니다. 이번에 유 사군이 싸움에 패하시자 강동으로 가서 손중모에게 의지하려 하시기에 제가 외람되나마 이렇게 말씀을 여쭈었습니다. '친척을 버려두고 남한테로 가시는 것이 옳지 않습니다. 형주 유 장군께서는 어진 이를 예로써 대접하시며 능한 선비를 극진히 공경하시매 인재들이 모두 물이 동편으로 흐르듯 그분께로 돌아가는 터에 하물며 동종 간이시겠습니까.' 이로 말미암아 유 사군이 특히 저를 먼저 보내셔서 이 말씀을 사뢰게 한 것이니 명공께서는 부디 분부를 내리십시오."

유표가 크게 기뻐하며

"현덕은 내 아우요. 진작 서로 만나고 싶었건만 길이 없었는데 이번에 그처럼 내 생각을 하셨다니 그만 다행이 없소그려."

하고 말하는데, 채모가 나서서

"그것은 옳지 않소이다. 유비가 앞서는 여포를 따르다가 뒤에는 조조를 섬겼고 근자에는 또 원소에게 몸을 붙였는데 다 끝을 마치지 못하였으니 족히 그 위인을 짐작할 만하외다. 이제 만일 그를 받아들인다면 필경 조조가 치러 와서 우리는 애꿎게도 병란을 치러야 할 판이라, 그저 저자 손건의 머리를 베어 조조에게 보내는 것이 상책이니 그리고 보면 조조가 반드시 주공을 후대하오리다."

하고 손건을 흘끗 보며 참소를 한다.

손건은 정색하고 말하였다.

"나는 죽음을 두려워하는 사람이 아니오. 유 사군은 나라를 위해서 충성을 다하시는 분이니 조조나 원소·여포의 무리에게 비할 바가 아니라, 전자에 그들과 상종한 것은 부득이한 일이어니와 이제 유 장군은 한조 묘예(苗裔)로 동종지의(同宗之誼)가 있으심을 들으시고 천 리 밖에서 찾아오신 터에 그대는 어찌 참소하여 어진 이를 이처럼 투기하는 것이오."

유표는 그 말을 듣고 나자, 채모를 대하여

"내가 뜻을 이미 정했으니 여러 말 마라."

하고 꾸짖었다. 채모는 무색하여 한을 품고 나갔다.

유표는 드디어 손건에게 명하여 먼저 가서 현덕에게 보하게 하고, 일변 성에서 삼십 리 밖으로 친히 나가서 그를 영접하였다.

현덕이 유표를 만나 보는데 심히 공경하는 예를 취하니 유표도 또한 대접하기를 매우 후하게 하였다. 현덕은 관우·장비의 무리를 불러서 유표에게 절하고 뵙게 하였다. 유표는 드디어 현덕 일행을 청해서 함께 형주로 들어가 따로이 원택(院宅)을 정하고 거처하게 하였다.

 한편 조조는 현덕이 이미 형주로 가서 유표에게 의탁하였다는 말을 듣자 곧 군사를 거느리고 가서 치려고 하였다.
 그러나 정욱이 나서며
 "원소를 아직 멸하지 못했는데 이제 갑자기 형양을 치다가 만약에 원소가 북에서 다시 일어난다면 승부가 어찌 될지 모를 일이라, 이제 허도로 회군해서 군사를 기르느니만 같지 못하니 내년 봄에 날이 풀리기를 기다려 군사를 거느리고 나가서 먼저 원소를 파하고 다음에 형양을 취하고 보면 남북의 이(利)를 단번에 거둘 수가 있을 것입니다."
하고 말해서 조조는 그 말을 옳게 듣고 드디어 군사를 수습해서 허도로 돌아갔다.
 해가 바뀌어 건안 칠년 정월, 조조가 다시 의논을 하고 군사를 일으키는데 먼저 하후돈과 만총을 보내 여남을 지켜 유표를 막게 하고, 조인과 순욱을 남겨 두어 허도를 지키게 한 다음 친히 대군을 영솔하고 관도로 나아가 둔찰하였다.
 이때 한편 원소는 지난해부터 감기와 토혈 증세가 있던 것이 이제는 적이 차도가 있어서 여러 사람과 의논하고 허도를 치려고 하였는데, 심배가 있다가
 "지난해에 관도와 창정에서 패하여 사기가 떨치지 못하니 아직 방비를 굳게 하고 앉아서 군사와 백성의 힘을 기르는 것이 마땅할 것이외다."
하고 간해서, 한창 의논을 하고 있는 중에 문득 조조가 관도로 진

병하여 기주를 치려 한다는 보도가 들어왔다.

　원소가 듣고

"만약 적의 군사가 성 아래까지 오고 장수가 해자 가까지 이르기를 기다려 적을 막으려 든다면 일은 이미 늦는 것이니 내가 몸소 대군을 영솔하고 나가서 맞아야 할까 보다."

하고 말하니, 원상이

"부친께서 병환이 아직 쾌히 평복 못하셨는데 어떻게 원정을 하려 하십니까. 제가 군사를 거느리고 가서 적을 막아 보겠습니다."

하고 나선다.

　원소는 이를 허락하고 드디어 사람을 보내서 청주에서는 원담을 부르고 유주에서는 원희를 부르며 병주에서는 고간을 불러다가 사로 군사가 함께 조조를 치게 하였다.

　　　어제는 여남에서 전고(戰鼓)소리 요란터니
　　　오늘은 기북에서 마상 북이 울리누나.

　승패가 어찌 될 것인고.

원담과 원상이 기주를 가지고 다툴 때
허유는 조조에게 장하(漳河)를 틀 계책을 드리다

| *32* |

이때 원상은 사환을 죽인 뒤로 저의 용맹을 자부해서 원담 등의 군사가 이르기를 기다리지 않고 혼자서 군사 수만 명을 거느리고 여양으로 나가서 조조의 전대와 서로 만났다.

장료가 앞서 말을 달려 나와서 원상은 창을 꼬나 잡고 내달아 그와 싸웠으나, 삼 합이 못 되어 그의 창끝을 막아 낼 길이 없어 크게 패하여 달아났다.

장료가 승세해서 뒤를 몰아친다. 원상은 어찌할 도리가 없어서 그대로 군사를 끌고 급급히 도망쳐서 기주로 돌아와 버렸다.

원소는 원상이 패해서 돌아왔다는 말을 듣자 또 크게 놀라 구병(舊病)이 재발해서 피를 두어 말이나 토하고 혼절해 땅에 쓰러졌다. 유 부인이 황급히 그를 구원해서 내실로 담아다 뉘었으나 병세는 점점 더 위독할 뿐이다.

유 부인은 급히 심배와 봉기를 청해 들여 바로 원소의 와탑 앞으로 가서 후사를 의논하였다. 그러나 원소는 다만 손으로 가리킬 따름이요 말을 못하였다.

유 부인은 한마디 물었다.

"상으로 후사를 잇게 할까요."

원소는 머리를 끄덕끄덕하였다. 심배가 곧 원소의 와탑 앞에서 유촉(遺囑)을 썼는데, 원소는 한 소리 크게 부르짖더니 다시 피를 한 말 남짓이나 토하고는 죽어 버렸다.

후세 사람이 지은 시가 있다.

> 사세 삼공 자랑하는 명문에 태어나서
> 소년 시절부터 의기도 헌앙했네.
> 준걸 삼천 명을 좌우에 모아 놓고
> 영웅 백만 군사 수하에 두었건만
>
> 양질호피(羊質虎皮)[1]로서 공을 어이 이룰 것이며
> 봉모계담(鳳毛鷄膽)[2]으론 성사하기 어려워라.
> 생각해 볼수록 마음이 아프구나
> 가화(家禍)가 끝이 없어 형제에까지 미치다니.

원소가 죽자 심배의 무리가 상사(喪事)를 주장하였다.

유 부인은 그 즉시 원소가 사랑하던 첩 다섯 명을 모조리 죽여 버렸는데, 그들의 음혼(陰魂)이 저승에 가서 다시 원소와 만나게

---

1) 양의 바탕에 범의 가죽이라는 말로, 겉만 번지르르하고 속없는 것을 뜻한다.
2) 봉의 털에 닭의 쓸개라는 말로, 양질호피와 같은 뜻이다.

될 것이 두려워서 그들의 머리를 까까중을 만들고 얼굴을 알아볼 수 없게 만들었으며 그 시신에도 무수히 상처를 입혀 놓았다. 그의 투기가 이처럼이나 심악하였던 것이다.

원상은 또 총첩(寵妾)의 가족들이 후에 이를 알고 모해나 하지 않을까 두려워서 그들도 함께 잡아다가 죽여 버렸다.

심배와 봉기는 원상을 세워서 대사마장군을 삼아 기·청·유·병 사주목(四州牧)을 거느리게 하고 각처로 사자를 보내서 상사를 보하게 하였다.

이때 원담은 이미 군사를 거느리고 청주를 떠났는데 부친이 세상을 버린 것을 알고 즉시 곽도·신평과 의논하니, 곽도는

"주공이 기주에 계시지 않으니 심배와 봉기가 반드시 현보를 주인으로 세웠을 것이매 속히 가셔야만 합니다."

하고 말하고, 신평은

"심배·봉기 두 사람이 필시 미리 꾀를 정해 놓았을 것이니 이제 만일 무턱대고 갔다가는 반드시 화를 입고 마오리다."

하고 간한다.

"만약 그렇다면 대체 어떻게 해야 좋소."

하고 원담의 묻는 말에, 곽도가

"군사를 성 밖에 둔쳐 놓고 저편 동정을 보는 것이 좋은데, 제가 한 번 몸소 가서 살펴보겠습니다."

하고 말해서 원담은 그의 의견을 좇았다.

곽도가 드디어 기주에 들어가서 원상을 보고 예를 마치자, 원상이

"형님은 어째서 오시지 않았소."

하고 물어서, 곽도는

"병환이 나셔서 군중에 누워 계신 까닭에 오시지 못했습니다."
하고 대답하였다.

"내가 부친의 유명을 받들게 되어, 모두들 나를 주인으로 세우고 형님에게는 거기장군의 관작을 더 드리기로 하였거니와 지금 조조의 군사가 지경 밖에 와 있으니 형님이 전부가 되어 주시면 내가 곧 뒤따라 군사를 거느리고 접응할 생각이오."

"지금 군중에 좋은 계책을 의논할 사람이 없으니 심정남(審正南, 심배)과 봉원도(逢元圖, 봉기) 두 사람을 보내 주셨으면 도움이 되겠습니다."

"나 역시 이 두 사람을 데리고 조석으로 계책을 의논해야 하겠는데 어떻게 보내 준단 말이오."

"그러면 두 사람 중에 한 사람만이라도 보내 주시는 것이 어떻습니까."

곽도가 굳이 청해서 원상은 하는 수 없이 두 사람더러 제비를 뽑으라고 분부해서 뽑힌 사람이 가기로 하였는데 봉기가 뽑혔다. 원상은 즉시 봉기에게 명해서 인수(印綬)를 가지고 곽도와 함께 원담의 군중으로 가게 하였다.

봉기가 곽도를 따라 원담의 군중으로 가 보니 원담은 아무 병이 없었다. 그는 마음에 불안해하며 그에게 인수를 바쳤다.

원담은 대로해서 봉기를 참하려고 하였다. 그러나 곽도가 은밀히 눈짓하고

"지금 조조의 군사가 지경 밖에 와 있으니 아직 봉기를 이곳에 두시고 대접해서서 원상의 마음을 편안케 해 주시고, 조조를 물리

친 뒤에 다시 와서 기주를 가지고 다투더라도 늦지 않을 것입니다."

하고 간해서 원담은 그의 말을 좇아, 즉시 영채를 빼고 그곳을 떠나서 여양에 이르러 조조의 군사와 서로 대하였다.

　원담은 대장 왕소(王昭)를 내보내서 싸우게 하였다. 조조는 서황을 시켜서 적을 맞게 하였다.

　그러나 두 장수가 서로 싸워 두어 합이 못 되어서 서황이 한 칼에 왕소를 베어 말 아래 떨어뜨리자 조조의 군사가 승세해서 덮쳐드는 바람에 원담의 군사는 크게 패하였다.

　원담은 패군을 수습해 가지고 여양으로 들어가자 사람을 보내서 원상에게 구원을 청하였다.

　원상은 심배와 의논한 다음에 겨우 군사 오천여 명을 보내서 돕게 하였는데, 조조가 구원병이 오는 것을 탐지해 가지고 곧 악진과 이전을 시켜 군사를 거느리고 중로까지 마주 나가게 해서 양쪽에서 에워싸고 모조리 죽여 버렸다.

　원담은 원상이 구원병이랍시고 겨우 군사 오천을 보내 온 것과 그나마 중로에서 모조리 갱살(坑殺)당해 버린 것을 알고 크게 노하여 곧 봉기를 불러다 놓고 심히 꾸짖었다.

　봉기가 송구하여 하기를 마지않으며

　"장군은 부디 고정하십시오. 제가 주공께 글을 올려 우리 주공께서 몸소 구원하러 오시게 하오리다."

하고 빌었다. 원담은 즉시 봉기에게 편지를 쓰게 하고 사람을 기주로 보내 원상에게 전하게 하였다.

　원상이 심배와 의논을 하니, 심배의 말이

　"곽도가 꾀가 많은데 전자에 다투지 않고 그대로 간 것은 조조의 군사가 지경에 와 있기 때문입니다. 이제 만약 조조를 깨뜨리고 보면 그때는 반드시 와서 기주를 다투려고 할 것이니, 구원병을 내지 말고 조조의 손을 빌려서 없애 버리는 것이 상책입니다."

한다. 원상은 그의 말을 좇아서 군사를 내려고 하지 않았다.

사자가 돌아와서 보하자 원담은 대로하여 그 자리에서 봉기를 베어 버리고, 조조에게 항복하려 하였다.

이때 벌써 세작이 이 일을 알아 가지고 원상에게 가만히 보해서 원상은 심배와 의논한 끝에

"원담이 조조에게 항복을 하고 둘이 힘을 합해서 치러 오면 기주가 위태할 것이오."

하고 마침내 심배와 대장 소유(蘇由)를 남겨 두어 기주를 굳게 지키게 한 다음에 스스로 대군을 거느리고 여양으로 가서 원담을 구하기로 하였다.

원상이

"군중에 뉘 감히 전부가 될꼬."

하고 물으니, 대장 여광(呂曠)·여상(呂翔) 형제 둘이 가겠다고 자원해 나선다. 원상은 군사 삼만을 내어 주고 선봉이 되어 먼저 여양으로 나가게 하였다. 원담은 원상이 몸소 온다는 말을 듣고 크게 기뻐하여 마침내 조조에게 항복할 의논은 파의해 버렸다. 이리하여 원담은 성 안에 군사를 둔치고 원상은 성 밖에 군사를 둔쳐서 의각지세를 이루었다.

하루가 못 되어 원희와 고간이 모두 인마를 거느리고 성 밖에 이르러 세 곳에 군사를 둔쳐 놓고 매일 군사를 내어 조조와 싸우는데, 원상은 번번이 패하고 조조는 번번이 이겼다.

건안 팔년 이월에 조조가 길을 나누어 일제히 쳐서 원담·원희·원상·고간은 모두 대패하여 여양을 버리고 달아났다.

조조가 군사를 몰아 뒤를 쫓아서 기주에 이르매 원담과 원상은 성으로 들어가서 굳게 지키고 원희와 고간은 성 밖 삼십 리에 하채하고 허장성세하여 조조의 군사는 연일 성을 들이쳤으나 깨뜨리지 못하였다.

이를 보고 곽가가 하는 말이

"원씨가 장자를 폐하고 유자(幼子)를 세워서 형제간에 권력으로 서로 다투며 각기 당파를 세우니 급하면 서로 구원하고 급하지 않으면 서로 싸우는 형편이라, 이제 군사를 남쪽으로 돌려서 형주로 나가 유표를 치면서 원씨 형제 사이에 변이 일어나기를 기다리느니만 같지 못하니 변이 생긴 뒤에 들이친다면 단번에 평정해 버릴 수가 있을 것입니다."

한다.

조조는 그 말을 옳게 여겨 가후로 태수를 삼아서 여양을 지키게 하고 조홍으로 군사를 거느려 관도를 지키게 한 다음 조조는 대군을 영솔하고 형주를 바라고 나아갔다.

원담과 원상은 조조의 군사가 제풀에 물러간 것을 알고 서로 하례하였다. 원희와 고간은 각기 하직하고 본주로 돌아가 버렸다. 이때 원담은 수하 모사 곽도와 신평을 보고

"나는 장자건만 도리어 부업(父業)을 잇지 못하고 상은 계모 소생인데도 도리어 대작(大爵)을 이었으니 이런 원통할 데가 어디 있소"

하니, 곽도가 있다가

"제게 좋을 도리가 있습니다. 주공은 성 밖에 군사를 둔치시고 현보와 심배를 주석으로 청하셔서 저희가 이르거든 미리 도부수를 깔아 두었다가 죽이시면 대사를 정하실 수 있사오리다."
하고 말한다.

원담이 그 말대로 하려고 작정을 하였는데 마침 별가 왕수(王修)가 청주로부터 와서 원담이 이 계책을 이야기하였더니, 왕수가 정색을 하며

"형제란 좌우의 손과 같소이다. 이제 다른 사람과 싸우면서 자기의 오른손을 끊어 놓고 '내가 반드시 이긴다' 하고 말한다면 그게 될 일입니까. 대체 형제를 버려두고 친하지 않는다면 천하에 그 누가 친하려 할 것입니까. 저 참소하는 사람은 골육 간을 이간해서 한때의 이익을 보려는 것이니 부디 귀를 막고 들으려 마옵소서."
하고 간한다.

그러나 원담은 노해서 왕수를 꾸짖어 물리치고 사람을 보내서 원상을 청하였다. 원상이 심배와 의논하자, 심배는

"이것은 반드시 곽도의 계책일 것입니다. 주공이 만일 가셨다가는 반드시 간계에 빠지고 마실 것이니 이 기틀을 잡아 도리어 군사를 들어 치느니만 같지 못할까 보이다."
하고 말하였다.

원상은 그 말에 솔깃해서 곧 갑옷 입고 투구 쓰고 말에 올라 오만 군을 거느리고 성에서 나갔다.

원담은 원상이 군사를 거느리고 온 것을 보자 일이 그만 누설된 줄 짐작하고 저도 즉시 갑옷과 투구하고 말에 올라 원상과 싸

우러 나섰다.

원상이 원담을 보고 큰 소리로 욕을 퍼붓자, 원담도

"네가 아버님을 약 먹여 죽이고 작위를 찬탈하더니 이제는 또 형을 죽이려고 왔느냐."

하고 꾸짖었다.

두 사람은 친히 나서서 어우러져 싸웠는데 원담이 크게 패하였다. 원상은 몸소 시석(矢石)을 무릅쓰고 좌충우돌하며 그대로 들이쳤다. 이리하여 원담은 패군을 이끌고 평원으로 달아나 버리고 원상은 군사를 거두어 가지고 돌아갔다.

원담은 또다시 곽도와 진병할 일을 의논하고 잠벽(岑璧)으로 대장을 삼아 군사를 거느리고 앞으로 나갔다. 원상도 몸소 군사를 영솔하고 기주에서 나왔다.

양군이 서로 깃발을 휘날리고 북을 울리며 마주 대하여 진을 치고 나자 잠벽이 나서서 한바탕 꾸짖었다.

원상이 몸소 나가 싸우려 할 때 대장 여광이 칼을 춤추며 말을 몰아 나가서 잠벽에게 달려들었다. 두 장수가 서로 싸우기 두어 합이 못 되어 여광은 잠벽을 베어 말 아래 떨어뜨렸다.

원담의 군사는 또 패하여 다시 평원으로 달아났다. 심배가 권해서 원상은 군사를 그대로 몰아 평원까지 쫓아갔다. 원담은 그 형세를 당할 길이 없어 평원성 내로 물러 들어가자 굳게 지키고 나오지 않았다. 원상은 삼면으로 성을 에우고 쳤다.

원담이 곽도와 의논하니, 곽도가

"지금 성중에 양초는 적은데 저편 군사는 예기가 한창 성(盛)하니 도저히 당할 도리가 없습니다. 어리석은 생각에, 사람을 조조에게로 보내서 항복을 드리고 조조로 하여금 군사를 들어 기주를 치게 하는 것이 좋겠습니다. 그러면 원상이 반드시 기주를 구하러 돌아갈 것이매 장군이 군사를 몰아 협공하시면 원상을 사로잡을 수 있을 것이요, 만일에 조조가 원상의 군사를 쳐서 깨뜨리는 때에는 우리가 그 틈에 원상의 치중을 거두어 조조를 막는 것인데 조조의 군사는 멀리서 와서 양식이 달려 필연 제풀에 물러가고야 말 것이라, 우리는 그대로 기북을 차지하고 앉아 진취(進取)할 일을 도모하는 것이 좋지 않으리까."

하고 계책을 드린다.

원담이 그 말을 좇아서

"누구를 사자로 보냈으면 좋겠소."

하고 물으니, 곽도가

"신평의 아우 신비(辛毗)의 자는 좌치(佐治)인데 지금 평원령(平原令)으로 있거니와, 이 사람이 언변이 좋으니 그를 사자로 보내시는 것이 좋을 듯하오이다."

하고 말한다.

원담은 즉시 신비를 불렀다. 신비는 흔연히 왔다. 원담은 글을 써서 신비에게 주고 군사 삼천을 내어 그를 지경 밖까지 호송하게 하였다. 신비는 그 길로 서신을 가지고 밤을 도와 조조를 보러 갔다.

이때 조조는 서평에 군사를 둔쳐 놓고 유표를 치려 하고 있었다. 유표가 현덕으로 전대를 삼아 군사를 거느리고 나가서 조조의 군사를 맞게 하였는데 양군이 미처 맞붙어 싸우기 전에 신비가 조조의 영채에 이르렀다.

신비가 조조를 들어가 보고 예를 마치자, 조조가 그의 온 뜻을 물어서 신비는 원담이 구원을 청하는 뜻을 갖춰 말하고 원담의 글월을 올렸다.
　조조가 글을 보고 나서 신비를 영채 안에 머물러 있게 한 다음, 문관·무장을 모아 놓고 이 일을 의논하니 정욱은
　"원담이 원상의 공격이 하도 급한 통에 부득이 항복하는 것이니 그 말을 믿을 수가 없소이다."
하고 말하고, 여건과 만총도
　"승상께서 이미 군사를 거느리시고 예까지 오신 터에 어찌 다시 유표를 버리고 원담을 도와주실 법이 있겠습니까."
하고 말하는데, 이때 순유가 나서며
　"세 분의 말씀이 옳다고 못하겠습니다. 이 사람의 어리석은 생각에는, 천하가 지금 다사한 때 유표가 강(江)·한(漢)³⁾ 사이에 편히 앉아서 감히 한 번 발을 뻗어 보려고 아니 하니 그에게 천하를 경륜해 보려는 뜻이 없음을 가히 알 수 있습니다. 그런데 원씨로 말하면 사주(四州)를 웅거하여 대갑(帶甲)⁴⁾이 수십만이니 만일 두 아들이 화목해서 함께 지켜 업을 이루고 볼 말이면 천하의 일을 누가 알겠습니까. 이제 저희 형제가 서로 싸우다가 형세가 궁해서 투항해 온 이 기회를 타서 우리가 군사를 들어 먼저 원상을 없애고 뒤에 변이 생기는 것을 보아 원담까지 멸하고 보면 천하를 가히 정할 수 있는 것이니 이 기회를 잃으셔서는 아니 됩니다."
하고 말한다.

---

3) 양자강과 한수.
4) 갑옷 입은 군사. 갑병(甲兵)과 같다.

조조는 크게 기뻐하여 그 길로 신비를 청해다가 함께 술을 마시며

"원담의 항복이 참이요 거짓이오. 또 원상의 군사가 치면 과연 꼭 이길 수가 있겠소."

하고 물었다.

신비는 이에 대답하여 말하였다.

"명공께서는 참이냐 거짓이냐 하고 물으실 것 없이 다만 그 형세를 논해 보시면 아실 일입니다. 원씨가 여러 해를 두고 싸움에 패하여 군사는 밖에서 지치고 모사는 안에서 죽었으며 형제가 이간질에 틈이 벌어져 나라가 두 쪽으로 나뉜 데다 또 흉년이 겹쳐 들어 백성의 형편이 말이 아니라, 현명한 자나 우매한 자를 막론하고 다들 토붕와해(土崩瓦解)[5]할 것을 알고 있으니 이는 곧 하늘이 원씨를 멸하시는 때입니다. 이제 명공께서 군사를 들어 기주를 치시는데 원상이 군사를 돌려 구하지 않은즉슨 제 소굴을 잃을 것이요, 만약에 군사를 들어서 구하려 든즉슨 원담이 바로 그 뒤를 쫓아서 엄습할 것입니다. 명공의 위엄으로써 피폐한 무리들을 치시기란 마치 세찬 바람이 가을 나뭇잎을 쓸어버리는 것 같을 텐데 이를 도모하려 아니 하시고 형주를 치려 하시니, 형주는 유족한 고장으로서 경내가 화평하고 백성은 따르는 터이라 좀처럼 요동하지 않을 것이요, 항차 천하의 근심이 하북보다 더 큰 것이 없어서 하북만 평정하고 보면 패업은 절로 이루어지는 것이니 부디 명공께서는 이를 살피시오소서."

---

5) 흙이 무너지고 기왓장이 깨어진다 함이니, 사물(事物)이 근본으로부터 무너져 어지러운 것을 뜻한다.

조조는 크게 기뻐하여

"신좌치와 서로 만나기가 늦은 것이 한이로군."

하고, 그날로 군사를 재촉하여 돌아가 기주를 취하기로 하였다.

현덕은 조조에게 무슨 꾀가 있을까 두려워서 감히 뒤를 쫓지 못하고 군사를 거두어 형주로 돌아가 버렸다.

한편 원상은 조조의 군사가 황하를 건넌 것을 알고 황황히 군사를 거두어 기주로 돌아오는데 여광·여상에게 명해서 뒤를 끊게 하였다.

원담은 원상이 퇴군하는 것을 보자 곧 평원의 군마를 모조리 일으켜 가지고 뒤를 쫓았다. 그러자 수십 리를 미처 못 가서 호포 소리가 한 번 울리더니 양군이 일제히 내닫는데 좌편은 여광이요 우편은 여상이라 형제 두 사람이 원담의 앞을 딱 가로막는다.

원담은 말을 세우고 두 장수를 대하여

"선친께서 생존해 계실 때 내가 일찍이 두 장군을 홀대한 일이 없는데 이제 어찌하여 내 아우 편을 들어서 이처럼 나를 핍박하오."

하고 말하였다.

두 장수는 그 말을 듣자 곧 말에서 내려 원담에게 항복하였다. 원담은

"내게 항복을 할 것이 아니라 조 승상께 항복을 하오."

하고 말하였다.

두 장수는 이리하여 원담을 따라서 영채로 돌아왔는데, 원담이 조조의 군사가 당도하기를 기다려 두 장수를 데리고 조조를 가 보니 조조는 크게 기뻐하여 원담에게 딸을 주마고 허락하고 즉시 여광과 여상에게 중매를 서라고 분부하였다.

원담은 조조에게 기주를 치라고 청하였다. 조조는

"지금 양초가 뒤를 대지 못하는데 운반하기가 곤란하니, 내가 황하를 건너고 기수를 막고 백구(白溝)로 들어가 군량을 운반할 길을 통한 다음에 진병할 생각이네."

하고 원담더러 아직 평원에 머무르라고 이른 다음, 자기는 군사를 거느리고 여양으로 물러가서 둔치고, 여광과 여상으로 열후를 봉해서 군중에 머물러 있어 명령을 듣게 하였다.

이때 곽도는 원담을 보고

"조조가 제 딸을 주공께 드리겠다고 하였지만 그것은 아무래도 진정이 아닐 것 같고, 이제 또 여광과 여상을 열후로 봉해서 군중에 데리고 있으니 이는 곧 하북 사람들의 마음을 농락하는 것이라, 뒤에 반드시 우리에게 화가 되고 말 것이니 주공은 장군인(將軍印) 두 개만 새겨서 사람을 시켜 남몰래 여광·여상에게 보내 주시고 내응이 되게 하신 다음 조조가 원상을 깨뜨리고 나기를 기다려서 기회를 보아 도모하도록 하십시오."

하고 말하였다.

원담은 그의 말을 좇아서 드디어 장군인 두 개를 새겨 남모르게 두 사람에게 보내 주었는데, 여광 형제는 받고 나자 그 길로 장군인을 가지고 조조에게로 가서 품하였다.

조조는 껄껄 웃으며

"원담이 남몰래 인을 보낸 것은 그대들로 내응을 삼아서 내가 원상을 파하고 나기만 하면 그때는 나를 도모해 보자는 겔세. 그냥들 받아 두어라. 내게 다 생각하는 바가 있다."

하고 이때부터 그는 바로 원담을 죽일 생각을 품게 되었다.

한편 원상이는 심배를 더불어 상의한다.

"지금 조조 군사가 양초를 운반하여 백구로 들여온다 하니 이는 반드시 기주를 치기 위함이라, 대체 어떻게 했으면 좋겠소."

심배가 계책을 드린다.

"격문을 띄워 무안장(武安長) 윤해(尹楷)더러 모성(毛城)에 둔치고서 상당(上黨)의 운량할 길을 통하게 하라 하시고, 저수의 아들 저곡(沮鵠)더러 한단을 지켜 멀리서 성원하게 하신 다음, 주공은 군사를 거느리고 평원으로 나가셔서 급히 원담을 치십시오. 먼저 원담부터 없애 놓고 다음에 조조를 깨뜨리는 것이 상책입니다."

원상은 크게 기뻐하여 심배를 남겨 두어 진림과 함께 기주를 지키게 하고, 마연·장개 두 장수로 선봉을 삼아서 밤을 도와 군사를 일으켜 평원을 치러 갔다.

원담은 원상의 군사가 가까이 이른 것을 알고 조조에게 급보를 띄웠다. 조조가

"내 이번엔 꼭 기주를 수중에 거두고 말지."

하며 좌우를 돌아보고 이야기하는 중에 마침 허유가 허창에서 돌아왔다.

그는 원상이 또 원담을 친다는 말을 듣자 조조를 들어가 보고

"승상은 예서 편히 앉아 이곳을 지키고만 있으니, 하늘에서 벼락을 내려 원가 형제를 때려죽이기만 고대하고 계신 거요, 뭐요."

하고 한마디 하였다. 조조는 웃으면서

"내 이미 생각을 정했소."

하고 드디어 조홍에게 분부해서 먼저 군사를 거느리고 나가 기주를 치게 한 다음, 조조 자기는 몸소 일군을 영솔하고 윤해를 치

러 갔다.

조조의 인마가 자기 지경에 이른 것을 보고 윤해는 곧 군사를 거느리고 나와서 맞았다. 윤해가 진전에 나오자 조조는

"허중강이 어디 있는고."

하고 부르니, 소리에 응하여 허저가 나서며 말을 놓아 바로 윤해를 취하였다. 윤해가 미처 손도 놀려 보지 못하고 허저의 칼에 맞아 말 아래 떨어지자 수하의 무리들은 그대로 무너졌다.

조조는 그들을 모조리 항복받은 다음에 즉시 군사를 돌려 한단을 취하였다.

저곡이 군사를 거느리고 나와서 맞자 장료는 곧 내달아 저곡과 취하였다. 서로 싸우기 삼 합이 못 되어 저곡이 크게 패해서 달아나자 장료는 그 뒤를 쫓았다.

두 말의 상거가 멀지 않아서 장료는 곧 활을 들어 쏘았다. 저곡이 시위 소리에 응해서 말 아래 떨어진다. 조조가 군마를 휘동해서 그 뒤를 몰아치자 수하의 무리들은 다 흩어져 도망해 버렸다.

이에 조조는 대군을 영솔하고 기주로 나아갔다. 조홍은 이미 성 아래까지 들어가 있었다. 조조는 삼군에 영을 내려 성을 둘러서 토산을 쌓아 올리게 하고 또 몰래 땅 밑으로 굴을 파서 치게 하였다.

이때 심배가 계책을 써서 성을 굳게 지키며 법령이 자못 엄했는데, 동문을 지키는 장수 풍예(馮禮)가 술이 취해 가지고 순경(巡警)을 게을리 해서 심배가 톡톡히 책망을 했더니, 풍예는 여기 원한을 품고 몰래 성에서 빠져나가 조조에게 항복하고 말았다.

조조가 그에게 성을 깨칠 계책을 묻자, 풍예가

"돌문(突門) 안이 흙이 두터워서 굴을 파고 들어갈 수가 있소이다."

하고 말한다.

조조는 즉시 풍예더러 장사 삼백 명을 데리고 가서 깊은 밤에 땅굴을 파고 들어가라고 명하였다.

한편 심배는 풍예가 나가서 항복한 뒤로 매일 밤 친히 성 위에 올라 군마를 검열해 오는데, 이날 밤 돌문 다락 위에서 바라보니 성 밖에 등불이 켜 있지 않다.

심배는 '풍예가 반드시 땅굴을 파고 들어오는 게다' 하고 급히 군사를 불러서 돌을 날라다가 갑문(閘門)을 쳐 내리게 하였다. 문이 닫히며 풍예와 삼백 명 장사들은 다 굴 속에서 죽어 버렸다. 조조는 이처럼 낭패를 한 번 보고는 드디어 굴을 파고 들어갈 계책을 파해 버리고 원수(洹水) 가로 군사를 물린 다음에 원상이 회군하여 돌아오기를 기다렸다.

이때 원상은 평원을 치고 있다가 조조가 이미 윤해와 저곡을 격파하고 대군으로 기주를 에워싸고 친다는 말을 듣자 곧 회군하여 기주를 구하려고 마음먹었는데 부장 마연이 있다가

"만약 대로로 가다가는 반드시 조조의 복병이 있을 것이니 소로를 취하여 서산으로 해서 부수구(滏水口)로 나가 조조의 영채를 들이치면 기주성의 포위를 반드시 풀 수 있사오리다."

하고 말해서, 원상은 그 의견을 좇아서 몸소 대군을 거느리어 앞서 나가고 마연에게 영을 내려 장개와 함께 뒤를 끊게 하였다.

어느 틈에 세작이 이 일을 조조에게 가서 보하여, 조조는

"제가 만약 대로상으로 온다면 내가 마땅히 피해야 하겠지만 만

약 서산 소로로 해서 온다면 한 번 싸움에 가히 사로잡을 수 있을 것이다. 내가 요량하건대 원상이 반드시 불을 들어서 군호를 삼아 성중으로 하여금 접응하게 할 것이매 내 마땅히 군사를 나누어 치도록 하리라."

하고 제반 분별을 해 놓았다.

이때 원상이 부수 계구(界口)로 나와 동쪽으로 양평에 이르러 군사를 양평정에 둔쳐 놓으니, 이곳은 기주에서 상거가 십칠 리라 한편으로 부수 강물을 끼고 있었다.

원상은 군사들을 시켜서 나무와 마른 풀을 쌓아 놓고 밤에 불을 질러 군호를 삼게 하고, 주부 이부(李孚)에게 분부하여 조군(曹軍) 도독(都督)으로 가장하고 바로 성 아래로 들어가서

"문 열어라."

하고 큰 소리로 외치게 하였다.

심배가 그의 음성을 알아듣고 성중으로 끌어들이자, 이부는

"주공이 이미 양평정에 군사를 둔쳐 놓고 접응하기를 기다리고 계시니 만약에 성내 군사가 나올 때는 역시 불을 들어 군호를 삼도록 하오."

하고 말하였다.

심배는 곧 성중에 마른 풀을 쌓아 놓고 불을 놓아서 소식을 통하게 하였는데, 이부가 다시

"성중에 양식이 없으니 늙은 것 어린 것에 패잔병과 부녀들을 내보내서 항복을 하게 하면 제가 필시 방비하지 않을 것이니, 우리는 백성의 뒤를 이어 군사를 내서 치도록 하십시다."

하고 계책을 내서, 심배는 그의 말 대로 그 이튿날 성 위에 '기주

백성 투항'이라고 쓴 흰 기를 세워 놓았다.

이것을 보고 조조는

"이는 곧 성중에 양식이 없어서 노소 백성을 내보내 항복을 드리게 하는 것인데 그 뒤로는 반드시 군사가 따라 나올 것이다."

하고 장료와 서황에게 영을 내려 각기 삼천 군마를 거느리고 양편에 매복하게 한 다음, 그는 몸소 말 타고 휘개를 뻗치고 성 아래로 갔다.

과연 성문이 열리더니 백성이 늙은이를 부축하고 어린이를 끌면서 손에 흰 기들을 들고 나오는데, 백성이 다 나왔을까 말까 해서 성내 군사들이 뛰어나왔다.

그러나 조조가 홍기를 한 번 휘두르게 하자 장료와 서황의 양로병이 일제히 내달아 들이쳐서 성내 군사들은 다시 성으로 쫓겨 들어갈 수밖에 없었다.

조조는 몸소 말을 달려서 뒤를 쫓아 조교 가까이 갔는데 성중에서 쇠뇌와 화살이 비 퍼붓듯 해서 살 한 개가 조조의 투구에가 맞아 하마터면 그 꼭대기를 꿰뚫을 뻔하였다. 여러 장수들은 급히 그를 호위해 가지고 진으로 돌아갔다.

조조는 옷 갈아입고 말 갈아 타고 여러 장수들을 데리고서 원상의 영채를 가서 쳤다. 원상이 몸소 대적하러 나섰다. 이때 각로 군마가 일제히 짓쳐 들어와서 양군은 혼전한 끝에 원상은 크게 패하였다.

그는 패병을 이끌고 서산으로 물러가서 하채한 다음 사람을 보내서 마연·장개의 군사를 빨리 불러 오게 하였다.

그러나 누가 알았으랴. 조조가 벌써 여광·여상이를 시켜 두 장수를 초안(招安)해서 마연과 장개는 여가 형제를 따라와 항복을 하고 조조는 그들도 열후를 봉해 주었던 것이다.

조조가 그날로 군사를 거느리고 나가 서산을 치는데 먼저 여광·여상과 마연·장개를 시켜 원상의 양도(糧道)를 끊게 하였다.

원상은 서산을 지켜 낼 수 없을 줄 밝히 알고 밤에 남구(濫口)로 달아났다. 그러나 미처 영채도 다 세우기 전에 사면에서 화광이 일시에 일어나며 복병이 일제히 내달아서, 사람은 미처 갑옷을 입지 못하고 말에는 미처 안장을 지우지 못한 채 원상의 군사는 여지없이 무너지고 말았다. 원상은 오십 리 밖까지 쫓겨나가자 그만 세궁역진하여 하는 수 없이 예주자사 음기(陰夔)를 조조의 영채로 보내서 항복을 받아 달라고 청하게 하였다.

조조는 짐짓 이를 허락해 주고는 그 밤으로 장료와 서황을 시켜 그 영채를 들이치게 하였다. 원상은 인수·절월·의갑·치중을 모조리 내버린 다음 중산(中山)을 바라고 도망하였다.

조조는 군사를 돌려 기주를 쳤다. 이때 허유가

"어찌하여 장하(漳河)의 물을 터서 성에다 대지 않소."

하고 계책을 드렸다. 조조가 그 계책을 옳게 여겨 먼저 군사를 보내서 성 밖에다 해자를 파게 하니 주위가 장히 사십 리다.

심배가 성 위에서 바라보니 조조의 군사가 성 밖에서 해자를 파고 있는데 파 놓은 것이 그다지 깊지 않았다. 심배는 속으로 '이것은 장하의 물을 터 가지고 성에다 대자는 것인데, 해자가 깊어야 성이 물에 잠기지 저렇게 얕아 가지고야 무슨 짝에 쓰겠느냐' 하고 웃고 드디어 아무 방비를 하지 않았는데, 이날 밤 조조가 군사를 열 배나 더 늘려 힘을 다해서 밤을 도와 파게 하니 날이 훤히 밝을 무렵에는 해자의 폭과 깊이가 두 길이라, 장하의 물을 끌어다가 대니 성중의 수심이 수 척이나 된다. 게다가 또 군량이 떨어져서 군사들이 모두 굶어 죽는 형편이었다.

이때 신비가 성 밖에서 원상의 인수와 의복을 창끝에 달아 가지고 성 안에 있는 사람들을 항복하라고 꾀었다. 심배는 대로해서 신비의 가족 노소 팔십여 명을 모조리 성 위에서 목을 잘라 그 머리를 성 아래로 내쳤다. 신비는 이것을 보고 울부짖기를 마지 않았다.

심배의 조카 심영(審榮)이 본래 신비와 교분이 두터웠는데 이때 신비의 가족들이 도륙을 당하는 것을 보자 분함을 이기지 못하여 마침내 가만히 성문을 바치는 글월을 써서 화살에다 매어 성 아래로 쏘아 내렸다.

군사가 주워다가 신비에게 바치자 신비가 다시 그 글을 가져다 조조에게 바치니 조조는 곧 영을 내리되

"만일 기주에 들어가거든 원씨 일문의 노소들을 살해하지 말며 군사나 백성이나 항복하는 자는 모두 죽음을 면케 하라."
하였다.

이튿날 날이 밝자 심영은 서문을 크게 열고 조조 군사들을 성내로 들어오게 하였다. 신비가 말을 달려 먼저 들어가고 장수들이 그 뒤를 따라서 기주성으로 짓쳐 들어갔다.

심배는 이때 동남편 성루 위에 있다가 조조의 군사가 어느 결에 성중에 들어온 것을 보자 곧 오륙 기를 데리고 성에서 내려와 죽기로써 싸우는 중에 바로 서황을 만나서 심배는 서황에게 생금되고 말았다.

그가 묶여서 성 밖으로 끌려 나오는데 길에서 신비를 만나니, 신비는 이를 북북 갈며 채찍을 들어 심배의 머리를 후려갈기고

"이 육시를 할 놈. 네가 오늘은 죽는구나."

하고 소리쳤다.

심배는 소리를 가다듬어

"이 역적놈. 조조를 끌어들여 우리 기주를 함몰하게 하다니, 내가 네놈을 죽이지 못하는 것이 한이다."

하고 꾸짖었다.

서황이 심배를 압령해 가지고 조조에게로 가자, 조조는 심배에게

"너는 성문을 열어 나를 맞아들인 자가 누군 줄을 아느냐."

하고 물었다.

"모른다."

하고 심배가 대답하자, 조조는

"바로 네 조카 심영이가 문을 열어 주었느니라."

하고 일러 주었다.

뜻밖의 말을 듣고서 심배는

"어린 자식의 못된 행실이 예까지 이르렀단 말인가."

하고 노하는데, 조조가

"전일에 내가 성 아래에 이르렀을 때 성내에 웬 쇠뇌와 화살이 그리도 많았느냐."

하고 다시 한마디 하니, 심배는

"적었던 게 한이다. 적었던 게 한이야."

하고 괴탄하였다.

조조는 문득 말투를 고쳐서

"그대가 원씨에게 충성을 다하려니 부득불 그래야 했겠지만, 이제는 내게 항복하는 게 어떨꼬."

하고 물으니, 그래도 심배는 굴하지 않고

"항복 못하겠다. 항복 못하겠다."

하고 소리칠 때, 신비가 땅에 엎드려 조조에게 절하고 울면서

"제 가솔 팔십여 명이 이 도적놈의 손에 모조리 죽고 말았으니 승상께서는 이놈을 죽이셔서 제 한을 풀어 줍시오."

하고 청하였다.

심배는 태연히 말하였다.

"내가 살아서는 원씨의 신하가 되고 죽어서는 원씨의 귀신이 되는 것이니 어찌 너처럼 남을 참소나 하고 권세에 아부나 하는 도적놈과 같으랴. 어서 내 목을 베어라."

조조는 그를 끌어내게 하였는데 처형당하는 마당에서 심배는 회자수(劊子手)[6]를 꾸짖어

"내 주인이 북쪽에 계시니 네가 나를 남쪽을 보고 죽게 하지 못하리라."

하고 마침내 북쪽을 향해서 꿇어앉아, 목을 늘이고 칼을 받았다.

후세 사람이 탄식해서 지은 시가 있다.

    하북에 명사들이 비록 많다 이르지만
    심정남(審正南) 같은 이가 어디 또 있을쏘냐.
    주인이 암매(暗昧)하여 몸은 비록 죽었으나

---

6) 군문(軍門)에서 사형을 집행하던 사람. 망나니.

마음은 고인(古人) 따라 만고에 빛나리.

충직할손 그의 언사 감추는 법이 없고
청렴할사 그의 뜻은 탐낼 줄을 몰랐구나.
죽음에 임해서도 오히려 북면(北面)하니
항복한 무리들이야 무슨 낯을 들어 보랴.

심배가 죽자 조조는 그의 충성과 의기를 어여삐 여겨 기주성 북쪽에다 장사지내 주게 하였다.

여러 장수들이 조조에게 입성하기를 청해서 조조가 바야흐로 일어나려 할 때 문득 도부수들이 한 사람을 끌고 들어 왔다. 보니 바로 진림이다.

조조는 그를 보고 한마디 하였다.

"네가 전자에 본초를 위해서 격문을 초할 때 단지 내 죄상만 들면 그만이지 욕이 어째서 내 부여조(父與祖)에까지 미치게 했단 말이냐."

진림이 대답한다.

"화살이 시위 위에 가 있고서 어찌 나가지 않을 수가 있겠소."

좌우는 조조에게 그를 죽이라고 권하였다. 그러나 조조는 그의 재주를 아깝게 생각해서 사를 내리고 종사를 삼았다.

이때 조조의 장자 조비(曹丕)의 자는 자환(子桓)이니 당년 십팔 세다. 조비가 세상에 태어날 때 보랏빛 구름 한 장이 거개처럼 둥그렇게 그 방을 덮고 있어 종일 흩어지지 않았는데, 천문에 밝은 자가 가만히 조조를 보고

"이것은 천자의 기운이라 하는 것이니 자제는 장래 형언할 수

없이 귀히 되시오리다."
하고 말하였다.

조비가 나이 여덟 살에 능히 글을 지었고 남다른 재주를 가졌으며 널리 고금에 통하고 또한 말 잘 타고 활 잘 쏘며 칼 쓰기를 좋아하였다.

조조가 기주를 깨치던 날, 조비는 부친을 따라 군중에 있다가 먼저 호위병을 거느리고 바로 원소의 집으로 가 말에서 내리자 칼을 빼어 손에 들고 들어갔다.

한 장수가 있다가

"어떠한 사람이고 원소 부중에는 들어가지 못하게 하라고 승상께서 분부가 계셨소이다."
하고 막았으나, 조비는 그를 꾸짖어 물리친 다음에 칼을 들고 후당으로 들어갔다.

보니, 웬 부인 둘이 서로 부둥켜안고 섧게 울고 있다가 조비는 잡담 제하고 앞으로 나아가 한 칼에 그들을 죽이려 하였다.

　　사세공후(四世公侯)가 이젠 꿈이 되었는데
　　일가골육(一家骨肉)이 또 재앙을 만났구나.

그들의 목숨이 어찌 될 것인고.

조비는 난리를 타서 견씨에게 장가들고
곽가는 계책을 남겨 두어 요동을 정하다

| 33 |

 이때 조비가 두 부인이 울고 있는 것을 보고 칼을 들어 죽이려고 하는데, 홀지에 붉은 광채가 눈을 쏘아 드디어 칼을 멈추고
 "너희가 누구냐."
하고 물으니, 한 부인이 있다가
 "첩은 바로 원 장군의 아내 유씨외다."
하고 대답한다.
 "이 사람은 누구요."
하고 조비가 다시 물으니, 유씨의 말이
 "이애는 둘째 아들 희의 처 견씨(甄氏)랍니다. 희가 유주를 나가 지키는데 견씨가 멀리 가는 것을 좋아 아니 해서 그대로 여기 남아 있었던 것이오이다."
한다.

조비가 그 여인의 팔을 잡아 일으켜 보니, 머리는 산발을 하였고 얼굴에는 울어 앙괭이를 그렸는데 조비가 옷소매로 그의 얼굴을 씻어 준 다음 턱을 받혀 자세히 보니, 견씨가 살결은 옥 같고 용모는 꽃 같아서 경국지색(傾國之色)[1]이었다.

조비는 마침내 유씨를 대하여

"나는 곧 조 승상의 아들이오. 내가 부인의 집안을 보전하도록 해 줄 터이니 아무 걱정 마오."

하고 말하고 칼을 안고 당상에 앉았다.

이때 조조가 여러 장수들을 통솔하고 기주성으로 들어오는데 막 성문을 들어서려 할 때 허유가 말을 달려 앞으로 오며 조조를 불렀다.

"아만(阿瞞, 조조의 아명)아. 네가 나를 얻지 않았으면 어찌 이 문을 들어가 보겠니."

그 말에 조조는 껄껄 웃었으나 여러 장수들은 이 말을 듣고 다들 언짢아하였다.

조조는 원소의 부문(府門) 앞에 이르러

"이 문으로 누구 들어간 사람이 있느냐."

하고 물었다.

"세자께서 안에 계십니다."

---

1) 나라를 기울어지게 할 만큼의 미인. 한 무제 때 이연년(李延年)은 "北方有佳人 絶世而獨立 一顧傾人城 再顧傾人國 寧不知傾城與傾國 佳人難再得(북쪽에 어여쁜 사람이 있어 세상에서 떨어져 홀로 서 있네. 한 번 돌아보면 성을 위태롭게 하고 두 번 돌아보면 나라를 위태롭게 한다. 어찌 경성이 위태로워지고 나라가 위태로워지는 것을 모르리요만 어여쁜 사람은 다시 얻기 어렵도다)"라는 시를 지어, 무제 앞에서 절세미인인 자기 누이동생을 자랑하였는데, 이 시에서 '경국지색'이라는 말이 연유하였다.

하고 문을 지키는 장수가 아뢴다.

조조가 곧 조비를 불러내어 꾸지람을 하는데, 유씨가 나와 절하며

"세자가 아니셨다면 첩의 집을 보전할 수 없었을 것이옵니다. 바라옵건대 견씨로 세자의 기추(箕帚)[2]를 잡게 하여 주시오."

하고 말한다. 조조가 불러 오라고 해서 견씨가 그의 앞에 나와 절하고 뵈니, 조조는 보고 나서

"참으로 내 며느리로고"

하고 드디어 조비에게 분부해서 아내를 삼게 하였다.

조조가 기주를 완정하고 나자 친히 원소의 무덤을 찾아가서 제물을 차려 놓고 분향재배한 후 곡을 올리는데 그 울음이 심히 애절하였다. 그는 사람들을 돌아보며

"옛날에 내가 본초와 함께 군사를 일으켰을 때 본초가 나더러 '만약 일이 잘 안 되는 때에는 그대는 어디다 근거를 삼고 해 보시려오' 하고 물었소. 내가 '족하는 어떻게 하시려오' 하고 되물었더니 본초의 말이 '남으로 하북에 웅거하여 연(燕)·대(代)를 막고 사막의 무리를 아우른 다음에 남으로 향하여 천하를 다툰다면 대개 성사할 수 있지 않을까' 하기에, 나는 '내 천하의 지모 있는 이들을 모아 정도(正道)로써 어거한다면 아니 될 일이 없을 것이오' 하고 대답했었는데, 이 말이 바로 어제 같건만 지금에 본초는 이미 세상을 떠나고 없으니 내 어찌 아니 울 수가 있겠소"

하고 말하였다.

---

[2] 쓰레받기와 비. '기추를 잡는다(執箕帚)' 혹은 '기추를 받든다(奉箕帚)'는 것은 남의 아내가 된다는 뜻이다.

여러 사람이 다들 탄식하였다.
조조는 원소의 아내 유씨에게 금백과 양미(糧米)를 보내 주었다. 그리고 그는 영을 내려서

"하북 백성이 병난을 겪었으매 금년 조세와 부역을 모조리 면해 주리라."

하고 일변 표를 써서 조정에 올리고 자기 스스로 기주목을 거느렸다.

어느 날 허저가 말을 달려 동문으로 들어가다가 허유를 만났는데, 허유가 허저를 불러

"너희들이 내가 없었다면 어떻게 이 문을 드나들어 보았겠느냐."

하고 같잖은 수작을 해서, 허저가 골을 내며

"우리가 천생만사(千生萬死)해서 몸을 돌아보지 않고 죽기로 싸워 빼앗은 성지인데 네가 어떻게 공을 자랑한단 말이냐."

하였더니, 허유가

"너희들이야 다 하잘것없는 놈들인데 족히 말할 게 있느냐."

하고 욕을 한다.

허저는 대로해서 칼을 빼어 허유를 죽인 다음에 그 머리를 들고 조조에게로 가서

"허유가 그렇듯 무례하기에 내가 죽였습니다."

하고 보하였다. 조조는

"자원은 내 옛 친구라 그래 농으로 한 말인데 어째서 죽였노."

하고 허저를 깊이 책망하며 허유를 후히 장사지내 주게 하였다.

조조가 사람을 시켜서 기주 땅의 어진 선비들을 두루 알아보게 하였더니, 백성의 말이

"기도위(騎都尉) 최염(崔琰)의 자는 계규(季珪)로서 청하(淸河) 동무성(東武城) 사람인데 전에 여러 차례나 원소에게 계책을 드렸으나 원소가 들어주지 않아서 그로 인해 병을 칭탁하고 집에 있소이다."
한다.

조조가 즉시 최염을 불러다가 본 고을의 별가종사를 삼고, 이야기 끝에

"어제 이 고을 호적을 알아보았는데 도합 삼십만 명이나 되니 가위 큰 고을이라고 하겠습니다."
하고 말하니, 최염이

"지금 천하가 나뉘고 구주가 조각조각이 난 데다가 원씨 형제가 서로 다투어서 기주 백성이 들에다가 해골을 드러내 놓고 있는 터에, 승상이 풍속(風俗)을 물어 그들을 도탄에서 급히 구해 주려고는 아니 하시고 먼저 호적부터 따지시니 어찌 이 고을 백성이 명공께 바라는 바겠습니까."
하고 말한다.

조조는 그 말을 듣자 정색을 하고 사례하며 그를 상빈으로 대접하였다.

조조는 기주를 완정한 뒤에 사람을 보내서 원담의 소식을 알아오게 하였다.

이때 원담은 군사를 데리고 감릉·안평·발해·하간 등지를 돌며 노략질을 일삼고 있다가 원상이 패해서 중산으로 달아났다는 소식을 듣자 곧 군사를 거느리고 가서 쳤다. 원상이 싸움에 뜻이 없어 그 길로 유주로 도망하여 원희에게 몸을 의탁하자 원담은 그 수하 군사들을 모조리 항복받은 다음 다시 한 번 기주를 도모해

보려 벼르고 있었던 것이다.

조조는 사람을 보내서 그를 불렀다. 그러나 원담은 오지 않았다. 조조는 대로하여 글을 보내서 혼인을 끊어 버리고 몸소 대군을 거느리고 치러 나서서 바로 평원으로 갔다.

원담은 조조가 몸소 군사를 거느리고 온다는 말을 듣자 유표에게 사람을 보내서 구원을 청하였다.

유표가 현덕을 청해다가 의논하니 현덕의 말이

"지금 조조가 이미 기주를 깨뜨려 형세가 한창 성한 터이라 원씨 형제는 오래지 않아 반드시 조조에게 사로잡히고 말 것이니, 구해 준대야 유익함이 없을뿐더러 더구나 조조가 매양 형양 지방을 엿보고 있는 터이니 우리는 오직 군사를 길러서 스스로 지키고 있을 것이요 함부로 동하는 것은 옳지 않은 줄로 압니다."
한다.

"그러면 무엇이라고 해서 거절을 한단 말이오"
하고 유표의 묻는 말에,

"글을 써서 원씨 형제에게 주시되 화해시키신다는 명목으로 완곡하게 거절해 보내시는 것이 좋겠지요."
하고 현덕이 말해서, 유표는 그의 말을 좇아 우선 사람을 보내서 원담에게 글을 전하게 하니 그 사연은 대강 이러하다.

군자는 피난을 해도 원수의 나라로는 가지 않는 법이외다. 일전에 들으매 그대가 무릎을 꿇어 조조에게 항복하였다 했은즉 이는 선인(先人)의 원수를 잊은 것이며 수족의 정의를 버리고 동맹의 수치를 남겨 놓은 것이외다. 만약 기주(冀州)[3]가 아우 된 도리에 벗어난 일이 있다면 우선 마음을 굽혀 서로 따르고 일이 끝난 뒤를 기다려서 천하로 하여금 그 곡직(曲直)을 다스리게 하는 것이 또한 의리와 인정에 마땅한 일이 아니리까.

또 원상에게 보낸 글은 다음과 같다.

청주(靑州)[4]는 천성이 급하고 곡직이 분명하지 못하니 그대는 마땅히 먼저 조조를 멸해서 선공(先公)의 원한을 풀고 일이 끝난 뒤에 곡직을 따지는 것이 또한 좋지 않으리까. 만약 길을 그르친 채 정도(正道)로 돌아오지 않는다면 이는 한로(韓盧)와 동곽(東郭)[5]이 애는 저대로 쓰고도 농부의 좋은 일만 해 주는 격이리다.

원담은 유표의 글월을 받아 보고 그에게 군사를 낼 의향이 없는 것을 알았다. 또한 생각해 보매 저 혼자로는 조조를 대적할 도리가 없다. 그래 그는 평원을 버리고 달아나 남피(南皮)로 들어가 버렸다.

조조는 그 뒤를 쫓아 남피에 이르렀는데 때에 날이 심히 차서 뱃길이 모두 얼어붙어 군량 실은 배들이 움직이지 못하였다.

조조가 그곳 백성에게 영을 내려 얼음을 깨고 배를 끌게 하였더

---

3) 옛사람들은 흔히 사람을 관명(官名)으로 불렀다. 이곳에서 '기주'라 하는 것은 원상을 가리킨 말이니, 그가 일찍이 기주목을 지냈기 때문이다.
4) 원담을 가리킨 말이다. 그는 일찍이 청주목을 지냈다.
5) 한로와 동곽은 모두 고대에 이름난 사냥개다.

니 백성이 영을 듣고는 모두 도망을 쳐 버렸다. 조조는 대로해서 그들을 잡아 모두 목을 베려 하였다. 백성은 이 소문을 듣자 다들 영중(營中)으로 자수해 왔다.

조조는 그들에게

"이제 너희들을 죽이지 않으려니 내 호령이 행해지지 않을 것이요, 그렇다고 너희들을 죽이자니 내 마음에 또 차마 못하겠구나. 너희들은 빨리 산 속으로 들어가서 몸을 숨기고 행여나 내 군사들에게 붙잡히지 않도록 해라."

하고 말하였다. 백성은 모두 눈물을 흘리며 떠나갔다.

원담이 군사를 거느리고 성에서 나와 조조의 군사를 대적하는데, 양군이 서로 진을 치고 나자 조조가 말 타고 나와 채찍으로 원담을 가리키며

"내가 너를 후대해 주었건만 네 어찌하여 딴 마음을 품느냐."

하고 꾸짖으니, 원담이 나서서

"네가 내 지경을 범하고 내 성지를 뺏고 내 혼인을 물려 버리고 도리어 나더러 딴 마음을 두었다고 하느냐."

하고 마주 꾸짖는다.

조조는 대로해서 서황을 내보냈다. 원담은 팽안을 시켜서 그를 맞아 싸우게 하였다. 그러나 두 말이 서로 얼리자 두어 합이 못 되어 서황은 팽안을 한 칼에 베어 말 아래 거꾸러뜨렸다.

원담의 군사는 패해서 달아나 남피로 물러 들어갔다. 조조는 군사를 보내서 사면으로 성을 에워싸게 하였다.

원담은 일이 급해지자 신평으로 사자를 삼아 조조에게 항복을 드리겠노라고 청하게 하였다.

조조는 신평을 대하여

"원담이 그애가 반복무상(反覆無常)해서 내가 중용하기 어렵소. 그대의 아우 신비를 내가 이미 중용하고 있는 터이니 그대도 여기 머물러 있는 것이 어떨고."

하고 말하였다.

그러나 신평이

"승상의 말씀이 옳지 않소이다. 내 들으매, 주인이 귀히 되면 신하가 영화롭고 주인이 근심이 있으면 신하가 욕되다고 합니다. 내가 원씨를 섬긴 지 오랜데 어떻게 그를 배반하리까."

하고 말해서 조조는 그를 붙들어 둘 수 없는 것을 알고 마침내 돌려보냈다.

신평이 돌아가서 원담을 보고 조조가 항복을 받아 주지 않더라는 말을 하자, 원담은

"네 아우가 지금 조조를 섬기고 있으니까 너도 두 마음을 품는 것이냐."

하고 꾸짖었다. 신평은 그 말을 듣자 그만 기가 막혀서 땅에 혼절해 버렸다. 원담은 사람을 시켜 그를 데려가게 하였는데 얼마 안 있다 죽으니 원담도 마음에 뉘우침이 있었다.

이때 곽도가 원담을 보고

"내일 백성을 모조리 몰아 앞을 서게 하고 군사를 뒤이어 내보내서 조조와 한 번 죽기를 결하고 싸워 보시지요."

하고 계교를 드렸다.

원담은 그 말을 좇아서 이날 밤에 남피 백성을 모조리 끌어내어 모두들 칼과 창을 잡고 명령에 따르게 하였다.

이튿날 이른 새벽에 사대문을 활짝 열어젖히자 군사는 뒤에 있고 백성은 앞장을 서서 함성을 크게 울리며 일제히 몰려나가 바로 조조의 영채로 달려들었다.

양편 군사는 한데 뒤엉켜 싸웠다. 진시로부터 오시에 이르기까지 승부는 나뉘지 않은 채 시체가 땅에 깔렸다.

조조는 온전히 이기지 못하고 있는 것을 보자 말을 버리고 산 위로 올라가서 친히 북채를 들어 북을 쳤다. 장수와 군사들이 이를 보고 모두 분발해서 앞으로 나아가니 원담의 군사는 크게 패해서 백성의 죽은 자가 부지 무수하였다.

이때 조홍이 위엄을 떨치며 적진을 들이쳐서 바로 원담을 만나자 칼을 들어 어지러이 찍었다. 이리하여 원담은 필경 진중에서 조홍의 손에 죽고 말았다.

곽도는 진이 크게 어지러운 것을 보고 급히 말을 달려 성중으로 들어가려 하였다. 그러나 악진이 이를 바라보고 활에다 살을 먹여 들자 그대로 쏘았다. 곽도는 화살을 맞고 사람과 말이 다 함께 해자 속에 거꾸로 박혀 죽고 말았다.

조조는 군사를 거느리고 남피로 들어가 백성을 안무하였다. 그러자 문득 한 떼의 군마가 이르렀다 보한다. 그것은 곧 원희의 수하 장수 초촉(焦觸)과 장남(張南)이다.

조조는 몸소 군사를 영솔하고 싸우러 나갔다. 그러나 두 장수는 창을 거꾸로 잡고 갑옷을 벗고 말에게 뛰어내려 항복을 드리는 것이었다. 조조는 그들을 봉해서 열후를 삼았다. 또 흑산(黑山)의 적괴 장연(張燕)이 군사 십만 명을 거느리고 와서 항복을 하여 조조는 평북장군(平北將軍)을 봉해 주었다.

그리고 조조는 영을 내려서 원담의 수급을 가지고 호령하는 마당에 감히 우는 자가 있으면 참하리라고 하였다. 원담의 머리는 북문 밖에 걸려 있었다.

그러자 한 사람이 굴건제복을 하고 와서 머리 아래서 곡을 하니 좌우는 그를 잡아 조조에게로 데려왔다.

조조가 사유를 물어보니 그는 바로 청주 고을의 별가 왕수로서 원담에게 간하다가 내침을 받았던 바인데 이제 원담이 죽은 것을 알고 와서 곡을 한 것이다.

조조가

"네가 내 영을 알고 있느냐."

하고 물으니, 왕수가

"알고 있소이다."

하고 대답한다.

"네가 그럼 죽음을 두려워 않느냐."

하고 다시 물으니,

"내가 그의 생전에 벼슬을 받았는데 그가 돌아가자 울지 않으면 이는 의리가 아니외다. 죽음을 두려워해서 의리를 잊는다면 무엇으로 세상에 서리까. 만약 옛 주인의 시신을 거두어 장사지낼 수 있다면 죽음을 받더라도 한이 없겠소이다."

하고 왕수는 말한다.

듣고 나자 조조는

"하북에 의사들이 어쩌면 이렇게도 많은고. 원씨가 능히 이들을 쓰지 못한 것이 한이로구나. 만약 능히 쓰기만 했다면 내가 어딜 감히 눈을 바로 뜨고 이 땅을 넘겨다볼 수 있었겠느냐."

하고 드디어 원담의 시체를 거두어 장사를 지내게 하고 왕수를 상빈으로 대접하며 사금중랑장(司金中郎將)을 시켰다.

인하여 조조는 왕수에게 물었다.

"지금 원상이 원희에게로 가 버렸는데 잡으려면 어떤 계책을 써야 하겠소."

그러나 왕수는 대답하지 않았다.

조조는

"충신이로군."

하고 다시 곽가에게 물었다.

곽가가

"원씨에게서 항복해 온 초촉·장남의 무리들을 시켜서 저희끼리 치게 하는 것이 좋겠지요."

하고 말한다.

조조는 그의 말대로 곧 초촉·장남·여광·여상·마연·장개로 하여금 각각 본부병을 거느리고 세 길로 나누어 나아가 유주를 치게 하고, 또 한편으로 이전과 악진을 시켜서 장연과 합세하여 병주로 가서 고간을 치게 하였다.

이때 원상과 원희는 조조의 군사가 오는 것을 알자 도저히 대적하기 어려울 것을 짐작하고 마침내 군사를 데리고 성에서 나와 오환(烏桓)에게 가서 몸을 의탁해 보려고 요서(遼西)로 달아났다.

그러나 유주자사 오환촉(烏桓觸)은 유주 고을의 모든 관원을 모아 놓고, 피를 마셔서 맹세하고 함께 원씨를 배반하고 조씨에게 항복할 일을 의논하였다.

오환촉이 우선

"나는 조 승상이 당세의 영웅임을 아는 터이니 이제 가서 항복하기로 하되 영을 어기는 자가 있으면 참하겠소."

라고 한마디 하고 순차로 피를 마시는데, 차례가 별가 한형(韓珩)에게 이르자 한형은 곧 칼을 땅에 던지며

"내가 원공 부자분의 두터운 은혜를 받아 왔거늘, 이제 주인이 패망하시는 마당에 지모가 없어 구해 드리지 못하고 용맹이 없어 죽지를 못하니 이는 의리에 어긋난 일인데, 이제 북면해서 조조에게 항복을 하다니 나로서는 도저히 못하겠소."

하고 큰 소리로 외쳤다.

모든 사람이 다 낯빛이 변했다. 그러나 오환촉은

"무릇 대사를 일으키고 대의를 세울 적에 일의 성부(成否)는 어느 한 사람으로 해서 결정되는 것이 아니니 한형에게 이미 그와 같은 뜻이 있다면 자기 좋을 대로 하게 둡시다그려."

하고 한형을 밀어 밖으로 내친 다음에, 마침내 오환촉은 성에서 나가 삼로 군마를 영접하고 바로 조조에게 가서 항복하였다. 조조는 크게 기뻐하여 그의 벼슬을 더해서 진북장군(鎭北將軍)을 삼았다.

그러자 홀연 탐마가 와서 보하는데

"악진·이전·장연이 병주를 치는데 고간이 호관구(壺關口)를 지키고 있어서 함락하기가 여의치 못하답니다."

한다.

조조는 몸소 군사를 거느리고 갔다.

세 장수가 맞아들이며

"고간이 관을 막고 있어 치기가 힘이 듭니다."

하고 말들을 해서 조조가 여러 장수들을 모아 놓고 고간을 깨칠 계책을 같이 의논해 보니, 순유가 있다가

"만약 고간을 깨치려면 모름지기 사항계(詐降計)를 써야만 될까 보이다."

하고 말한다.

조조는 그러이 여겨 원씨에게서 항복해 온 장수 여광·여상을 불러서 귓속말로 이리이리 하라고 일러 주었다.

여광의 무리는 군사 수십 명을 데리고 바로 관 아래로 가서

"우리는 본래 원 장군 수하에 있던 장수들로서 부득이한 사정으로 조조에게 항복을 했으나 조조의 위인이 괴벽한 데다가 또 우리를 박대하기에 이제 옛 주인을 다시 모시려고 돌아온 것이니 빨리 관문을 열고 들여 주시오."

하고 소리쳤다.

고간은 미덥지가 않았으나 두 장수더러 관 위로 올라와서 이야기를 하라고 일렀다.

두 장수는 갑옷을 벗고 말에서 내려 성중에 들어오자, 고간을 보고

"조조의 군사가 이제 막 도착하여 그 군심이 아직 안정되지 않았으니, 그 틈을 타서 오늘밤에 겁채를 하시지요. 그러면 우리들이 앞을 서겠소이다."

하고 말하였다.

고간은 마음에 기뻐서 그 말대로 이날 밤에 여광·여상을 앞세우고 군사 만여 명을 거느리고서 앞으로 나갔다.

그러나 거의 조조 영채에 이르렀을 무렵에 문득 배후에서 함성

이 크게 일하며 복병이 사면에서 일어났다. 고간은 계책에 빠진 것을 깨닫고 급히 호관성으로 돌아왔다. 그러나 이때는 이미 악진과 이전이 관을 뺏어 든 뒤다. 고간은 혈로를 뚫고 몸을 빼쳐 선우(單于)[6]에게로 갔다. 조조는 군사를 거느리고 관구를 막은 다음에 사람을 시켜서 고간의 뒤를 엄습하게 하였다.

고간은 선우 지경에 이르자 마침 북번 좌현왕(左賢王)[7]을 만나, 말에서 내려 땅에 배복하고

"조조가 저의 강토를 병탄하고 이제 왕자의 지경까지 범하려고 하니, 제발 구원만 해 주시면 힘을 합해서 잃은 땅을 회복하고 북방을 보전할까 하나이다."

하고 말하였다.

그러나 좌현왕은

"내가 조조와 원수진 일이 없는 터에 그가 어찌 내 땅을 침노할 리가 있나. 네가 나로 하여금 조씨와 원수를 맺게 하려는 것이지."

라며 한마디로 꾸짖어 고간을 물리쳐 버렸다.

고간은 아무리 생각해도 달리 도리가 없어서 하는 수 없이 유표에게나 가서 몸을 의탁할까 하고 길을 떠났다.

그러나 상락(上洛)까지 와서 그는 도위 왕염의 손에 죽고 말았다. 왕염이 그의 수급을 갖다가 조조에게 바치자 조조는 왕염을 봉해서 열후를 삼았다.

---

6) 흉노가 자기들의 임금을 선우라 부른다. 또한 지명(地名)으로 선우도호부(單于都護府)를 가리켜 선우라 말하기도 한다.
7) 흉노의 귀족 봉호(封號)로서 좌현왕·우현왕이 있는데, 태자(太子)로서 좌현왕을 봉하는 것이 정례(定例)이다.

병주를 완정하고 나서 조조가 서쪽으로 나아가 오환을 칠 일을 의논하니, 조홍의 무리는

"원희와 원상이 군사는 패하고 장수는 죽어 세궁역진해서 멀리 사막으로 가 버렸는데, 우리가 이제 군사를 거느리고 서방을 치다가 만일에 유비와 유표가 허한 틈을 타서 허도를 엄습한다면 우리는 미처 구응할 수가 없을 것이니 그 화가 적지 않을 것이라 이 길로 회군하시고 더 나가시지 않는 것이 상책이겠습니다."

하고 간하는데, 이때 곽가가 나서며

"여러분의 하시는 말씀이 옳지 않소이다. 주공께서 비록 위명이 천하를 진동한다고는 하지만 사막 사람들이 변방에 멀리 떨어져 있는 것을 믿고 반드시 아무 방비가 없을 것이니 그 방비 없는 틈을 타서 갑자기 들이치면 반드시 깨뜨릴 수가 있고, 또 원소가 본래 오환에게 은혜가 있는 데다 원상·원희의 형제가 아직 남아 있으니 이것은 불가불 없애 버려야 후환이 없을까 합니다. 그러나 유표로 말하면 한낱 좌담지객(坐談之客)일 뿐입니다. 유비를 어거해 부리기에는 자기의 재주가 부족하다는 것을 제 스스로 알고 있으매 중하게 한 소임을 맡기면 능히 제어할 수 없는 것이 걱정이요 경하게 다루면 유비도 용수할 도리가 없는 것이니, 비록 나라를 비워 놓고 멀리 치러 나가신대도 주공은 아무 근심이 없으십니다."

하고 말하였다.

조조는

"봉효의 말씀이 꼭 옳소."

하고, 드디어 대소 삼군을 통솔하고 수레 수천 량을 영거하여 앞

郭嘉　　곽가

天生郭奉孝　　하늘이 낸 곽봉효
豪氣冠羣英　　호기는 영웅 가운데 으뜸이로다
腹內藏經史　　뱃속에는 경사(經史)를 담았고
胸中隱甲兵　　가슴속에는 갑병을 품었네
運謀如范蠡　　계획을 운용함은 범려와 같고
決策似陳平　　책략을 결정함은 진평과 같다

을 바라고 나아갔다.

　그러나 가도 가도 가없는 사막 지방에 광풍은 사면에서 일어나는 데다 도로가 또 기구해서 사람이고 말이고 도무지 발을 떼어 놓기가 힘들다.

　조조는 회군할 생각이 나서 곽가를 보고 의논을 하였는데, 이때 곽가는 수토불복(水土不服)으로 병이 나서 수레 속에 누워 있었다.

　조조가 눈물을 흘리며

　"내가 사막을 평정해 보려고 공을 멀리 끌고 나와 온갖 고생 끝에 이처럼 병까지 나게 하였으니 내 마음이 불안하기 짝이 없소그려."

하고 말하니, 곽가가

　"제가 승상의 대은을 입었으니 비록 죽는대도 만분의 하나를 보답하지 못하겠습니다."

한다.

　"북쪽 땅이 이처럼 기구하니 내 그만 회군할까 생각인데 어떻겠소."

　조조의 묻는 말에 곽가는

　"병귀신속입니다. 지금 천 리 먼 길에 남을 엄습하는 터에 치중이 많아 가지고는 공을 거두기 어려우니 경병(輕兵)으로 길을 곱절해서 적이 미처 방비하지 못할 때 엄습하느니만 같지 못한데 다만 협로(狹路)를 잘 알고 있는 사람을 구해서 길을 인도하게 하여야만 합니다."

하고 대답하였다.

　조조는 드디어 곽가를 역주(易州)에 남겨 두어 병을 조리하게 한 다음 향도관(嚮導官)을 구해서 길을 인도하게 하는데 누가 있다가 원소의 옛 장수 전주(田疇)가 이 지방을 잘 알고 있다고 천거해서 조조가 불러서 물어 보니, 전주의 말이

"이 길이 여름 가을 사이에 물이 나는데 그 물이 수레와 말이 통하기에는 깊고 배를 띄우기에는 또 얕아서 가장 운신하기가 어렵소이다. 차라리 군사를 돌려 노룡구(盧龍口)로 쫓아 백단(白檀)의 험한 고개를 넘어 무인지경으로 나가서 유성(柳城)으로 다가들어 불시에 엄습하느니만 같지 못하니 이렇게 하면 탑돈(蹋頓)[8]을 단번에 사로잡을 수 있사오리다."

한다.

조조는 그 말을 좇아 전주로 정북장군(靖北將軍)을 봉해서 향도관을 삼아 전구(前驅)가 되게 하고, 장료를 다음에 세운 다음 자기는 몸소 뒤를 눌러 경기를 거느리고 걸음을 두 배로 빨리해 나아갔다.

전주가 장료를 인도하여 백랑산(白狼山)에 이르렀을 때, 마침 원희와 원상이 탑돈의 무리 수만 기와 합세해 가지고 이리로 나오고 있었다. 장료는 나는 듯이 조조에게 보하였다.

조조가 몸소 높은 데 올라 말을 세우고 바라보니 탑돈 수하의 군사가 대오가 없이 들쑥날쑥하여 정제하지 못하다.

조조는 장료에게

"적의 군사가 정제하지 못하니 곧 들이쳐 버려라."

---

[8] 한 헌제(獻帝) 때 오환대인 초왕(峭王) 구력거(丘力居)가 죽자 그의 조카 탑돈이 무략(武略)이 있어서 대를 이어 원소를 도와서 공손찬을 깨뜨리고 선우의 인수를 받았는데, 뒤에 원소가 패하고 조조가 친히 오환을 쳐서 탑돈을 유성에서 크게 격파하여 죽이고 그 남은 무리를 모조리 중국으로 이주시켰다.

하고 즉시 휘(麾)⁹⁾를 내어 주었다.

　장료는 허저·우금·서황을 지휘하여 네 길로 나누어 산에서 내려가며 힘을 다해서 급히 쳤다. 탑돈의 군사는 큰 혼란에 빠졌다. 장료가 말을 몰고 들어가 탑돈을 한 칼에 베어 말 아래 떨어뜨리니 남은 무리들이 모두 항복한다. 원희와 원상은 수천 기를 이끌고 요동을 바라고 달아나 버렸다.

　조조는 군사를 수습해 가지고 유성으로 들어가자 전주로 유정후(柳亭侯)를 봉해서 유성을 지키게 하였다.

　그러나 전주는 울면서

　"저는 의리를 저버리고 목숨을 도망한 사람일 뿐이니 태산 같은 은혜로 목숨을 부지하면 그만 다행이 없소이다. 어찌 노룡(盧龍)의 영채를 팔아 상록(賞祿)을 받아서 되오리까. 죽사와도 감히 작위는 받지 못하겠소이다."

하고 말하였다.

　조조는 이를 의롭게 생각하여 전주로 의랑(議郎)을 삼았다.

　조조가 선우 사람들을 위무하고 나서 준마(駿馬) 만 필을 거두어 가지고 그날로 회군하는데 이때 날은 춥고 또 가물어서 이백 리 사이에 물이 없고 군중에 또 양식이 떨어져서 말을 잡아 양식을 대신하고 땅 속을 삼사십 길이나 파야 비로소 물을 얻는 형편이었다.

　조조는 역주로 돌아오자 전자에 간하던 사람들에게 상급을 후히 내리고, 인하여 여러 장수들을 대하여

　"내가 이번에 위험을 무릅쓰고 원정을 해서 요행 성공을 하였

---

9) 대장이 지휘하는 데 쓰는 기.

소. 그러나 비록 이기기는 하였어도 이는 하늘이 도우신 것이지 결코 본보기로 삼을 것은 못 되고 제군의 간한 바가 바로 만전지책(萬全之策)이오. 이러므로 내가 상을 준 터이니 앞으로도 말하기를 어려워들 마오."

하고 말하였다.

  조조가 역주로 돌아왔을 때 곽가는 이미 죽은 지 수일이 되었는데, 영구가 공해(公廨)에 그대로 놓여 있었다.

  조조는 가서 제를 지내고

"봉효가 죽다니, 이는 하늘이 나를 망하게 하시는 게다."

라고 대성통곡하며, 여러 관원들을 돌아보고

"제군의 연치가 모두 나와 어금지금한 터에 오직 봉효가 가장 젊은 까닭에 내가 후사(後事)를 부탁하려고 생각했는데 뜻밖에도 중년에 요절하고 마니 내 가슴이 미어지고 창자가 끊기는 것 같소그려."

하고 말하였다.

  이때 곽가 좌우에 모시던 자가 곽가의 임종시 봉해 놓은 글월을 갖다 바치면서

"곽공이 세상을 떠나시기 전에 친필로 이 글을 써 놓으시고 '승상께서 만약 이 글 가운데 말씀한 대로만 하신다면 요동은 완정이 될 것일세' 하고 당부 말씀이 계셨소이다."

하고 아뢴다.

  조조는 그 글월을 뜯어보고 고개를 끄덕이며 한숨을 지었는데 여러 사람들은 다 그 뜻을 알지 못하였다.

  그 이튿날 하후돈이 여러 사람을 데리고 들어와서

"요동태수 공손강이 오래 조정에 귀순하지 않고 있는 데다 이제 원희와 원상이 또 가서 몸을 의탁했으니 반드시 후환이 될 것이외다. 그러니 제가 아직 동하기 전에 속히 가서 치도록 하시지요. 그러면 요동을 가히 얻을 수 있사오리다."

하고 품하였다.

그러나 조조는

"제공의 수고를 구태여 빌 것도 없이, 이제 수일 지내면 공손강이 제 손으로 원가 형제의 수급을 보내 올 것이야."

하고 웃었다.

여러 장수들은 모두 그 말을 믿지 않았다.

한편 원희와 원상은 수천 기를 거느리고 요동으로 달아났다. 요동태수 공손강은 본래 양평 사람이니 무위장군(武威將軍) 공손탁(公孫度)의 아들이다. 이날 원희와 원상이 자기를 바라고 온 것을 알자 그는 드디어 본부 속관(屬官)들을 모아 놓고 이 일을 의논하였다.

공손공(公孫恭)이 나서서 말한다.

"원소가 살아 있을 때도 매양 요동을 삼켜 볼 생각을 품고 있었는데, 이제 원희와 원상이 군사는 패하고 장수는 죽어서 몸 둘 곳이 없어 우리에게로 의지하러 오니 이는 바로 때까치가 까치집을 뺏으러 오는 격이라, 만약 용납해 주었다가는 뒤에 반드시 우리를 도모하러 들 것입니다. 차라리 저들을 속이고 성중으로 끌어들여 죽여 버리는 것이 상책이니 그 수급을 조공에게 갖다 바치면 조공은 필시 우리를 후히 대접할 것입니다."

듣고 나자 공손강이

"그러나 다만 조조가 군사를 거느리고 요동으로 내려올까 두려우니 그렇다면 원가 형제를 받아들여서 우리가 도움을 받느니만 못하지 않을까."
하고 말하니, 공손공은
"사람을 보내서 좀 알아보게 했으면 좋겠습니다. 그래서 만약 조조의 군사가 치러 오거든 원가 형제를 받아 두고, 만약 조조 군사가 동하지 않거든 두 원가를 죽여 조공에게 보내기로 하지요."
하고 제 소견을 말하였다. 공손강은 그의 말대로 사람을 보내서 소식을 알아 오게 하였다.

이때 원희와 원상은 요동에 이르자 둘이 가만히 의논하였다.
"요동의 군사가 수만 명이니 족히 조조와 싸워 볼 만하다. 이제 잠시 몸을 의탁했다가 뒤에 공손강을 죽이고 그 땅을 뺏은 다음에 힘을 길러 가지고 중원과 겨룬다면 하북을 도로 찾을 수 있을 것이야."

이렇듯 의논을 정하고 나서 두 사람은 공손강을 보러 들어갔다. 공손강은 그들을 관역에 머물러 있게 한 다음 그저 병이라고 칭탁하고는 곧 만나 보려 하지 않았다.

그러자 하루가 못 되어 세작이 돌아와서
"조공의 군사가 역주에 둔치고 있는데 요동으로 내려올 뜻은 전연 없는 모양이외다."
하고 보한다.

공손강은 마음에 크게 기뻐하며 먼저 휘장 뒤에다 도부수들을 매복해 놓은 다음에 원가 형제를 청해 들여서 피차 인사를 마치자 앉으라고 자리를 권하였다.

이때 날이 심히 찬데 평상 위에 자리가 깔려 있지 않은 것을 보

고 원상이 공손강더러

"자리를 좀 깔아 주시구려."

하고 청하니, 공손강은 눈을 부라리며

"너희 둘의 머리가 장차 만 리 길을 갈 판인데 자리는 깔아 무얼 한단 말이냐."

하고 소리를 질렀다.

원상이 깜짝 놀라는데, 공손강이

"좌우는 어째서 하수하지 않는고."

라고 한 마디 꾸짖으니 도부수들이 우 몰려 나와서 앉은 자리에 두 사람의 머리를 베어 버렸다. 공손강은 수급을 나무 상자에 담아서 사람을 시켜 역주로 가지고 가서 조조에게 바치게 하였다.

때에 조조는 역주에 그대로 눌러 앉아 안병부동하고 있었다. 하후돈과 장료가 들어와서

"요동으로 내려가 보시지 않겠으면 곧 허도로 돌아가시지요. 유표가 딴 생각을 품을까 두렵소이다."

하고 고하였으나, 조조는

"원가 형제의 수급만 오면 곧 회군할 테야."

하고 말한다. 여러 사람은 다들 속으로 웃었다.

그러자 홀연 요동의 공손강이 사람을 시켜서 원희·원상의 수급을 보내 왔다는 보도가 들어 왔다. 여러 사람은 모두 깜짝 놀랐다.

사자가 글월을 올리자 조조는 크게 웃으며

"봉효의 요량에서 벗어나지 않는군."

하고 사자에게 상급을 후히 내리고, 공손강으로 양평후 좌장군을

봉하였다. 여러 관원들이
"어찌하여 봉효의 요량에서 벗어나지 않는다고 말씀하십니까."
하고 묻자, 조조는 드디어 곽가의 글월을 내어 그들에게 보였다. 글의 사연은 대강 다음과 같다.

　이제 들으매 원희와 원상이 요동으로 몸을 의탁하러 갔다 하옵는데 명공께서는 결단코 군사를 가하지 마사이다. 공손강은 원씨가 저를 병탄할까 두려워한 지 오래이니 원가 형제가 몸을 붙이러 가면 반드시 의심할 것이라, 만약 우리가 군사를 들어 치고 보면 저희가 반드시 힘을 합해서 대적할 것이매 졸연히 깨뜨리지 못할 것이요 만약 그대로 버려두고 보면 공손강과 원씨가 반드시 저희끼리 서로 도모할 것이니 이는 필연한 형세로소이다.

여러 사람이 다들 마음에 좋아서 칭선하였다. 조조는 모든 사람을 거느리고 다시 곽가의 영전에 제를 지냈는데 곽가의 나이 삼십팔 세라 싸움 마당에 따라다니기 십일 년에 기이한 공훈을 세운 것이 많았다.
후세 사람이 시를 지어 그를 칭찬하였다.

　　하늘이 낸 곽봉효 영걸하기 짝이 없네.
　　뱃속에는 경사(經史)가 들고 흉중에는 갑병(甲兵)이라
　　지모는 범려(范蠡)[10] 같고 계책은 진평(陳平)일러니

---
10) 춘추시대 초나라 사람으로 월왕 구천(勾踐)을 섬겨 오나라를 멸한 모신(謀臣).

애석해라 일찍 죽어 중원의 들보가 기울었네.

　조조는 군사를 거느리고 기주로 돌아가며, 곽가의 영구는 사람을 시켜서 먼저 허도로 가져다가 안장하게 하였다.
　이때 정욱의 무리가
　"북방을 이미 완정하셨으니 이제는 허도로 돌아가셔서 빨리 강남으로 내려가실 계책을 세우시지요."
하고 청하자, 조조는 웃으며
　"내 이 뜻을 가진 지가 오래이니 제군의 말씀이 바로 내 생각과 같소."
하고 말하였다.
　이날 밤에 기주성 동쪽 누상에서 쉬며 조조가 난간에 의지하여 천문을 우러러보는데, 이때 순유가 곁에 있었다.
　조조가 손을 들어 가리키며
　"남방의 왕기(旺氣)가 찬연하니 아직은 도모하지 못할 것 같구려."
하니, 순유가
　"승상의 천위(天威)로써 어디는 복종시키지 못하시겠습니까."
하고 말하여 한창 보고 있을 때, 문득 한 줄기 금빛이 땅에서 뻗쳐 나왔다. 순유가 말한다.
　"이는 반드시 땅속에 보배가 있기 때문일 것입니다."
　조조는 곧 누에서 내려가 사람을 시켜 광채 나는 곳을 파 보게 하였다.

　　별빛은 바야흐로 남방을 가리키는데

보배는 도리어 북쪽 땅에서 나는구나.

대체 무슨 물건이 나왔는고.

채 부인은 병풍 뒤에서 밀담을 엿듣고
유황숙은 말 타고 단계를 뛰어넘다

| 34 |

이때 조조는 금빛이 나는 곳을 파다가 동작(銅雀) 한 개를 얻고, 순유더러

"이게 무슨 조짐이오."

하고 물으니, 순유가

"옛적에 순임금의 어머님이 꿈에 옥작(玉雀)이 품에 드는 것을 보고 순임금을 낳으셨으니 이제 동작을 얻으신 것이 역시 길한 조짐입니다."

하고 아뢴다.

조조는 크게 기뻐하여 마침내 높은 대를 지어 이를 경하하게 하였는데 그날로 터를 닦고 나무를 베며 기와와 벽돌을 구워 장하(漳河) 가에다 동작대(銅雀臺)를 쌓게 하되 일 년을 기약하여 역사를 필하게 하였다.

이때 어린 아들 조식(曹植)이 나서서

"만약 충대(層臺)를 세우려면 반드시 세 개를 세우되 한가운데 높은 대는 동작(銅雀)이라 이름 짓고 좌편은 옥룡(玉龍), 우편은 금봉(金鳳)이라 부르기로 하며 다시 구름다리 두 개를 만들어서 공중에다 걸쳐 놓아야 장관일 것입니다."

하고 저의 소견을 말해서, 조조는

"내 아이 말이 심히 좋군. 뒷날 대가 완성되면 족히 내 만년을 즐길 수 있을까 보다."

하고 말하였다.

원래 조조가 아들 오형제를 두었는데 그중에 오직 조식이 천성이 혜민(慧敏)하고 글을 잘 지어 조조가 평소에 가장 사랑하는 터였다.

이에 조조는 조식과 조비를 업군에 남겨 두어 동작대 역사를 관장하게 하고 장연으로 북채를 지키게 한 다음에, 항복받은 원소의 군사 오륙십만을 거느리고 회군하여 허도로 돌아가서 크게 공신들을 봉하고 또 곽가에게 정후(貞侯)의 작위를 보내며 그의 아들 곽혁(郭奕)을 부중에 거두어서 양육하여 주었다.

그리고 조조는 다시 모사들을 모아 놓고 남으로 내려가서 유표를 칠 일을 의논하였는데, 순욱이 있다가

"대군이 이제 막 북정(北征)하고 돌아온 길이니 다시 동하는 것이 옳지 않소이다. 반년을 쉬어 군사들의 예기를 기르고 보면 유표와 손권을 가히 한 번 북쳐서 깨뜨릴 수 있사오리다."

하고 말해서, 조조는 그 말을 좇아 드디어 군사를 나누어 둔전(屯田)하며 영이 내리기를 기다리게 하였다.

한편 현덕이 형주에 이른 뒤로 유표는 그를 대접함이 심히 후했는데, 하루는 서로 모여서 술을 마시는 자리에 문득 보도가 들어오되, 전에 항복한 장수 장무와 진손이 강하(江夏)에서 백성을 노략하며 서로 공모하고 반란을 일으켰다고 한다.

유표가 놀라서

"두 도적놈이 또 반란을 일으켰으니 화가 불소하군."

하고 말하는데, 현덕이 있다가

"형장께서는 염려하실 게 없습니다. 제가 가서 치겠습니다."

하고 자원해 나서서 유표는 크게 기뻐 곧 삼만 군을 현덕에게 내어 주고 떠나게 하였다.

현덕은 영을 받고 즉일 기행해서 하루가 못 되어 강하에 당도하였다. 장무와 진손이 군사를 거느리고 나와서 맞는다.

현덕은 관우·장비·조운을 데리고 말을 문기 아래로 내었다. 바라보니 장무의 타고 있는 말이 극히 웅장하다.

"저게 필시 천리마일 게야."

하고 현덕이 한마디 하는데 그 말이 미처 끝나기 전에 조운이 창을 꼬나 잡고 달려 나가 적진을 들이쳤다.

장무가 말을 놓아서 그를 나와 맞는다. 그러나 삼 합이 못 되어 조운은 한 창에 그를 찔러 말 아래 거꾸러뜨리고 손을 늘이어 말고삐를 잡자 말을 끌고 진으로 돌아왔다.

진손이 이것을 보고 뺏으러 뒤를 쫓아온다. 장비는 소리를 벽력같이 지르며 장팔사모를 꼬나 잡고 바로 내달아 한 창에 진손을 찔러 죽이니 수하의 무리들이 다 흩어져 도망한다.

현덕은 남은 무리를 항복받고 강하 여러 고을을 회복한 다음에 회군하여 돌아왔다.

 유표는 성 밖에 나와서 그를 영접하여 함께 성중으로 들어와 연석을 배설하고 그의 군공을 하례하였다.

 술이 반감에 이르러 유표가

 "우리 아우님이 이처럼 영웅이시니 형주가 든든하게 되었소. 그러나 다만 남월이 불시에 와서 침노하니 근심이고, 장로와 손권이 모두 걱정거리네그려."

하고 말하니, 현덕이

 "제게 세 장수가 있어 족히 일을 맡길 만하니, 장비로 남월 지경을 순찰하게 하고 운장으로 고자성을 막아 장로를 진압하게 하며 조운으로는 삼강을 막아 손권을 대적하게 한다면 무슨 걱정이 있겠습니까."

한다. 유표는 기뻐서 그의 말대로 하려고 마음먹었다.

 그러나 채모가 저의 누이 채 부인에게

 "유비가 세 장수는 밖에 나가 있게 하고 저는 형주에 있으려고 하니 그대로 가면 반드시 화가 되느니"

하고 말해서, 채 부인은 밤에 유표를 보고

 "내가 들으니 형주 사람들이 많이들 유비와 왕래하고 있답디다. 불가불 방비를 해야 하겠는데, 이제 저를 성중에다 거접시키고 있는 것이 불길한 일이니 다른 데로 보내 버리는 것이 좋겠소."

하고 말하였다.

 "현덕은 어진 사람이야."

하고 유표는 한마디 하였으나, 채 부인이

 "흥, 남도 다 당신 마음 같은 줄 아시오."

하는 말에 그는 생각에 잠겨 대답을 안 했다.

그 이튿날 유표는 성에서 나가 현덕의 탄 말이 극히 웅장한 것을 보고 물어서, 그것이 장무가 타던 말임을 알자 칭찬하기를 마지않았다. 현덕은 드디어 그 말을 유표에게 주었다.

유표는 크게 기뻐하여 그 말을 타고 성내로 돌아왔는데, 괴월(蒯越)이 보고 물어서

"이게 현덕이 준 게요."

하고 대답하니 괴월이,

"예전에 선형 괴량(蒯良)이 말 상(相)을 썩 잘 보아서 저도 약간 짐작을 하는데, 이 말이 눈 아래 누당(淚堂)[1]이 있고 이마에 흰 점이 박혔으니 이름은 적로(的盧)라, 타면 주인이 해롭습니다. 장무가 이 말 때문에 죽었으니 주공은 타지 마십시오."

하고 말한다.

유표는 그 말을 곧이듣고 이튿날 현덕을 청해서 술을 마시는 자리에서

"어제는 좋은 말을 주어서 내 감사하기 그지없으나 다만 현제가 불시에 출정이라도 하면 타야 하겠기에 도로 돌려보내는 게요."

하고 말하였다.

현덕이 일어나 사례하자 유표는 다시 말을 이어

"현제가 오래 이곳에 머물러 있으면 군사 일을 폐하게 될 것이 걱정인데 양양 속읍인 신야현(新野縣)이 제법 전량이 넉넉하니 현제는 본부 군마를 거느리고 이 고을로 가서 둔찰하는 것이 어떻겠소."

---

1) 골상학(骨相學) 용어로, 눈 아래 움푹 들어간 곳을 말한다.

하고 의향을 묻는다. 현덕은 응낙하였다.

　그 다음날 현덕이 유표를 하직한 후 본부 군마를 거느리고 바로 신야로 가는데 막 성문을 나서려니까, 웬 사람 하나가 말 앞으로 다가와서 길게 읍하며

"공은 그 말을 타셔서는 아니 되십니다."
하고 말한다.

　현덕이 보니 그는 곧 형주의 막빈(幕賓)인 이적(伊籍)으로 자는 기백(機伯)이요 산양 사람이다. 현덕이 황망히 말에서 내려 까닭을 묻자, 이적은

"어제 괴이도가 유 형주를 뵙고 하는 말을 들었는데 이 말의 이름은 적로라 하며 타면 주인이 해롭다고 하옵디. 그로 인해서 공에게 돌려보내 드린 것인데 어찌 다시 타셔서 되겠습니까."
한다.

　그러나 현덕은

"선생이 이 사람을 그처럼 사랑하시니 감사합니다마는 다만 사람의 죽고 사는 것이 제 명에 있는데 어찌 말이 해롭게 할 수 있으리까."
한다.

　이적은 그의 고견에 탄복하고 그 뒤로 자주 현덕과 내왕하였다.

　현덕이 신야에 도임한 뒤로 군민이 다들 좋아하고 정치가 일신하였다.

　건안 십이 년 봄에 감 부인이 유선(劉禪)을 낳았는데 이날 밤에 백학 한 마리가 관가 지붕 위로 날아와서 마흔아홉 번을 높이 울

고는 서쪽을 바라고 날아가 버렸고, 또 순산할 임시에는 기이한 향기가 방안에 가득하였다. 감 부인이 일찍이 꿈에 북두성을 삼키고 잉태하였던 까닭에 그의 아명을 아두(阿斗)라 한다.

　이때는 조조가 바로 군사를 거느리고 북정했을 무렵이다. 현덕은 곧 형주로 가서 유표를 보고

　"지금 조조가 군사를 모조리 일으켜 가지고 북방을 치러 나가서 허창이 텅 비었으니, 만약 형양의 무리를 데리고 가서 이 틈을 타 엄습하면 대사를 가히 성취할 수 있을 것입니다."

하고 권하였다.

　그러나 유표는

　"내가 앉아서 구군을 점거하고 있으면 족하지 다른 일을 또 도모하면 무얼 하겠소."

할 뿐이다. 현덕은 그만 입을 다물어 버렸다.

　유표는 그를 후당으로 청해 들여 같이 술을 마셨다. 그러자 술이 반감에 이르러 유표가 문득 한숨을 길게 쉬어서, 현덕이

　"형장께서는 왜 한숨을 쉬십니까."

하고 물으니, 유표는

　"내게 남한테 말 못할 근심이 있는데 밝히 말씀하기가 어려워 그러오."

하고 대답한다.

　현덕이 다시 물어보려 할 때 채 부인이 나와서 병풍 뒤에 가 섰다. 유표가 머리를 숙이고 말을 못한다. 얼마 안 있다 자리가 파해서 현덕은 신야로 돌아와 버렸다.

　이해 겨울에 이르러 조조가 유성(柳城)에서 돌아왔다는 말을 들

고 현덕은 유표가 자기 말을 들어주지 않은 것을 못내 애석해하였다. 그러자 어느 날 유표가 사자를 보내서 형주로 와 달라고 현덕을 청하였다. 현덕이 사자를 따라서 가 보니 유표가 나와 맞아 인사를 나눈 후에 후당으로 청해 들여 함께 술을 마시며, 인하여 현덕을 보고

"근자에 들으매 조조가 군사를 거느리고 허도로 돌아와 그 형세가 날로 강성하다 하니 제가 필시 형양을 병탄할 생각을 품고 있을 것이라, 전일에 현제의 말씀을 듣지 않아 그 좋은 기회를 잃고 만 것이 새삼스레 후회가 되오그려."
하고 말한다.

현덕이 한마디 하였다.

"지금 천하가 분열되어 병란이 매일같이 일어나는 터이니 기회가 어찌 그뿐이겠습니까. 만약 뒤에라도 기회에 응하시기만 한다면 한이 될 일은 조금도 없을까 봅니다."

듣고 나자 유표는

"현제의 말씀이 심히 좋소."
하고, 서로 권커니 자커니 하며 마셨다.

술이 취하자 홀연 유표의 눈에서 주루루 눈물이 흘러 내렸다. 현덕이 까닭을 물으니

"내게 남한테 말 못할 근심이 있어 전자에도 현제에게 호소하려 했었으나 기회가 마땅치 않아 못했소."
하고 말한다.

"형장께서 무슨 결단하시기 어려운 일이 있어 그러시는지, 만약에 저를 쓰실 곳만 있으시다면 저는 비록 죽더라도 사양하지 않

으려 합니다."

"전처 진씨의 소생 장자 기(琦)는 천성은 비록 어지나 사람이 나약해서 후사로 세울 위인이 못 되고, 후처 채씨의 소생 유자 종(琮)은 아이가 퍽 총명해서 내 장자를 폐하고 유자를 세울까 생각을 하나 예법에 걸리는 것이 걱정이고, 그렇다고 해서 장자를 세우자니 채씨 문중이 모두 군무(軍務)를 장악하고 있어서 뒤에 반드시 변이 일어날 형편이라 이로 말미암아 결단을 못 내리고 있소."

듣고 나서 현덕이

"예로부터 장자를 폐하고 유자를 세우는 것은 난을 일으키는 길이니 만약 채씨의 권세가 중한 것이 염려되시면 서서히 깎아 버리실 일이지 결단코 사랑에 침혹하셔서 유자를 세우셔서는 아니 되십니다."

하고 말하니, 유표는 입을 다물고 아무 대답이 없었다.

원래 채 부인이 전부터 현덕을 의심해서 현덕이 유표와 이야기하는 것만 보면 반드시 엿들어 오는 터이라, 이때도 바로 병풍 뒤에서 현덕이 하는 말을 듣고 마음에 원한을 품었다.

현덕은 자기가 실언한 것을 깨닫고 자리에서 일어나 뒷간으로 갔다. 그는 그곳에서 우연히 자기 넓적다리에 살이 다시 오른 것을 보고 저도 모르게 눈물을 떨어뜨렸다.

얼마 있다 그는 다시 자리로 돌아갔다. 유표가 현덕 얼굴에 눈물 흔적이 있는 것을 보자 괴이히 생각하고 물어서, 현덕이

"제가 전에는 언제나 몸이 말안장에서 떠난 적이 없어서 넓적다리의 살이 없었는데 이즈음에는 하도 오래 말을 타지 않아 넓적다리에 살이 다시 올랐습니다그려. 좋은 때는 다 놓치고 부질없이

나이만 먹었으니 공업(功業)은 세우지 못하였기로 그래서 서러워했습니다."

하고 대답하니, 유표가

"내가 들으매 현제가 허창에서 조조로 더불어 청매를 두고 술을 마시며 함께 영웅을 논했을 제 현제가 당세의 명사들을 모조리 다 들어도 조조가 모두 동의하지 않고 '천하 영웅은 오직 사군과 조조뿐이라'고 했답디다그려. 조조의 권력을 가지고도 오히려 감히 현제의 위에 서지 못하는데 어찌 공업을 세우지 못할까 근심한단 말이오."

하고 말한다.

현덕은 술김에 그만 입을 놀려 버리고 말았다.

"제게 만약 기본만 있고 보면 천하의 녹녹한 무리들이야 족히 염려할 것이 없지요."

유표는 그 말을 듣자 다시 입을 다물어 버렸다. 현덕은 자기가 또 실언한 것을 깨닫고 취했다 칭탁하고 자리를 일어 관역으로 나와서 쉬었다.

후세 사람이 현덕을 칭찬해서 지은 시가 있다.

첫손에 꼽으면서 조공은 말했거니
'천하 영웅은 오직 사군뿐이라'고.
비육(髀肉)이 다시 올라도 느꺼워 한숨지니
어이 천하가 셋으로 안 나뉘랴.

이때 유표는 현덕의 말을 듣고 입으로는 비록 말을 안 해도 마음에는 좋을 것이 없었다.

  현덕을 보내고 나서 그가 안으로 들어가니 채 부인이 나서며
  "아까 내가 병풍 뒤에서 유비의 하는 수작을 들어 보았는데 사람을 아주 우습게 아는 품이 장차 우리 형주를 한 입에 삼킬 뜻을 가지고 있는 게 분명합디다. 지금 만약 없애 버리지 않았다가는 반드시 후환이 될걸요."
하고 말한다. 유표는 아무 대답 없고 오직 머리를 내저을 뿐이었다.
  채씨는 그 길로 비밀히 채모를 불러 들여서 이 일을 의논하였다. 채모가
  "먼저 관사로 가서 죽여 버린 다음에 주공께 품하면 되지 않겠나."
하고 말한다. 채씨는 그리 하라고 일렀다. 채모는 밖으로 나오자 곧 그 밤으로 군사를 점고하였다.
  한편 현덕이 관역에서 불을 밝혀 놓고 앉아 있다가 삼경이 지나서야 막 자리에 들려고 하는데 뜻밖에도 한 사람이 문을 두드리고 들어왔다. 보니 이적이다. 원래 이적이 채모가 현덕을 모해하려는 것을 탐지하고 특히 이 깊은 밤에 알려 주러 온 것이었다.
  이때 이적은 채모의 꾀를 현덕에게 일러 주고 속히 떠나라고 재촉하였다.
  "경승에게 하직을 고하지 못했는데 어떻게 그냥 간단 말씀이오."
하는 현덕의 말에, 이적은
  "만약 공께서 하직을 고하시려다가는 영락없이 채모의 손에 해를 입고 마실 것입니다."

하고 말하였다.

 현덕은 무수히 치사해서 이적을 보낸 다음에 급히 종자를 불러서 일제히 말에 올라 날이 밝기를 기다리지 않고 밤길을 그대로 달려서 신야로 돌아가 버렸다.

 채모가 군사를 거느리고 관사에 왔을 때는 현덕이 이미 멀리 간 뒤이다. 채모는 늦게 온 것을 못내 후회하였으나 부질없는 일이었다. 그는 마침내 시 한수를 벽에다 써 놓은 다음에 그 길로 유표를 들어가 보고

 "유비가 배반할 마음을 먹어 벽에다 반시(反詩)를 써 놓고 하직도 고하지 않고 가 버렸소이다."

하고 고하였다.

 유표가 믿지 않고 몸소 관사로 나와서 보니 과연 시 네 귀가 씌어 있는데 내용은 이러하다.

    부질없이 몇몇 해를 고단하게 지내 온고
    멀거니 옛 산천만 아침저녁 바라보며
    용이 그 어찌 못 가운데 물건이랴
    우레를 타고서 하늘로 오르려네.

 유표는 시를 보고 대로하여 칼을 뽑아 손에 들며

 "내 맹세코 이 의리 없는 놈을 죽이고 말 테다."

하고 마음에 별렀다.

 그러나 대여섯 발자국 걸어 나가다가 그는 문득 '내가 현덕과 오랫동안을 같이 지내 왔어도 그가 시를 짓는 것을 한 번도 본 적

이 없었으니 이는 필시 외인이 우리 사이를 이간하는 계책일 게다' 하고 깨닫고, 드디어 발길을 돌려 관사로 들어가서 칼끝으로 그 시를 긁어 버린 다음에 칼을 버리고 말에 올랐다.

채모가 있다가

"군사를 이미 모아 놓았으니 신야로 가서 유비를 사로잡아 가지고 올까 보이다."

하고 청한다.

그러나 유표는

"급히 굴 일이 아니야. 차차 보아서 하지."

하고 듣지 않았다.

채모는 유표가 유예미결하는 것을 보자 곧 채 부인과 은밀하게 의논하고 즉일 양양에다 여러 관원들을 크게 모은 다음 그 자리에서 도모하기로 작정하였다.

이튿날 채모는 유표에게 품하였다.

"근년에 풍년이 자주 들어 관원들을 양양에 모아 위무하는 뜻을 보여야만 하겠으니 주공께서 모꼬지 행사에 한 번 참석을 하셔야겠습니다."

유표가 대답한다.

"내가 요사이 신기가 좋지 못해서 갈 수가 없으니 두 아이로 주인을 삼아 손들을 대접하게 하여라."

"공자들이 연소해서 혹시 예절에 빠지는 데나 없을지 염려가 되오이다."

"그렇다면 신야에 가서 현덕을 청해다가 손들을 대접하게 하면 되지 않겠느냐."

채모는 일이 저의 계책대로 되는 것을 은근히 좋아하며 곧 사람을 보내서 현덕을 양양으로 청하였다.

한편 현덕은 몸을 빼쳐 신야로 돌아가자 자기가 실언을 해서 화를 자초한 것임을 스스로 알았으나, 아직 여러 사람에게 말을 않고 있었다. 그러자 홀연 사자가 이르러 양양으로 나오라고 청한다.

이것을 보고 손건은

"어제 주공께서 총총히 돌아오시며 심사가 편안치 않아 하시는 양을 뵙고 어리석은 생각에 필시 형주에서 무슨 일이 있었거니 했는데, 이제 갑자기 주공을 양양 잔치에 나오시라고 청하니 경홀히 가시는 것이 좋지 않을까 보이다."

하고 말하였다.

현덕이 그제야 여러 사람에게 이번 일을 일장 이야기하니, 운장이

"형님께서 비록 한때 실언을 하셨다 하더라도 정작 유 형주는 별로이 책망하는 눈치가 없는 모양이라 하셨으니, 외인의 말을 어찌 경솔히 믿을 수 있겠습니까. 양양이 예서 멀지 않은데 만약 안 가시면 도리어 유 형주가 의심할 것입니다."

하고 말한다.

"운장의 말이 옳아."

하고 현덕이 말하는데, 장비가 있다가

"가서 좋을 일이란 고물만큼도 없는 터에 구태여 갈 것이 무엇이오."

하는 것을, 이때 조운이 나서며

"제가 마보군 삼백 명을 거느리고 배행하면 주공을 무사히 모실 수 있을까 하옵는데."
하고 말해서 현덕은
"그러면 참으로 좋겠군."
하고 드디어 조운과 함께 그날 양양으로 나갔다.

채모가 성에서 나와 영접하는데 그 태도가 심히 겸손하고 은근하였다. 그의 뒤로 유기·유종 두 공자가 문무 관료들을 거느리고 나와서 맞는다. 현덕은 두 공자가 다 있는 것을 보고 다시 의심하지 않았다.

이날 현덕이 관사에서 쉬는데 조운은 삼백 명 군사로 관사를 둘러 호위하고 자기는 갑옷 입고 칼 차고 잠시도 좌우를 떠나지 않았다.

유기가 현덕을 보고
"아버님께서 미령하시어 나오시지 못하시고 특히 숙부님을 모셔다가 객을 대접하시며 각처 수령들을 위무권면(慰撫勸勉)하시게 한 것입니다"
하고 고하여, 현덕은
"내가 본래 이 같은 중임을 감당 못할 것이나 이미 형님 분부가 계시니 감히 봉행하지 않을 수 없네."
하고 대답하였다.

그 다음 날 사람이 보하는데 구군 사십이주(四十二州) 관원들이 다들 당도하였다고 한다. 채모는 미리 괴월을 청해다가 일을 의논하였다.

"유비는 천하의 효웅이라 오래 이곳에 머물러 있으면 후일 반드시 해가 될 것이니 오늘 곧 없애 버려야만 하겠소.”

괴월이 말한다.

“그랬다가는 사람들이 실망하지나 않겠소.”

“내 이미 유 형주의 비밀한 분부를 물어 가지고 나온 길이오.”

“이미 그렇다면 미리 준비가 있어야 하겠소.”

“동문 현산대로(峴山大路)는 이미 내 아우 채화(蔡和)를 시켜서 군사를 거느리고 가 파수하게 하였고, 남문 밖은 이미 채중더러 지키라 하였고, 북문 밖도 채훈을 이미 보내서 지키게 하였는데, 오직 서문만은 구태여 가서 지킬 것이 없으니 앞에 단계(檀溪)가 막혀 있어서 비록 수만 대군이라도 건너기가 쉽지 않을 것이오.”

“내가 보매 조운이 앉으나 서나 현덕 곁을 떠나지 않으니 아무래도 하수하기가 어렵겠소.”

“내 오백 군을 성내에다 깔아 두어 준비를 했소.”

“문빙과 왕위 두 사람에게 일러서 외청에 따로 한 자리 차려 놓고 장수들을 대접하게 해서 먼저 조운을 청해 현덕 곁을 떠나게 한 연후에 거사하는 것이 좋으리다.”

채모는 그 말대로 하기로 하고 당일 마소를 잡아 연석을 크게 베풀었다.

현덕은 적로마를 타고 관아로 가서 말을 후원에다 갖다 매게 하였다. 이윽고 모든 관원이 다 당중에 모여 들었다. 현덕은 주인 자리에 앉고 두 공자는 양편으로 나누어 앉고 여러 관원들은 차서대로 자리를 잡았다.

조운이 칼 차고 현덕의 곁에 서 있으려니까 문빙과 왕위가 들어와서 조운더러 자리로 나가자 청한다. 조운은 사양하고 가지 않으려 들었으나 현덕이 가 보라고 분부해서 조운은 영을 듣고 마지못해 나갔다.

　채모는 바깥 수습을 철통같이 해 놓고 현덕이 데리고 온 삼백 명 군사를 다 관사로 돌려보낸 다음, 술이 반감에 이르기를 기다려서 군호와 함께 하수하려 하였다.

　술이 세 순에 이르렀을 때 이적이 일어나 잔을 잡고 현덕 앞으로 와서, 그에게 눈짓을 하고

　"옷을 갈아입으시지요."

하고 낮은 소리로 한마디 하였다. 현덕은 뜻을 짐작하고 즉시 일어나 뒷간으로 갔다. 이적은 좌중에 잔을 돌리고 나자 급히 후원으로 들어가 현덕을 보고 귓속말로

　"채모가 계책을 써서 사군을 해치려 하여 성 밖 동·남·북 세 곳에다 모두 군사를 보내서 지키는데 오직 서문 하나만 비어 있으니 명공은 빨리 도망하십시오."

하고 알려 주었다.

　현덕은 소스라쳐 놀라 급히 적로마의 고삐를 끄르자 후원 문을 열고 끌어내어 몸을 날려 올라 타자 종자도 돌아볼 사이 없이 필마로 서문을 바라고 달렸다. 문리가 물었다. 그러나 현덕이 대답을 않고 말을 채쳐 나가니

　문리는 막지 못하고 그 길로 나는 듯이 채모에게 보하였다. 채모는 곧 말에 올라 오백 군을 거느리고 그 뒤를 쫓았다.

　이때 현덕은 서문 밖으로 뛰어나갔으나 몇 리를 못 가서 큰 시내가 앞길을 가로막으니 이 단계는 폭이 수 장이나 되려니와 물이 상강(湘江)과 합류해서 물결이 심히 급했다.

현덕이 시냇가까지 갔다가 건널 수 없는 것을 보자 말을 멈추고 다시 돌아서는데 멀리 바라보니 성 서편에 티끌이 크게 일어나며 추병이 달려오고 있다.

"이번엔 꼼짝 없이 죽었구나."

하고 드디어 말을 돌려 냇가로 와서 머리를 돌려보니 추병이 지척에 있었다.

현덕은 착급해서 그대로 말을 놓아 시내로 내려갔다. 그러나 몇 발자국 옮기지 않아서 말의 앞발이 푹 빠지며 옷이 다 젖는다. 그는 채찍을 들어서 치며 크게 불렀다.

"적로야, 적로야. 네가 오늘 나를 해치느냐."

그 말이 떨어지자 적로가 홀지에 물속에서 몸을 솟구쳐 일어나더니 단번에 삼 장을 훌쩍 넘어 서쪽 언덕으로 뛰어오른다. 현덕은 마치 운무 중에서 나온 것이나 같았다.

뒤에 소학사(蘇學士)에게 말 타고 단계를 뛰어 건넌 고사를 노래한 고풍(古風) 한 편이 있으니 그 시는 이러하다.

꽃도 이울어지고 봄날은 저무는데
한 곳을 당도하니 예가 바로 단계로다
마차를 세워 놓고 홀로 배회하노라니
소조한 산천경개 버들개지만 흩날린다.

그 옛날 한나라의 기수가 쇠진하여
천하 영웅들이 서로 힘을 겨루던 시절
양양 모꼬지에 왕손이 술 마실 제
좌중의 유현덕 그 몸이 위태롭다.

몸을 빼쳐 홀로 나와 서문 길로 달리는데
뒤를 쫓는 추병들의 그 형세가 험하구나.
단계가 앞을 막아 물결이 넘실넘실
말 걸음 재촉해서 그대로 뛰어든다.

말굽은 으스러지랴 청유리를 걷어차고
휘두르는 황금 채찍 허공에 바람 인다.
귓전에 천병만마 닫는 소리 들리는데
물속에선 난데없는 쌍룡이 솟는구나.

뒷날 서천(西川)에서 기업(基業) 세울 영주거니
탄 말이 또한 용마 둘이 서로 잘 만났다.
단계 냇물은 예대로 흐르건만
용마와 영주는 지금에 어디 간고.

냇가에 홀로 서니 마음이 애달프다
적막공산에 석양만 비껴 있고.
삼분천하도 돌아보니 꿈같은데
부질없이 그 자취가 세상에 남았어라.

 현덕이 시내 서쪽으로 뛰어넘자 동쪽 언덕을 돌아보니 채모가 이미 군사를 끌고 시냇가에 당도하여
 "사군은 왜 자리에서 빠져 나오셨습니까."
하고 큰 소리로 부른다.
 현덕이
 "내가 너와 원수진 일이 없는데 어째서 나를 모해하려 하느냐."

하고 꾸짖으니, 채모가

"내게 그런 마음은 없소이다. 사군은 남의 말을 곧이듣지 마십시오"

한다.

그러나 현덕은 채모가 활에다 살을 먹여 드는 것을 보자 급히 말머리를 돌려 서남쪽을 바라고 달려갔다.

채모는 좌우를 돌아보며

"이게 귀신이 도운 것이나 아니냐."

하고 막 군사를 수습해 가지고 성으로 돌아가려 하는데 문득 보니 서문 안으로서 조운이 삼백 군을 거느리고 쫓아 나오고 있다.

　　용마가 한 번 뜀뛰어 주인을 구했는데
　　호장이 다시 뒤를 쫓아 원수를 갚으러 오는구나.

채모의 목숨이 어찌 되려는고.

(4권에 계속)